A Mauro...

A mis hijos Mora y Julián

Alicia Basos

DESDE LOS OJOS DE UN ÁNGEL

EL SECRETO REVELADO

Serendipidad

Basos, Alicia
    Desde los ojos de un ángel : el secreto revelado. - 1a ed. - Buenos Aires :
Serendipidad, 2009.
    320 p. ; 21x14 cm.

    ISBN 978-987-9332-80-1

    1. Narrativa Argentina . 2. Novela. I. Título
    CDD A863

Fecha de catalogación: 17/04/2009

Diseño de tapa e interior: Cecilia Campos

El hospital San Antonio despertó envuelto en una espesa bruma otoñal.

La baja temperatura de esa mañana era la típica para un día de mayo.

Laura caminaba con pasos rápidos desde el estacionamiento descubierto del hospital hacia una puerta lateral, donde un cartel luminoso, todavía encendido, indicaba la entrada de emergencias y por donde, de tanto en tanto, las ambulancias llegaban aullando a descargar a sus pacientes.

Era un camino polvoriento en verano y barroso en invierno, pero más corto que la entrada principal y ella, como de costumbre, corría contra el reloj.

El impermeable marrón se balanceaba a su paso y estaba, desde el pelo a los pies, íntegramente mojada por la humedad matinal.

Tan pronto como ingresó al sector de emergencias, se sintió invadida por el olor inconfundible del hospital. Mezcla de vapores de cocina con un suave matiz de aroma a desinfectantes y cloro que brotaban de los pisos recién higienizados. Era un olor tan familiar como el de su propia casa y, aunque a otros pudiera evocarles dolor y enfermedad, a ella le resultaba cálido y agradable.

La sala de espera de la guardia se encontraba abarrotada de pacientes con rostros angustiados que, con infinita paciencia, esperaban ser atendidos.

Laura pertenecía a la trastienda del hospital. Sorteando las filas que formaban con una inusual prolijidad los enfermos y esquivando camillas, ingresó en el sector de emergencias a través de una entrada exclusiva para el personal. Un largo corredor comunicaba con la parte de atrás de todos los consultorios de guardia. Era el lugar de tránsito de médicos y enfermeras y allí cruzó varios rostros conocidos que la saludaron con calidez.

Al llegar a la primera sala, abrió la puerta sin golpear.

En el ambiente pequeño de paredes lisas y grises titilaba la tímida luz de un tubo fluorescente.

Las historias clínicas se apilaban desordenadas sobre un viejo escritorio de chapa mal pintada. Por lo demás, el cuarto estaba desierto. Siguió su camino hasta el consultorio contiguo. Sobre la camilla yacía un hombre corpulento que, enfundado en un traje de operario color azul gastado, permanecía con los ojos cerrados. La estancia estaba solitaria y sombría. El hombre parecía dormitar con una respiración pesada. Laura le prestó tan poca atención que ni siquiera percibió el olor rancio que emanaba de su cuerpo; con absoluta indiferencia, se limitó a cerrar la puerta y siguió su camino. En la tercera sala encontró a dos médicos jóvenes conversando, sentados con aspecto aburrido, a ambos lados del pequeño escritorio. No llegó a saber cuál era el tema de su charla porque, cuando irrumpió en la sala, la cortaron de manera abrupta para mirarla en silencio, con ojos de disgusto. Laura sabía que esas miradas le reprochaban la tardanza.

—Gus, Dany, ¡ya llegué! —exclamó con las palabras entrecortadas por la agitación al tiempo que intentaba mostrarse calmada.

—Ya veo —contestó Gustavo—. Nuestro destino inevitable es esperarte hasta que nos crezcan raíces en los pies. Venís con media hora de retraso, por lo tanto nos hiciste perder media hora de sueño. No sé si te enteraste que tenemos tres cirugías anotadas... y pocas ganas de quedarnos a vivir en el quirófano.

—Bueno, bueno, no exageren —contesto ella con un dejo de burla—. Les pido mil disculpas por haber abusado de su tiempo, pero el tránsito en la autopista era un verdadero infierno. Olvidemos el pasado – agrego riendo - los encuentro en quince minutos en el quirófano.

Sin decir más, cerró la puerta con un suspiro de alivio. En ese momento, tomó conciencia de que el apuro le había hecho contener el aliento. A partir de entonces, caminó más relajada.

2

Los quirófanos estaban en el último piso. Habían sido remodelados durante el verano pasado y eran el orgullo del director.

Una isla central de lavabos relucientes, recién estrenados, permitía a los médicos ver lo que sucedía dentro de las diferentes salas mientras cepillaban sus manos. A la derecha, un pasillo comunicaba con el vestuario para hombres y a la izquierda, con el de las mujeres.

Laura entró en el pequeño cuarto y cambió la ropa de calle por un ambo color verde que, con eficiencia, el personal de lavandería había acomodado en un estante de su armario. Olía a limpio y llevaba su nombre bordado a la altura del pecho. Al mismo tiempo que mudaba el atuendo, leía la lista de cirugías programadas, escrita en una larga hoja un poco desprolija, con tachaduras y correcciones hechas a mano, se encontraba pegada en un panel de corcho que colgaba de la pared. Su nombre aparecía en tres intervenciones, anticipando una mañana de intensa actividad.

Una vez enfundada en su conjunto verde salió esperando encontrarse con alguien. Se escuchaban gotear las canillas mal cerradas. Aparte de ese monótono sonido, todo estaba en silencio.

Detrás de ella había un grupo de quirófanos cerrados, con las luces apagadas que parecían un teatro que espera el comienzo de la función. En la penumbra se percibían los objetos, el metal, el plástico, el orden impecable, la asepsia. En el sector opuesto, Laura observó con indiferencia las manchas de sangre en el piso y en las sábanas de dos salas desordenadas y sucias, que aun permanecían con las luces encendidas. Exhibían los restos de una noche atareada, mientras aguardaban la acción de los desinfectantes.

Se encaminó hacia la sala de los médicos, donde los cirujanos y sus ayudantes se reunían antes y después de las intervenciones. Por ser el personal de cirugía en su mayoría masculino, esta sala había sido ubicada contigua al vestuario para hombres.

En contraste con el silencio de los quirófanos, allí predominaba el sonido animado de las conversaciones. El salón era amplio y tenía varios sectores de viejos sillones de cuero marrón, acomodados en círculos para facilitar que los médicos se reunieran a conversar.

Con pequeña distancia entre ellos, tres grupos enfundados en ambos verdes, iguales al de Laura, conversaban con entusiasmo. Todos parecían hablar al mismo tiempo, levantando la voz para hacerse oír. Daba la impresión de que había reunida allí mucha más gente de la que se contaba en realidad. En el centro de uno de los grupos, Laura reconoció al doctor Florencio Sanz, jefe del departamento de neurocirugía. Con su gran estatura y su poderoso vozarrón, se imponía sobre los demás. Sanz llamaba la atención con gestos y risotadas más propios de una reunión de amigos en un bar que de una mañana de quirófano.

Laura hizo un ademán con la mano, como saludando en general. Algunos contestaron al pasar, apenas habían notado su presencia. Otros ni siquiera tuvieron ese gesto de cortesía. Sin dudar, se dirigió hacia un grupo de sillones donde un hombre y una mujer dialogaban, un poco apartados de los demás.

La doctora Mariana Carreras, anestesióloga delgada y de cara lánguida, más joven que Laura, sería la encargada de poner a dormir a sus pacientes. Así se lo había informado el listado impreso que acababa de consultar. Gustavo y Daniel, dos residentes del último año de cirugía, serían sus ayudantes en las tres intervenciones y, a pesar del enojo que habían mostrado veinte minutos antes, todavía no se presentaban en la planta de quirófanos.

—¡Mariana! —exclamó Laura a modo saludo, con una voz quizás demasiado entusiasta para esa hora de la mañana—. ¡Te toca dormir a mis pacientes! ¿Ya los visitaste? —Y sin esperar la respuesta, haciendo el gesto mecánico de consultar su reloj, continuó—: Estoy lista para comenzar, sólo falta que aparezcan mis ayudantes.

Se acomodó en un sillón al lado de Mariana. Esperaba entablar una conversación con ella, distendida al pensar que a partir de ese momento la demora no sería por su culpa.

La doctora Carreras no compartía el entusiasmo. La miró con indiferencia como si la presencia de Laura fuera una circunstancia insignificante en el día que le esperaba.

—Deben presentarse en cualquier momento. Voy a pedir que suban al primer paciente —contestó la joven. Sus ojos grandes y su rostro salpicado de pecas tenían una expresión seria y somnolienta, que mostraba de manera evidente la falta de humor para entablar un diálogo. Se levantó, decidida, y salió del salón sin decir nada más.

Laura, que parecía tener la necesidad de hablar con alguien, se dirigió entonces al médico residente que había estado conversando con Mariana. Martín era un residente del segundo año de cirugía, por el que Laura sentía un afecto especial. Tenía una mirada inocente en sus ojos muy redondos que lo hacían parecer un niño en medio de un lugar de adultos. Laura lo consideraba portador de cualidades muy valiosas y, al mismo tiempo, raras en el ambiente quirúrgico. Siempre estaba de buen humor. Muy trabajador, su trato era, sin importar las circunstancias, amable con todos, pacientes y colegas. Laura pensaba que Martín era un médico prometedor que sería, en el futuro, un buen cirujano.

—¿Y vos cómo estás, Martín? —preguntó, intentando encontrar allí la comunicación que estaba buscando. Él la miró con sus ojos brillantes, encendidos por un entusiasmo de origen desconocido. A diferencia de la anestesióloga estaba, sin duda, muy dispuesto a conversar.

—¡Muy contento! Recién terminamos de operar un hematoma subdural con Sanz —dijo, develando el motivo de su alegría, que solo podía ser comprendida por otro cirujano, mientras hacía un leve gesto con la cabeza en dirección al gigante del vozarrón—. Lo operó con sus propias manos. Sabés que esto es excepcional. En general, él se limita a supervisar que todo se haga como le gusta, pero sin tocar nada. —Hizo una pausa y, bajando un poco la voz, expresó en tono confidencial—: Lo hizo porque el enfermo era un familiar de su esposa. —Luego, recuperando el tono entusiasta, le aclaró—: El pobre hombre tuvo un traumatismo de cráneo ayer a la tarde y se descompensó durante la noche. El jefe tuvo que venir a las cinco de la mañana para operarlo y … ¡me pidió a mí que lo ayudara!

Su orgullo era inocultable. Sin duda, se sentía un elegido por haber tenido el honor de ayudar a Sanz.

—La operación fue una obra de arte —continuó diciendo, y terminó la frase exaltando aún más la persona de su ídolo—. ¡Este tipo es un genio!

—¿Sanz? —preguntó Laura con un dejo de incredulidad en la voz, como si no supiera a quién se refería.

—Sí, Sanz —afirmó Martín entusiasmado—. ¡No sabés qué manera brillante de resolver las cosas! El paciente está estable y en franca recuperación.

Laura se quedó callada y miró a Sanz de arriba abajo, como si lo viera por primera vez. Éste seguía hablando con voz fuerte, mientras acompañaba sus palabras de gestos elocuentes.

Laura lo conocía bien ya que, a pesar de que nunca había tenido una relación directa con él, hacía quince años que se lo cruzaba casi a diario en las áreas quirúrgicas. Pensó que había algo en ese hombre que le desagradaba, aunque nunca había podido determinar bien qué era. Quizás su actitud distante, o el aire de superioridad que tenía al dirigirse a los pacientes. Aparte de eso, tenía que admitir que con ella había sido siempre muy amable pero con esa amabilidad displicente de quien se cree por encima de todos. Sin embargo...

—Sí —dijo de mala gana y como pensando en voz alta—, tengo que reconocer que es buen cirujano.

Sanz era un hombre de unos sesenta y cinco años. Nada humilde, quizás porque el hecho de que su rostro apareciera con frecuencia en las noticias médicas había inflado su ego. Para ella encarnaba un estilo de cirujano que, a su criterio, pertenecía al pasado. Reprobaba el modo paternalista que solía tener con los pacientes, aspecto que muchos médicos de su generación compartían. Sanz se mantenía distante de los enfermos, a los cuales a menudo trataba como objetos de exploración científica. Alentaba la competencia despiadada entre sus discípulos, al mismo tiempo que él mismo vivía compitiendo con sus colegas en una permanente demostración de habilidades quirúrgicas y haciendo alarde de sus éxitos. Como si todo esto fuera poco, se rumoreaba que había robado varios trabajos científicos y los había publicado a su nombre, cuando en realidad pertenecían a los médicos de su equipo.

Mientras estaba sumergida en estos pensamientos, Gustavo y Daniel, sus ayudantes, ingresaron en la sala, conversando y riendo. Su conducta se asemejaba a la de dos compinches que entraban en una fiesta. Laura frunció el entrecejo, desconforme con la situación.

—Bueno, bueno, ahora soy yo la que los estuvo esperando, así que estamos a mano. Nuestro primer paciente está en el quirófano; por lo tanto, ya podemos empezar. Yo tampoco quiero quedarme a vivir acá. —Se levantó con un impulso y, empujándolos por la espalda con sauvidad, se dirigió con ellos hacia la puerta.

❧ 3 ❧

El primer paciente se llamaba Piri, un nombre pequeño para un problema complejo. Era un hombre de edad avanzada que Laura nunca había visto antes. La indicación quirúrgica provino del mismo colega que le comunicó por teléfono que el enfermo debía ser intervenido con urgencia. Según le dijo, en una explicación poco clara del caso y las circunstancias, no podía ocuparse de la cirugía por cuestiones personales. Por lo menos, así se había justificado y le había pedido a Laura que fuera ella quien se hiciera cargo de operarlo. Cuando entró en el quirófano y vio al paciente, de inmediato se sintió arrepentida del compromiso asumido y entendió mejor el motivo de la derivación. Era uno de esos casos de los que todos escapaban. El médico a cargo quiso eludirlo y ella sintió que había caído en la trampa al aceptarlo.

El pobre hombre se había quemado ambos miembros inferiores con el combustible de una estufa casera y las quemaduras revestían tal gravedad que era necesario amputar las dos piernas, afectadas por la gangrena, hasta la mitad del muslo. Era una medida extrema, un intento desesperado para preservar su vida.

Yacía con aspecto abatido, corpulento como un gran árbol talado, en su camilla. Miraba al vacío con los ojos de color azul cielo. Por un segundo, sus miradas se cruzaron. Fue un contacto tan fugaz como la chispa que se desprende de una fogata para esfumarse en el aire, pero suficiente para tender un puente invisible entre el alma de Laura y la del paciente. Ella se conmovió de manera inusual.

Curiosamente, el Sr. Piri parecía compadecerse de los médicos que lo iban a operar, como si se avergonzara de su desagradable condición, cubierto con gasas empapadas en medicación y secreciones. Olía mal. Laura sintió un pequeño revuelo en la boca del estómago, igual a aquella sensación que había sentido quince años atrás, cuando entró por primera vez en un quirófano. Algo fallaba en los mecanismos de defensa que la fuerza de la costumbre había instalado en sus emociones. Mientras se lavaba las manos en forma concienzuda con el cepillo y la tibia espuma se deslizaba por sus palmas, miraba de reojo el interior del quirófano e imaginaba el bisturí cortando la piel quemada. Esa visión le produjo una sensación nueva y extraña, difícil de definir, como si fuera a profanar algo sagrado. Entonces, por primera vez en muchos años, repitió mentalmente varias veces, con el fin de conjurar sus temores: "Estoy haciendo esto para salvar su vida". Esa solía ser la fórmula mágica que había inventado al comienzo de su carrera de cirujana para neutralizar todo sentimiento de miedo, de dolor o de rechazo.

Cerró los ojos, respiró hondo y se sintió más compuesta, recién entonces ingresó en la sala de operaciones.

No quiso hablar con el enfermo. Lo que menos podía tolerar en ese momento era darle al acto quirúrgico una dimensión aún más humana. Ignorándolo, se dirigió a Mariana, que estaba a su lado, conectando la guía de suero a la canalización venosa.

—¿Cómo está el paciente? —fue la pregunta típica, la que se formulaba en tales circunstancias.

—Bien; en cinco minutos va a estar dormido y podrán empezar —fue la respuesta también típica de la anestesióloga, que estaba terminando los preparativos para poner al hombre en estado de inconsciencia y analgesia.

Mariana habló sin interrumpir lo que estaba haciendo ni un instante. Su ceño fruncido era lo único que podía verse sobre el barbijo; las manos no detenían la incesante danza, pinchando, inyectando, canalizando mecánicamente con mucha precisión y certeza, como si fueran dos palomas que revoloteaban alrededor del hombre. Laura se sentía tranquila dejando al paciente en sus manos expertas. Entonces, al cabo de unos minutos, la joven doctora del rostro pecoso, inició el goteo de anestésico, intubó al anciano con una maniobra precisa y declaró con solemnidad:

—Ya pueden empezar.

4

Cuando el paciente está dormido, cubierto, bajo una carpa de compresas y sábanas, el acto quirúrgico se vuelve impersonal.

El cirujano se focaliza en la parte del cuerpo que debe ser operada y anula cualquier emoción, porque debe actuar de manera precisa. Deja los aspectos vitales del paciente en manos del anestesiólogo y sólo piensa en lo que está haciendo. Es un particular proceso de disociación entre la práctica y los sentimientos, entre las manos y el corazón.

Después de tantos años de quirófano y de tanta experiencia, esa era la forma habitual de trabajar de Laura. Estaba entrenada para operar como un atleta lo está para correr. La mente ocupada por completo en el problema que debía resolver. Cortar, ligar, prever complicaciones. Poco importaba quién estaba bajo el bisturí. Todo se resumía en el campo quirúrgico, en una patología.

Sin embargo en ese caso en particular, durante la operación no pudo olvidar ni un instante los ojos azules que parecían tan tristes y suplicantes, que podrían haber despertado piedad en las piedras. Aun con las piernas aisladas por las telas verdes del resto del cuerpo y muy lejos del rostro, Laura no podía desprenderse de la imagen triste y desamparada el hombre al cual pertenecían.

Poco tiempo después de haber iniciado la cirugía, empezó a sentir, como un viejo conocido, el profundo dolor en su cadera derecha que se extendía a toda la pierna y que empezaba a despertar como un animal dormido. Lo podía sentir desperezarse de a poco.

Éste era un dolor familiar, un visitante indeseado que permanecía en forma crónica como impronta lejana, y se volvía más fuerte, hasta hacerse insoportable, cuando estaba mucho tiempo de pie. Transformaba cada cirugía en un difícil desafío, un duelo entre su mente ocupada y el cuerpo dolorido.

La mañana quirúrgica terminó, según habían pronosticado los residentes, pasado el mediodía.

Cambiaron dos veces de quirófano. Mientras terminaban una operación, iban pidiendo al paciente de la próxima y para cuando finalizaron las tres cirugías programadas, era bien entrada la tarde y el dolor en la pierna de Laura se había transformado en profundo y torturante.

A pesar de esto, no se quejó. Ni siquiera lo mencionó a sus compañeros y, si no hubiera sido por el casi imperceptible rengueo con el que salió caminando de la sala, todo hubiese parecido normal.

A las tres de la tarde, transpirada, dolorida y sedienta, se desplomó en una silla, dentro del vestuario para damas. Se estaba arrancando el gorro y el barbijo cuando entró Carmen, la asistente de quirófano que había estado a su servicio durante las cirugías y que, al observar la dificultad de Laura para caminar, la siguió en silencio. Se quedó parada a su lado, mientras la observaba con los brazos cruzados.

—¿Qué le pasa, doctora? ¿Es sólo cansancio o hay algo más?

La pregunta fue formulada con un interés casi maternal. Su mirada dulce denotaba auténtica preocupación por ella. Trataba de indagar qué era lo que no andaba bien.

Laura solía disimular ante sus colegas y el ambiente hospitalario en general cualquier molestia que pudiera experimentar en el quirófano, y soportaba toda incomodidad o dolor sin hacer ningún comentario.

Le había costado mucho abrirse paso en una especialidad de hombres, como era tradicionalmente la cirugía, y no pensaba mostrar ningún signo de debilidad que la dejara expuesta y vulnerable ante sus compañeros del sexo masculino. Nunca se quejaba. Había llegado a estar doce e incluso catorce horas seguidas operando, sin mostrar cuánto malestar, disgusto o incomodidad sentía. La necesidad la había transformado, en definitiva, en una gran simuladora de su frágil condición física.

Carmen era una mujer menuda y ágil; su edad era difícil de definir. Llevaba el pelo negro, entremezclado con canas, siempre escondido bajo la cofia, y los ojos eran dulces y comprensivos. Su rostro estaba muy arrugado, como el de una persona joven envejecida antes de tiempo.

Laura, que la conocía bien, sabía que había tenido una vida difícil; por ello y por su calidez le tenía aprecio y respeto. No tenía estudios universitarios, pero estaba en el hospital desde hacía muchos años y sus conocimientos prácticos la habían llevado al lugar que ahora ocupaba. De pronto, sintió la necesidad de confiar en ella.

—Te voy a confesar un secreto, Carmencita, si me prometés no contárselo a nadie —susurró Laura con tono de complicidad.
Hizo una pausa, indagando en la mirada de su interlocutora, mientras evaluaba la posibilidad de estar cometiendo un error.

—¡Doctora! ¡Usted sabe que puede contar conmigo! —respondió Carmen, un poco ofendida al haber percibido la suspicacia de Laura.

—Bueno, es que tengo un dolor en la pierna derecha que me está volviendo loca, pero si mi jefe, el Doctor Victorica, se entera, sería capaz de prohibirme entrar en el quirófano. Imaginate que hace casi seis años que tengo este dolor. De haberlo confesado, ¡me hubiera pasado todo ese tiempo sin operar!

Carmen la miró, comprensiva. Conocía muy bien el ambiente quirúrgico y lo hostil que podía llegar a ser.

—¿Y no tiene un doctor que la atienda?

La pregunta sonó un poco ridícula, dado el contexto en el que se desarrollaba la charla. Laura lanzó una espontánea carcajada.

—¡Carmen! Yo misma me estudié de arriba abajo. No pude llegar a ningún diagnóstico; no hay nada patológico en mis estudios.

—¡Aha! —exclamó su interlocutora, que la observaba con atención.

Su mirada vagó un poco mientras permanecía en silencio, como si buscara algo dentro de sí, como si dudara acerca de continuar hablando o no. De pronto la miró con otra intensidad y respiró hondo, como si por fin hubiera encontrado la respuesta que buscaba.

—Entonces lo suyo, doctorcita Laura, es para consultar al Tata. —Lo dijo con voz suave pero terminante, dando a entender que esa era su única alternativa.

—¿El Tata? —exclamó Laura sorprendida. Con una sonrisa burlona preguntó—: ¿Y qué es eso?

—El Tata —Carmen lo afirmó, remarcando las palabras como si se tratara de algo obvio—. ¿Nunca oyó hablar de él? —. En su tono de voz se adivinaba que estaba un poco contrariada por la forma despectiva en que Laura había formulado la pregunta.

—No, Carmen, claro que no; si no fuera así, no te preguntaría. Pero explicame, ¿de qué se trata?

—Había percibido la incomodidad de Carmen, por

eso la interrogó tratando de mostrarse neutral. Estaba lejos de su intención ofenderla.

—El Tata es un manosanta, un sanador. Vive no muy lejos de acá, del hospital. Es bastante difícil llegar a él porque que no atiende a cualquiera. Hay que llamarlo con una recomendación. Como es un viejo conocido mío, si yo la acompaño estoy segura de que no tendrá problema en recibirla.

Laura sonrió, comprensiva, sintiendo cierta ternura ante el lenguaje simple y las buenas intenciones de su compañera. Carmen tenía algo de maternal y podía sentir la corriente de afecto que existía entre ellas.

Cuando empezó la carrera en el hospital, quince años atrás, ella le había enseñado muchas cosas prácticas acerca de cómo moverse en un quirófano. Con sus años de experiencia sabía mucho más de los rituales quirúrgicos que cualquiera de los médicos jóvenes. La había guiado, había hecho su camino más fácil, por eso Laura tenía mucha consideración hacia ella y se esforzaba por no ofenderla. A pesar de esto, sentía que esta idea de visitar a un sanador estaba, de forma indiscutible fuera de lugar, como si la vieja enfermera estuviese subestimando su inteligencia.

—No, Carmen, no tengo ninguna intención de verlo. Yo no creo en esas cosas; yo creo en la ciencia, soy médico.

Laura pensó en su interlocutora como una mujer muy simple, producto de un entorno de bajo nivel cultural, donde este tipo de ideas mágicas y primitivas predominan sobre el razonamiento lógico y el conocimiento científico. Era evidente que el hecho de frecuentar el ámbito hospitalario no había logrado erradicar ciertas pautas culturales muy fuertes en ella.

—Yo opino que debería probar —insistió Carmen, sonriendo, mientras le daba a entender que no pensaba darse por vencida sin más—. A mi hija Clarita la curó, y mire que estaba muy grave atendió cuando el Tata la atendió. Los médicos no sabían lo que tenía y yo llegué a pensar que mi niña se moría.

—No, Carmen, gracias, eso es ejercicio ilegal de la medicina, ¿No sabés que está penado por la ley?

—¡Ay, doctorcita! —contestó Carmen sonriendo y con tono lastimero—. ¡Hay tantas otras cosas que deberían estar penadas por la ley y no lo están! Si usted conociera al Tata, entendería. Él no da medicación, ni siquiera la va tocar, pero ¡estoy segura de que le haría de bien! Si cambia de opinión, me avisa. —Y sin decir nada más, se dio vuelta y se marchó rumbo a los quirófanos.

"¡Manosanta! ¡Sanador!", pensó Laura, sorprendida de que Carmen se hubiera atrevido a hacerle una propuesta de esa naturaleza.

"¡Esta pobre gente ignorante cae en manos de cualquiera!", pensó, para luego olvidarse del tema por completo.

Laura pasó por la cafetería, que se veía tan aséptica como el quirófano. Se engulló un sándwich, mientras cambiaba algunas palabras con los médicos del servicio de terapia intensiva, que estaban haciendo un descanso.

—Les recomiendo a un tal Piri, que operé recién —dijo, tomando un sorbo de su café. Apoyó la taza en la mesa y continuó—: Está muy deshidratado, anémico y séptico. A pesar de que soportó bastante bien la cirugía, me quedé muy preocupada por él. No sé si va a lograr salir de esta.

—Pero ¡si ya lo conocemos muy bien! —dijo Joaquín Medina, que estaba a cargo de la terapia intensiva, como cada lunes—. Hace casi un mes que lo tenemos con nosotros en terapia. Yo tampoco creo que vaya a salir de esta. Sabemos que su situación es más que grave. Si bien es un paciente que tiene una fortaleza excepcional para su edad, durante este mes se fue deteriorando en forma progresiva. Le indicamos la cirugía como una medida extrema para ver si, reduciendo el foco infeccioso, mejora sus posibilidades. Casi no responde a los antibióticos.

—Bueno, justamente a eso me refiero. Yo acabo de operarlo, así que cuando subas a terapia te lo vas a encontrar allí de nuevo... pero sin sus piernas.

Laura recordó el rostro del hombre, la sensación de desamparo que transmitía y su bondadosa mirada azul que, de alguna manera, le había llegado a lo más profundo del corazón. Dudó un poco antes de pedir más datos acerca de ese paciente. En realidad, no sabía si le convenía involucrarse mucho con un moribundo que duraría poco tiempo más. Mientras tanto, tragó un bocado de su sándwich y tomó otro sorbo de café.

—¿Qué se sabe de él? —se animó a preguntar.

—No tiene familia —contestó Joaquín—. Se quemó tratando de encender una estufa a querosén.

Nadie lo vino a ver hasta ahora; creemos que no tiene familia. Su acento suena extranjero, creo que es polaco o algo así. Ninguno de nosotros pudo sacarle más que unas pocas palabras. Más allá de la barrera del idioma, no se comunica, ni siquiera por señas. La debe estar pasando muy mal, pero nunca se queja.

Este último comentario, le produjo a Laura una profunda congoja que se manifestó con una opresión en el centro de su pecho.

Al mismo tiempo que volvía a sorprenderse de su reacción, se dio cuenta de que Joaquín no tenía mucha información para darle ni mucho interés en el tema. Se hizo el propósito de pasar por la terapia para ver a Piri, cuando terminara de atender a los pacientes citados a consulta. Pagó su cuenta con un billete arrugado que extrajo del bolsillo, y se marchó rumbo a los consultorios.

La jornada de consultorio externo también fue muy intensa. Tenía unos diez pacientes en su lista, pero ella sabía que siempre había un número importante de deserciones en las consultas, por diversos motivos.

Como se trataba de un hospital público, atendía a mucha gente sin recursos. Los pacientes indigentes muchas veces tenían dificultades para movilizarse hasta el hospital. Algunos conseguían sus citas con tanta anticipación que en el tiempo de espera, o bien se curaban o debían ser atendidos de urgencia en otros consultorios. También se interponían en sus citas con el médico asuntos familiares o laborales. En definitiva, de diez pacientes que se anotaban solían venir cinco o seis. Esto se tenía en cuenta en el momento de completar la agenda del médico.

Cuando Laura entró en su consultorio, encontró diez carpetas prolijamente acomodadas sobre el escritorio, prueba de que el sector administrativo estaba funcionando de manera eficiente. Cada una contenía la historia clínica de un paciente. Algunas estaban en blanco; eran de aquellos que venían por primera vez.

Antes de llamar a la persona citada, Laura le daba una rápida leída a su carpeta, para ubicarse en el caso. Lo consideraba de buena práctica y a los pacientes les gustaba que ella recordara algo de su historia, aunque más no fuera el nombre. Algunos casos quedaban más grabados en su mente que otros, pero a la mayoría los olvidaba por completo no bien abandonaban el consultorio. Era como si borrara al instante cada caso, para pasar al siguiente.

Después de un par de horas de consulta, Laura despidió a un joven a quien había operado con éxito de una hernia inguinal. Estaba evolucionando bien y no había de qué preocuparse. Cerró la puerta del consultorio y tomó la siguiente carpeta amarilla de la pila en forma apresurada ya que estaba retrasada y había varios pacientes que la miraban con ojos ansiosos cada vez que la veían asomarse a la sala de espera.

Se trataba de una carpeta vieja y desgastada. Sus ojos la recorrieron con rapidez. Era bastante abultada. En ella reconoció su propia letra junto a la de su jefe, garabateada en las hojas amarillentas de bordes desflecados por el paso del tiempo. Muchos médicos del Hospital habían escrito informes y estampado sus sellos profesionales. La paciente había sido atendida en distintos servicios, pasando por rayos, laboratorio, gastroenterología, etcétera.

La mente de Laura viajó en el tiempo, convocando los recuerdos en torno a ese caso en particular, hasta que casi pudo ver el rostro de la mujer de manera precisa. Ethel Miranda, cuya historia tenía entre las manos, era uno de esos pocos pacientes a los cuales recordaba con total claridad. No sólo el caso, sino sus circunstancias personales. El diagnóstico había sido cáncer de estómago. Laura le había hecho la admisión, había actuado como ayudante en su cirugía, se había encargado del seguimiento en el postoperatorio y la había atendido varias veces en el consultorio externo.

Habían pasado siete, tal vez ocho o nueve años. Laura buscó la fecha en la historia.

Durante la cirugía, encontraron que el tumor estaba tan diseminado por el abdomen (el peritoneo

y el hígado estaban tachonados de pequeñas metástasis tumorales) que, imposibilitados de realizar
algún tipo de intervención curativa o paliativa,
cerraron la cavidad abdominal y dejaron todo tal
como estaba.

En la última consulta, la envió a casa. Su
única perspectiva era que la enfermedad siguiera el
proceso natural, acompañándola con terapias palia-
tivas, para lo cual la había derivado a los médicos de
la especialidad.

Esta paciente la había impactado de una
forma especial. Quizás porque Laura se encontraba
en los comienzos de su carrera como cirujana y
tenía poca experiencia en el manejo de pacientes
desahuciados; quizás porque la paciente era tan
joven (no tenía más de treinta y cinco años en ese
entonces) que le resultó inadmisible la idea de su
muerte; o porque era madre de tres pequeños y
Laura se había preguntado con dolor qué sería de
ellos cuando faltara su madre.

En ese día de consultas, tantos años después, cuando vio la historia otra vez sobre el
escritorio pensó que se trataba de un error. No
sería la primera vez que tomaran del enorme
archivo del hospital una historia equivocada. Pero
tuvo una impactante sorpresa cuando abrió la
puerta de su consultorio y la vio allí, sentada,
leyendo distraídamente una revista, mientras
esperaba ser atendida.

No cabía duda de que se trataba de ella, un
poco más rellena y más madura; pero, aparte de
eso, se la veía muy saludable. Cuando abrió la
puerta, Ethel levantó la vista y la miró.

La mirada, que Laura recordaba bien, era la
misma: dulce y vivaz. Desde la puerta del consultorio, le hizo un gesto con la mano para indicarle que
había llegado su turno.

Ethel se levanto con agilidad, caminó hacia ella con pasos decididos y le estampó un beso en la mejilla, dejando en el aire la mano que Laura le extendía a modo de saludo.

—¿Cómo está, Ethel? —balbuceó Laura todavía confundida, sin poder salir de su asombro, mientras la hacía ingresar en el recinto.

—Muy bien, doctora —le contestó muy desenvuelta y, mirándola a los ojos, agregó: —Parece sorprendida de verme.

Laura era vagamente consciente de que la miraba como quien mira a un fantasma.

—Sí, sí, Ethel —dijo un poco perturbada por haber dejado traslucir su sorpresa—. Imagínese... ¡han pasado tantos años!

Ambas ocuparon sus lugares en torno al escritorio de chapa gris. Ethel se sentó con las piernas muy juntas, mientras envolvía su pequeña cartera roja con las dos manos. Parecía divertida con la situación. Laura hacía de cuenta que ojeaba la carpeta amarilla, pero en realidad su mente giraba en torno a lo insólito de ese encuentro.

—Diga la verdad, doctora, ¡no esperaba verme nunca más! —dijo Ethel al cabo de unos instantes, con una sonrisa de complicidad. Conciente del desconcierto de su doctora, intentaba romper el hielo. Laura buscaba las palabras apropiadas para responderle. Al fin, balbuceó:

—Ethel... no tengo más remedio que ser muy sincera con usted porque, de todas maneras, no ignora que estuvo muy grave. Su caso era..., bueno, por decirlo de alguna manera... incurable.

Ethel rió; parecía entusiasmada, feliz de haberla sorprendido.

—Bueno, pero acá estoy, vivita y coleando...

Desde su mente estructurada, Laura trataba de imaginar cómo habría hecho esa mujer para sobrevivir estos años, desafiando la lógica, en contra de todas las estadísticas. ¿Habrían ellos errado el diagnóstico? Sin embargo, no; allí estaban los reportes de la anatomía patológica, no una sino varias biopsias se le habían realizado en aquel tiempo. Sin lugar a dudas, el diagnóstico había sido el correcto: tumor de altísima malignidad.

—Tengo su historia desactualizada —comentó Laura, sin dejar de revolver las páginas hacia un lado y hacia otro, como si buscara algún dato en particular—. Hace ocho años que nadie escribe nada aquí... ¿Porqué no me cuenta qué pasó en todo este tiempo? ¿En qué hospital se trató? ¿Con qué doctor?

—No, no, ningún hospital, ningún doctor. ¡Yo no le sería infiel, doctora! —se apuró a contestar Ethel, poniendo especial énfasis en la palabra "infiel".

Laura le hizo un ligero gesto con las cejas, como animándola a seguir hablando.

—Después de que me fui de alta, una vez en mi casa, medité mucho acerca de mi situación. Estaba decaída, sabía lo que tenía, conocía el pronóstico y pensaba en mis hijos. Me dije: "No me tengo que dejar abatir, tengo que luchar por ellos". Eran muy chiquitos, ¿sabe?

Lo sabía bien y era una de las razones por las cuales no la había olvidado. Recordó aquella tarde de enero, cuando entró en la sala general donde Ethel estaba internada, y a los tres pequeños alrededor de la cama, con sus ojitos brillantes, inconcientes de la gravedad de la situación, que corrían y jugaban entre ellos como si nada importante sucediese. En aquel momento, a Laura se le había estrujado el corazón al pensar que la vida era muy injusta y la medicina, muy limitada en sus recursos. Sintió que no deseaba ver morir a esa mujer. Incluso, imaginó salir de la sala, buscar alguna excusa para no volver a verla nunca más y derivarla a otro colega. Era una cobarde, no estaba preparada para semejante desafío. A pesar de todo, se sobrepuso y la acompañó como pudo, escondida tras su escudo emocional, reprimiendo su dolor, hasta que Ethel fue dada de alta.

Mientras la había tenido como paciente, fue incapaz de abordar el tema de su posible muerte y darle algún consuelo. No la había vuelto a ver hasta ese día.

Ethel le había agradecido que la hubiera mandado a su casa. En verdad, no le gustaba estar en el hospital y, de todos modos, ella lo sabía: ya no había nada para hacer.

Pero Ethel había vuelto, casi como un fantasma, y era real, de carne y hueso, como ella misma.

—Entonces... —la animó a seguir hablando.

—Las enfermeras de acá —y bajó la voz como si estuviera contándole un secreto— me recomendaron que fuera a ver a Nahuel Curia.

—¿A quién? —preguntó Laura con genuina sorpresa.

—A Nahuel Curia. ¿Nunca lo oyó nombrar, doctora? —. La pregunta fue hecha con asombro, como si no pudiese creer que su doctora, que parecía saberlo todo, no hubiera oído hablar de una persona tan importante.

—No, no tengo idea. ¿Quién es? ¿Por qué no me cuenta?

—Bueno, es un sanador. En ese momento me dijeron que había sanado a varias personas —se disculpó con timidez y hablando en voz muy baja—. Yo no se lo podía contar a nadie, era una condición que me habían impuesto las enfermeras, porque tenían miedo de que los médicos se enojaran.

—¿Un sanador? ¿Un curandero? —preguntó Laura, asombrada.

—Bueno, como quiera llamarlo. Él ayuda a la gente y no les cobra nada; eso sí, si uno quiere, le deja algo, lo que pueda. El pobre hombre tiene que vivir... Yo siempre le dejé muy poquito, porque no tenía casi nada. Mi marido estaba sin empleo y mi enfermedad había consumido todos nuestros ahorros.

—Y este sanador..., ¿qué le hizo?, ¿cómo la curó?

—¡Ah no, no! No me hizo nada, ni siquiera me dio nada para tomar. Solamente me habló y rezó mucho por mí.

La incredulidad de Laura, lejos de disminuir con las explicaciones que le daba Ethel, iba en aumento. Todo esto le parecía tan inverosímil que, si no fuera por lo excepcional de la situación, o sea que esta mujer estuviera parada enfrente de ella en ese momento, ni siquiera se hubiera dignado a escucharlo.

—Bueno —dijo impaciente—, esto que me dice no me explica mucho.

—Sí, sí, yo sé —le contestó Ethel, comprensiva—. Es complicado para usted entenderlo, porque es demasiado simple y yo aprendí que el que está acostumbrado a estudiar cosas complicadas a veces no entiende las simples, pero la verdad es que es así, y me resulta imposible contárselo de otra manera. —Hizo una pausa y miró a Laura, como si esperara algún comentario que no llegó.

—A partir de allí —siguió con el relato—, se produjo un gran cambio en mí y no sólo en el aspecto físico, porque enseguida me sentí mejor, sino que se curaron mis heridas más profundas, las del alma, las de mi infancia. En fin, poco a poco me hice también mejor persona —hizo una pausa, parecía una niña dando examen. Después de unos segundos, agregó—: Solo viviéndolo se puede entender cómo es pasar por un proceso como ése, pero bueno —dijo entonces, cambiando de tema. Sentía que le faltaban las palabras adecuadas para seguir explicándose—, vengo por otra cosa, una tontería, pero me está molestando mucho para hacer mi trabajo. —Mientras hablaba, se levantaba el pantalón para mostrarle a Laura sus pantorrillas— Mire cómo tengo las várices de estar tanto parada. Hace seis años que trabajo en una peluquería. Después de que me curé, conseguí un trabajo.

Laura no quiso preguntar más. Puso todo el asunto a un costado y se dedicó a mirar las piernas de su paciente que, en efecto, tenían importantes dilataciones varicosas.

El consultorio terminó a las ocho, justo trece horas después de que ella ingresara en el hospital en la brumosa mañana de otoño. Mientras tanto, el sol había brillado, se había ocultado también, y Laura ni siquiera lo había visto.

Recordó su interés por visitar al señor Piri en la terapia intensiva. Estaba tan cansada y su pierna tan dolorida, que pensó no cumplir con su propósito.

Sentada en el silencio del consultorio, solo acompañada por la escasa luz y el zumbido de los tubos fluorescentes, se sintió tentada de partir directo hacia su casa y dar por terminado el día.

Sin embargo, algo en su interior, que carecía de palabras, la impulsó a encaminarse hacia allá. Un poco caminando y otro poco arrastrando su pierna, atravesó el hospital, ya casi vacío, hasta llegar a la sala de cuidados intensivos.

En la sala de terapia había un clima en el que se mezclaban los susurros del personal con el ruido de las máquinas; un concierto de soplidos de respiradores y alarmas de monitores, que chillaban de manera intermitente a distintos ritmos.

Las luces habían sido bajadas y en la semipenumbra se vislumbraban las siluetas de las enfermeras que circulaban entre las camas, administrando medicación, controlando bolsas de drenajes y aspirando secreciones.

El único lugar más iluminado era la isla central de monitoreo.

Allí, Joaquín Medina y Leandro Khan estaban reclinados en sus asientos, con aspecto de estar dormitando.

Laura tocó el hombro de Leandro, frotándolo con una mezcla de saludo y de caricia.

—¿Cómo estás, Lean? —preguntó con familiaridad y afecto, exhibiendo una sonrisa amplia y cálida.

Leandro abrió los ojos y se enderezo en el asiento. Mientras rotaba su silla giratoria, enfrentó a Laura con expresión adormecida y le sonrió con ternura.

—¡Lauri! ¿Qué haces por acá? —exclamó, sorprendido y contento a la vez.

Se besaron en la mejilla. Leandro tenía unos cuarenta y cinco años, cabello muy negro y el rostro delgado. Era su compañero de muchas noches de guardia y, además, un gran amigo. El corazón de Laura se alegraba con un sentimiento de cariño fraternal al verlo.

—Vine a visitarte —contestó, sintiéndose de pronto más animada.

Joaquín abrió los ojos y dijo, sonriendo:

—Te está mintiendo; viene a ver a Piri. —Luego volvió a cerrar los ojos y se quedó en silencio.

—Bueno... —dijo Laura con una sonrisa pícara y meneando la cabeza—. ¿Vale decir que si hubiera sabido que estabas, hubiese venido a visitarte?

—Claro que sí. ¿Ves, Joaquín? Lo que pasa es que tenés envidia, a vos nadie viene a visitarte —bromeó Leandro, de repente animado por la visita de Laura.

Ella muchas veces se acercaba a la sala de terapia intensiva solo para ver a su amigo. Solían quedarse largo tiempo charlando, mientras él cumplía su turno. Ese día se suponía que no debía estar allí.

—¿Cómo están tus cosas? —le preguntó Leandro, acercándole una silla. Estaba ansioso por iniciar la charla que lo transportara al mundo exterior, a la realidad cotidiana, fuera de clima de urgencia y de dolor que envolvía la sala de terapia.

Como Laura no tenía más apuro que el que le imponía su cansancio, se dejó caer en la silla y resopló, sintiendo de golpe el alivio de tener con quien compartir sus experiencias.

—Tuve un día de trabajo muy intenso que, gracias a Dios, está por terminar. ¡Estoy agotada! Les aseguro que hoy me pasaron cosas excepcionales. Entre ellas, operar a Piri. ¡No me correspondía a mí operarlo! ¡Ni siquiera sé de quién lo heredé! La cuestión es que arranqué con una doble amputación, para terminar con el quirófano a las tres de la tarde y encontrarme después con una montaña de historias clínicas en el consultorio, encima nadie faltó, y... ¿dónde está mi paciente?

Leandro se rió.

—¿Qué le ves de gracioso a lo que estoy contando? —preguntó Laura.

—Nada, nada. Es la manera como lo contás. Se ve que estás un poco alterada y, además, harta del hospital.

—Cama seis —contestó Joaquín con los ojos otra vez cerrados, mientras cabeceaba en esa dirección.

Laura se dirigió hacia el extremo más oscuro de la sala.

Era la última cama contra la pared; por esa razón, estaba aún más en penumbras.

El señor Piri se encontraba consciente, semisentado, con un par de grandes almohadas sosteniéndole la cabeza, parte de su tronco apenas tapado con una sábana blanca y una armazón de metal sobre los muñones, donde antes habían estado sus piernas.

Laura se acercó y, cuando estuvo bastante cerca, descubrió que se encontraba con los ojos abiertos, mirando el vacío. Él la vio y esbozó una sonrisa. Su mirada tenía ese algo que la había conmovido tanto la primera vez: desamparo y al mismo tiempo ternura, como nunca había visto en ningún paciente. Era como la mirada de un niño. "Ojos de ángel", pensó Laura sin saber por qué, ya que no creía en los ángeles. Se sorprendía de sí misma. La sorprendían esas emociones descontroladas que estaba experimentando. ¿De dónde provenían? ¿Qué le pasaba con este hombre? ¿Qué tenía de especial que no tuviera cualquier otro paciente? Acercó su rostro, escrutando en la penumbra, tanto como para sentir el extraño olor de su aliento, la calidez de su respiración.

En ese clima de silencio y de soledad, sintió una gran tristeza por su situación, pero al mismo tiempo se sentía incómoda. ¿De qué podría hablar con él? ¿Qué cosas los conectaban?

—Señor Piri —murmuró apenas—, ¿me recuerda?

Él asintió en forma casi imperceptible, acompañando su gesto con un parpadeo. Ella buscó un banco y lo acercó a la cama, se sentó y lo miró a los ojos.

—Yo soy la doctora que lo operó — aclaró en forma innecesaria.

—¿Cómo está? ¿Siente algún dolor?

Él negó, meneando la cabeza; después cerró los ojos y se quedó muy quieto, simulando dormir, como para darle a entender que no quería hablar ni ser interrogado. Ella extendió su mano y la apoyó con suavidad sobre la de él, que reposaba a un costado del cuerpo.

Permaneció un minuto más a su lado sin decir una palabra, tocándole apenas la mano cálida.

De pronto, los ruidos de la terapia intensiva se desvanecieron. El silencio del lugar parecía haber arrastrado consigo las palabras. Había ido a hablar con él y en su mente no se armaban las frases apropiadas. Él estaba cerrado como una ostra y ella sentía un muro entre los dos, poderoso e invisible, imposible de traspasar. ¿Cómo se consolaba a alguien que está pasando por semejante situación? Solo, con el cuerpo quemado, amputado, al borde mismo de la muerte, del abismo...

Se sentía conmovida, pero vacía. ¿Qué tenía ella adentro para darle a este hombre? Ella sólo sabía de cirugía, de cortar y suturar, su campo de batalla era el quirófano. Se dio por vencida y retornó a la isla central de monitoreo donde estaba Leandro, ya que a Joaquín lo habían llamado para asistir a un paciente que se ahogaba en secreciones. Laura se sentó a su lado.

—¿Qué te pasa con este paciente? No me parece un caso interesante, como los que a vos te gustan —preguntó Leandro al pasar, mientras revisaba unas notas.

Él conocía muy bien la modalidad de trabajo de ella y sabía que el seguimiento de los pacientes lo delegaba casi siempre en los residentes. Ella se interesaba en casos raros, difíciles, que los residentes no pudieran resolver o en aquellos que pudieran ser publicados como trabajos científicos.

Laura tenía fama de ser una cirujana muy consciente y dedicada desde el punto de vista médico. Más allá de eso, nunca se involucraba con los pacientes o con sus familiares, y delegaba todo lo que tuviera que ver con un mayor contacto personal. Esta vez era diferente. Ella se había preocupado por un paciente común. No había ningún desafío científico en el tratamiento de una quemadura, en una simple amputación cuya evolución podía seguir cualquier residente de primer año y, sin embargo, había venido a verlo. Tratándose de un anciano solo, sin familia, a punto de morir por una sepsis originada en sus quemaduras, no era extraño que su amigo se sorprendiera.

—No sé, no sé, Leandro; hoy fue un día raro. Opero a un paciente común y corriente, pero me produce algo especial. Después me encuentro con una paciente, que debería haberse muerto hace años, vivita y coleando. ¿Nunca tuviste un día raro? Leandro rió con sinceridad.

—Tu pregunta es rara —afirmó mientras hacía un gesto con la mano sobre la cabeza de Laura, casi una caricia, despeinando sus largos mechones castaños.

Ella recibió ese gesto cariñoso, como una sutil muestra de afecto, con gratitud. El calor de la mano de él sobre su cabeza le produjo un efímero escalofrío de placer. Estaba agotada y necesitaba consuelo. Leandro representaba en su vida al hermano que nunca había tenido.

—Lean, verte me alegró el día. Me voy. Quizás podamos tomar un café mañana después del ateneo. —Mientras decía esto, se levantó, le dio un beso en la mejilla y salió de la terapia, dejando a su amigo lleno de preguntas sin responder.

8

Al abandonar la sala, Laura miró su reloj. Eran las diez y media. El edificio estaba casi vacío, los amplios corredores en silencio; sus pasos repicaban, multiplicados por el eco.

Recordó que en sus primeros años de prácticas, le daba mucho miedo transitarlos de noche. Parecían amenazantes, llenos de sombras. A veces se escuchaban gritos de dolor de los pacientes, lastimeros gemidos, llantos de familiares que acababan de escuchar la noticia de un fallecimiento o risas de enfermeras que intercambiaban chismes en el silencio de la noche.

Se contaban historias de fantasmas que merodeaban por las salas, de apariciones extrañas, de fenómenos inexplicables.

Después de tantos años, más de un tercio de su vida transcurrido allí, ésa era su casa.

Cada rincón, cada ruido le resultaban familiares. Sin embargo, hoy el sonido de sus pasos en los pasillos vacíos le producían otro tipo de temor y una extraña melancolía, como si de pronto se hubiera dado cuenta de que su vida estaba tan vacía como ellos.

Mientras caminaba hacia la salida, tomó conciencia de que pasaba más horas adentro del hospital que afuera, y que había hecho del trabajo toda su vida. Allí estaban sus amigos, sus intereses, sus relaciones personales. No tenía mucho fuera de ese edificio gris. Acababa de cumplir cuarenta años y pensó que sus tiempos se acortaban. Sintió miedo, miedo de envejecer sin haber encontrado lo que buscaba.

"Tonterías", pensó. "Sigmund Freud empezó a escribir sus obras completas a los cuarenta años".

Este pensamiento la tranquilizó ¡Todavía podía hacer muchas cosas! Trató de no pensar más en su futuro y, sin disimular el pesado rengueo, se dirigió al estacionamiento a buscar el auto.

9

Laura debía manejar veinte minutos por la autopista para llegar a su casa. El dinero que había heredado de su padre diez años atrás, cuando éste murió en un accidente, le había permitido no sólo comprar la casa, sino vivir sin apremios económicos de ningún tipo. Aún más, podría vivir sin trabajar si así lo deseara. Pero nada tan lejos de sus planes. Amaba su trabajo y había luchado mucho para estar donde estaba.

Laura vivía sola. Había tenido un breve matrimonio de dos años con un compañero de estudios, poco tiempo después de recibirse de médica. Nunca más había convivido con nadie. Poco tiempo después de su divorcio, intentó un par de relaciones amorosas que terminaron dejándole gran frustración y dolor. Nunca llegó a mucho después de ellas. En general, tenía la impresión de que no podía enamorarse de nadie y, aunque contaba con muchos amigos en su ambiente de trabajo, los veía exclusivamente así, como amigos. No entendía por qué sus amigas, que estaban solas como ella, se desesperaban por formar pareja, mientras sus vidas transcurrían cambiando de una relación a otra en una sucesión interminable de ilusiones y frustraciones.

Esa noche, al entrar en su casa, oscura y vacía, se sintió un poco solitaria y tuvo la necesidad de prender todas las luces a su paso.

Se dirigió a la cocina y puso agua a calentar para un té, mientras meditaba sobre los sucesos del día.

Tal como le había dicho a su amigo Leandro, y no encontraba otra forma de expresarlo, este había sido un día particular. Recordó a Ethel contándole de su curación imposible y luego lo relacionó con Carmen proponiéndole ver a un curandero. De alguna manera misteriosa, esto se conectaba con la mirada del señor Piri, que estaba muriendo un poco cada día, en un lugar extraño, entre gente extraña, sin nadie que sostuviera su mano y sin siquiera entender el idioma en que le hablaban.

Se llevó la taza de té al dormitorio. Decidió que mañana hablaría con Carmen acerca del Tata, o como fuera que se llamase.

10

Laura vivía en un barrio de casas bajas con amplios parques. A mil metros se encontraba la entrada a la autopista que la conducía al hospital.

A diferencia del día anterior, la mañana se presentó soleada y fresca y el cielo azul, radiante. El follaje de los árboles se agitaba con una suave brisa otoñal y con cada bamboleo muchas hojas caían, arremolinándose en las calles. Laura respiró hondo cuando abrió la ventana de su dormitorio para dejar entrar el aire fresco. El otoño le parecía una estación hermosa.

El reposo no había mejorado mucho el malestar en su pierna, que estaba siempre como entumecida cuando despertaba. No le prestaba atención en ese momento, ya que estaba muy concentrada escribiendo la lista de los artículos que faltaban en su casa y que compraría en el centro comercial cuando saliera del hospital. Era martes y no tenía cirugías ni consultorio, sólo ateneo. Terminaba su actividad al mediodía; por lo tanto, era día de compras.

Después de examinar por un rato el guardarropa, se decidió por un pantalón liviano, una camisa clara y un cárdigan de lana. Una vez lista, se miró atentamente en el espejo para verificar que todo estuviera en su lugar.

Laura tenía cuarenta años, pero parecía diez años menor. Su cutis era firme y no tenía ni una arruga. No era hermosa, pero había una armonía en sus facciones que la hacía muy agradable, y su pequeña contextura física le daba un aire aniñado que despertaba simpatía en la gente. Estas características no la habían beneficiado en su práctica profesional. Le hacían aún más difícil hacerse respetar por sus colegas y, a veces, por sus pacientes, que no querían dejarse operar por una doctora con aspecto de colegiala.

Salió con su auto a toda velocidad ya que, como siempre, estaba atrasada. Los minutos volaban para ella y con frecuencia llegaba tarde a las citas.

Una vez en el hospital, se dirigió sin vacilar al anfiteatro de cirugía donde se realizaban los ateneos. Se puso el guardapolvo blanco, al mismo tiempo que caminaba con prisa por los corredores llenos de gente.

El piso de internación de cirugía era enorme y había que atravesarlo todo para llegar al auditorio. Ingresó en el salón apenas unos minutos tarde, pero lo suficiente como para ser la última en entrar y atraer todas las miradas, justo lo que no quería que sucediera. Encogiéndose como para hacerse invisible, y sin saludar a nadie, se sentó en su lugar.

Las jerarquías se respetaban estrictamente a la hora de ocupar un asiento en el anfiteatro: en el centro, en una larga mesa, se ubicaban, presidiendo las reuniones, el jefe del servicio de cirugía y el subjefe. A los costados, el jefe de internación y el de consultorios externos. Ése era el sector llamado por los residentes "mesa de los fósiles". El jefe de internación, Luis Aquino, ya no operaba. Un principio de mal de Parkinson le había arruinado el pulso y su única tarea era revisar historias clínicas y las indicaciones quirúrgicas, pero como su mente permanecía muy lúcida, sus opiniones eran, en general, respetadas. El jefe de consultorios externos era un cirujano mediocre que había llegado a ocupar ese lugar a fuerza de intrigas y manipulaciones, no le interesaba operar, pero siempre estaba dispuesto a criticar el desempeño de los demás.

El subjefe de servicio, Carlos Caballero, era conocido en el hospital como "la máquina de operar". Para él toda patología era quirúrgica. Era un hombre malhumorado y agresivo con los colegas, tratado con indiferencia por sus pares y temido por los jóvenes del servicio. El jefe de cirugía, el doctor Victorica, era el ídolo de Laura. Sereno, mesurado, justo y buen cirujano, era respetado por todos y Laura siempre había contado con su respaldo.

Los médicos de planta más antiguos se sentaban en la primera fila y en la segunda, los más jóvenes, junto a su jefe. Ése era el sitio que la tradición le asignaba a Laura. Justo detrás de ella, estaban sus residentes preferidos: Gustavo Ávila y Daniel Miro. Irreverentes, muchas veces infantiles, le hacían chistes en voz baja, ridiculizando las situaciones en las que los "viejos" se comportaban de manera rígida o anacrónica, y celebrando las equivocaciones que cometían al hablar o los olvidos que tenían al presentar las historias de los pacientes. Laura no los censuraba: le parecía divertido que le quitaran solemnidad a los asuntos médicos, y sus comentarios constituían una de las pocas cosas por las que reía en el hospital. A continuación, se ubicaban los residentes de segundo y primer año.

—¡La mesa de los fósiles hoy sería un sueño hecho realidad para un paleontólogo! —le susurró Gustavo en el oído apenas entró, haciendo alusión a la visita de un cirujano octogenario, ya retirado, que solía participar en forma esporádica de los ateneos y que, indiferente a todo, dormitaba en su silla. Laura respondió con un suave chistido y una sonrisa de complicidad.

Ese día se discutieron dos casos. Uno de ellos era el abordaje para la extirpación de un quiste hepático de difícil ubicación. En pocos minutos, todos se pusieron de acuerdo. El siguiente caso fue la evolución de una cirugía que, habiendo sufrido una sucesión de complicaciones en el postoperatorio inmediato, terminó con el deceso del paciente. Trataban de determinar si las complicaciones pudieron haberse evitado o no.

El joven paciente había sido intervenido de urgencia por el jefe de residentes. En el momento de operarlo, había tenido dos alternativas: una pequeña cirugía, más conservadora, o una gran cirugía mucho más riesgosa y complicada. El cirujano, temeroso por la frágil situación del paciente, se había decidido por la primera opción. Luego de la intervención, el estado del enfermo se complicó y murió en cuestión de horas. Durante la discusión se trataba de llegar a un acuerdo acerca de si la opción quirúrgica elegida por el cirujano había sido la correcta o si, por tratar de ser más conservador, finalmente se había precipitado el final. El jefe de residentes estaba siendo atacado por sus jefes con tanta agresividad que Laura se revolvía en el asiento, incómoda. Hubiera deseado no estar allí, asistiendo a tanta humillación.

Le parecía que estaban siendo injustos con él, juzgándolo con una dureza desmedida ya que, a su criterio, el procedimiento quirúrgico había sido impecable. Además, pensaba Laura, si el paciente no había podido resistir un procedimiento quirúrgico menor, era poco probable que hubiera resistido una gran cirugía. No podía decidir si era pertinente hablar en su defensa o no. Al fin, temiendo ser atacada y quizás también por comodidad, optó por el silencio, igual que todos los demás. Esta actitud pasiva y un poco cobarde, le produjo mucha culpa. El trato entre los médicos del servicio de cirugía era famoso en el hospital por su grado de hostilidad. En un momento, se le antojó pensar que todos esos médicos enfundados en sus guardapolvos blancos parecían una jauría de perros salvajes disputándose una presa, y se preguntó cómo era que ella se había acostumbrado a sobrevivir en ese entorno. Quizás porque muchas veces había callado, como lo estaba haciendo ahora.

Cuando el ateneo terminó, dio un suspiro de alivio y se aflojó de golpe, tomando conciencia de lo tensa que había estado, de lo desagradable que había sido toda la situación.

Pensó en ir a hablar con el jefe de residentes, decirle algunas palabras de consuelo, pero luego lo vio tan alterado que le pareció inoportuno y se retiró con tanto sigilo como había entrado.

Miró su reloj, calculando dónde podría encontrar a Carmen. Decidió buscarla en la oficina de enfermeras de planta baja, donde solía reunirse con las jefas de otros servicios, en las horas del mediodía, para arreglar asuntos administrativos.

El hospital se encontraba en plena actividad. Laura atravesó varios sectores hasta llegar allí. Los olores tan típicos del lugar le iban anticipando las distintas áreas de su estructura laberíntica y caótica.

Vapores de plancha en el sector de lavandería, que predominaban sobre jabones y desinfectantes, aroma de comidas, más exactamente un eterno olor a sopa de verduras, en el sector de la cocina, y el intenso hedor de los productos químicos donde se encontraba el sector de almacenaje de farmacia. A su derecha estaba el pequeño recinto de enfermería. Abrió la puerta sin golpear y se encontró con tres enfermeras sentadas frente a una gran mesa gris, un poco deteriorada, ubicada en la recepción.

Una de ellas se estaba pintando las uñas y escondió de un solo ademán el frasco de esmalte rojo, simulando hacer otra cosa cuando Laura entró.

—¿Sí, doctora? ¿A quién busca? —le preguntaron, un poco incómodas por la brusca invasión.

Laura no las conocía. El hospital tenía más de mil empleados y los del sector de enfermería rotaban en forma permanente.

—Estoy buscando a Carmen Villar, la jefa de quirófanos.

La que parecía ser la mayor de todas le hizo una señal con la cabeza a la más joven, que había estado pintándose las uñas, y le dijo:

—Marina, andá a ver si la encontrás a Carmen atrás —miró a Laura y agregó—: Espere, doctora, que la chica la busca.

Laura asintió con la cabeza, esbozó una sonrisa y miró para otro lado, como dando a entender que no tenían que preocuparse por su presencia.

Un rato después, apareció la enfermera joven con Carmen. Tenía una mirada de desconcierto, sorprendida de que alguien la hubiera ido a buscar a su santuario.

—¡Doctorcita! —dijo Carmen, sonriendo más distendida al ver que era Laura quien la buscaba.

Aun cuando Carmen no era mucho mayor que ella, usaba el diminutivo para llamarla, como hacía desde que Laura había empezado su carrera de cirujana.

—.Me hubiera hecho llamar; no tenía que molestarse hasta acá.

—Necesitaba preguntarle algo, Carmen. ¿Podemos hablar a solas?

—Claro, claro, pase a mi oficina —diciendo esto, hizo un gesto con la cabeza para que Laura la siguiera por el pasillo que conectaba la recepción con su pequeña oficina.

La oficina de Carmen era minúscula. Las paredes estaban despintadas y tenía un humilde escritorio con dos sillas que, se notaba, habían sido descartadas de otro sector. Carmen parecía ligeramente avergonzada por la simpleza del lugar.

—Doctora, ¿la puedo convidar con algo? ¿Un té, un vaso con agua fresca?

Laura se sintió conmovida por el intento de Carmen de ser una buena anfitriona. Mientras tanto, procedió a sentarse. Se acomodó, estirándose sobre la vieja silla.

—Bueno, Carmen. Te acepto un vaso con agua fresca.

De pronto se sintió muy a gusto en esa pequeña oficina, tan aislada y silenciosa, apropiada para refugiarse de la hostilidad del hospital.

Carmen desapareció un instante y volvió con el vaso en la mano.

—Quiero saber algo —dijo Laura sin preámbulos, justo antes de apoyar el vaso contra sus labios.

—Sí...

—Quiero saber si el Tata, el manosanta del que me hablaste, tiene algo que ver con un tal Nahuel Curia.

Carmen se rió de manera espontánea, echando la cabeza hacia atrás.

—Le picó lo que le dije, doctora... pero ¿de dónde sacó el nombre?

—¿Es la misma persona? —insistió, impaciente.

—Acertó —contestó Carmen, más seria—. Los que lo conocemos evitamos decir su nombre, porque no le queremos generar problemas.

—¿Me podés hablar un poco más de él, por favor? —Laura se acomodó, como si esperara escuchar un largo relato.

—Si me promete que no lo cuenta a nadie. —Carmen se sentó en la silla frente a ella.

—Lo prometo. Sólo es interés personal; después de todo, si voy a verlo me gustaría saber quién es.

—Bueno, se llama Nahuel Curia, pero también le dicen el Tata o Papá Curia. Vive fuera de la ciudad, más o menos a una hora de acá, del hospital. Ha curado a mucha gente, pero él no quiere que vaya a verlo una multitud. Por eso no atiende a nadie que no vaya muy recomendado. Primero hay que llamarlo, contarle un poco de qué se trata el problema, aunque en general, cuando uno lo llama, él ya sabe cuál es el motivo. A veces se niega a atender el teléfono y otras veces manda a decir que la persona que quiere consultarlo se acerque hasta su casa, que la va a atender. Es un hombre muy sabio, doctora. Yo estoy segura de que a usted la va a recibir, y también estoy segura de que le va a encantar conocerlo.

De este modo describió Carmen, en su lenguaje simple y directo, al famoso sanador.

Laura ya había tomado una decisión. Presa de cierta ansiedad, experimentó un fuerte interés en concretar el encuentro cuanto antes.

—Hoy me desocupo temprano; tengo toda la tarde disponible. ¿No lo querés llamar y averiguar si quiere atenderme?

—Claro, doctora. Espéreme un minuto que ya lo llamo —diciendo esto, salió rumbo a la recepción a buscar el único teléfono del sector.
Cinco minutos después, estaba de vuelta.

—Él no me atendió, pero mandó a decir que la puede ver a las tres de la tarde. Yo la acompaño —anunció sonriendo, como si le estuviese comunicando que acababa de ganar un premio—. ¿Le parece bien, doctora?

—Sí, Carmen —contestó Laura mirando el reloj—. Pero son sólo las doce treinta, así que voy a aprovechar para hacer algunas cosas por el hospital y nos encontramos a las catorce en el estacionamiento. Vamos con mi auto.

—Sí, doctora. Allí estaré.

11

Laura decidió almorzar en el comedor para médicos. Hacía casi veinticuatro horas que no comía una comida razonable, y se estaba sintiendo débil y un poco temblorosa.

El lugar estaba lleno, inundado por el bullicio de las conversaciones y por el ruido de la vajilla, un desafinado concierto de cucharas y tenedores chocando contra platos y tazas. Aquel sonido le resultaba abrumador y esa era una de las razones por las cuales Laura, pese a tener el almuerzo gratis en el comedor para médicos, prefería pagar un sándwich en la cafetería. Tenía la sensación de pagar por un poco de silencio e intimidad.

Hoy, sin embargo, su hambre no podía ser saciada por un sándwich. Su estómago ansiaba un plato de comida caliente, algo suculento que la reviviera. Así fue que ese día se transformó en una de las raras ocasiones en que optaba por el comedor.

Tomó una de las bandejas color anaranjado y se puso en la cola del mostrador para que le sirvieran su comida, mientras escaneaba las mesas, preguntándose dónde se sentaría.

Contra una pared, solo con su plato casi sin tocar, se encontraba Alex, el jefe de residentes que había sido tan vapuleado unas horas antes durante el ateneo. Se lo veía solitario y deprimido, por lo menos así le pareció a ella, y pensó sentarse con él para darle un poco de consuelo.

La hilera de gente con guardapolvos blancos la empujó hasta el sector de los postres, donde tomó distraídamente una ensalada de frutas, para luego dirigirse a la mesa de Alex, que, con los ojos fijos en el plato, se llevaba de tanto en tanto un bocado de comida a la boca.

—¿Puedo sentarme con vos? —le preguntó, mientras se acomodaba enfrente de él.

—Claro, ya lo hiciste —contestó el joven con un tono que denotaba amargo resentimiento, mientras continuaba mirando el plato.

Laura, a su vez, miró el que ella misma acababa de apoyar sobre la mesa. Se había servido demasiada comida.

—"Los ojos comen más que la boca", decía mi abuela. —Sonrió a su interlocutor, tratando de parecer simpática, de romper el hielo. No tuvo respuesta. Alex seguía con la mirada fija en su bandeja y el ceño fruncido.

—Ya sé que te sentís horrible —Laura fue directo al grano; sería absurdo preguntarle el motivo de su malestar—. Todos pasamos por este tipo de cosas. Imagínate yo, siendo mujer, ¡la de palos que recibí en diez años de estar en el servicio!

Ella hablaba con naturalidad, mientras acomodaba una pequeña servilleta de papel en su regazo y tomaba el tenedor, sin mirarlo.

—¿Qué me querés decir con eso? ¿Que como le pasa a todos, está bien que te despedacen frente a los colegas mientras ninguno de tus queridos compañeros abre la boca para defenderte? —Alex usó un tono rudo. Era obvio que estaba muy contrariado y que no podía disimular el resentimiento.

Ella tragó saliva. Sabía que había estado en falta, igual que los demás, guardando silencio mientras él era injustamente agredido. A pesar de esto trató de disculparse, minimizando su participación.

—Yo no conocía el caso —dijo, encogiéndose de hombros—. ¿Qué querías? ¿Que inventara algo para defenderte? —En el fondo no creía en sus propias palabras, pero siguió disculpándose—: Los demás, los que siguieron el caso con vos, los que te ayudaron en la cirugía, ¿por qué no abrieron la boca?

Esta vez la estrategia era descargar la culpa sobre alguien más. Se mordió el labio inferior, mientras esperaba una respuesta. Estaba tratando de creer su propio discurso para que sonara convincente, pero lo peor era que no lograba convencerse a ella misma. Por fin, él levantó la vista y la miró a los ojos.

No había más enojo en ellos, sólo tristeza.

—Laura, estoy pensando con seriedad en cambiar de especialidad —su tono de voz se suavizó y se hizo más confidente—. Yo no estudié medicina para esto. Esto, así, no me da ninguna gratificación. Yo elegí la conducta terapéutica que me pareció menos traumática para el paciente... no creo que fuera mi culpa que el paciente muriera.

—¡Tonterías! —exclamó Laura, espantada ante la perspectiva de que Alex se fuera del servicio—. ¡Esto no tiene ninguna trascendencia! ¡Ya todos se olvidaron de vos y del paciente!

—¡A eso me refiero! a nadie le importa un carajo ni de mí ni del paciente — dijo con brusquedad, para luego volver a suavizar la voz—. Laura, ¿qué estamos haciendo acá? ¿Para qué cuernos estudiamos medicina? ¿Para esto?

Laura no entendió. ¿A qué se refería?

—Con toda honestidad, no entiendo qué me querés decir.

—Este suceso de hoy, del ateneo... lo siento como definitivo. Hace tiempo que pienso en lo que hago y cómo lo hago. Cuando empecé la carrera de médico, yo iba a salvar a la humanidad. De pronto, me veo dentro de una maquinaria infernal llamada hospital, veo a cientos de pacientes, no los conozco, no sé en realidad por qué están acá, qué pasa con sus vidas, cuáles son sus necesidades. Alguien los duerme, yo los opero. Si todo sale bien, a casa. Si todo sale mal, a hablar con los familiares y después, a salir corriendo lo más rápido posible. ¿Esto es la medicina?

—Alex, somos cirujanos, no psicoanalistas ni asistentes sociales... —contestó Laura, convencida de sus palabras—. Nosotros sabemos operar. Bueno..., por lo menos yo no sé hacer otra cosa.

—Corrección, Laura: somos médicos. ¿Alguna vez pensaste qué significa ser médico?

—Quizás signifique algo distinto para cada uno de nosotros...

—Sí, es posible. Lo importante es lo que significa para mí. Vos, ¿mirás a tus pacientes a los ojos? ¿Sabés quiénes son? ¿Sabés cómo enfermaron? ¿Sabés si operarlos es en verdad el camino hacia su curación o los operás porque es lo único que sabés hacer?

—Bueno, así son las cosas en el hospital. En general, no tengo mucho tiempo para averiguarlo.

—¿No lo tenés o no querés tenerlo? Y cuando tenés tiempo, ¿lo averiguás?

—¿Eso me ayudaría a operar mejor? —preguntó Laura, siendo algo irónica.

—No, pero a lo mejor a muchos no los operarías si indagaras más en sus vidas. Quizás te dieras cuenta de que tienen otras necesidades, otras opciones.

—Alex, sos un excelente cirujano. Quizás el problema es que estás pensando demasiado. Todos te aprecian en el servicio; lo de hoy es una anécdota más para contar cuando seas viejo, pero ¡de ninguna manera puede condicionar el resto de tu carrera! ¿Quién de nosotros no tuvo un mal día? ¿Es esa razón suficiente para tirar toda una carrera por la borda? ¿Una carrera que podría ser brillante?

—No, no me entendés. Lo que pasó hoy es la

gota que rebasó el vaso —Alex levantaba la voz. El enojo estaba creciendo en él—. No quieras convencerme. Yo no digo que me voy a ir, ¡digo que ya me fui!

Sin decir nada más, se levantó y se fue. Su bandeja quedó con la comida casi sin tocar.

Como un rayo, Laura lo alcanzó antes de que llegara a la puerta.

—Pensá un poco, Alex. Estás deprimido por lo que pasó hoy. Reflexioná, no hagas cosas de las que te vas a arrepentir después. —Mientras decía esto, Laura caminaba detrás de él con pasos rápidos. Lo persiguió hasta la puerta del comedor. Cuando llegaron allí, se dio cuenta de que había dejado su cartera en la silla y volvió a su lugar. Alex salió del comedor sin mirar hacia atrás.

Desde que estaba en el servicio de cirugía, era la primera vez que un jefe de residentes, después de haber soportado con éxito la dura prueba que representaban los tres años de residencia, venía con un planteo de este tipo. Sin embargo, todavía tenía esperanzas de que cambiara de opinión.

Comió en silencio. Su apetito se había evaporado. El comedor se fue tornando más silencioso a medida que se vaciaba. Cuando terminó su comida, miró el reloj y calculó que le quedaban unos veinte minutos hasta la hora de encontrarse con Carmen. Bajó al parque que circundaba el hospital e hizo algo que no hacía desde mucho tiempo atrás: se sentó en un banco a la sombra de un árbol, cuyos largos cabellos verdes acariciaban apenas el césped y el respaldo de su asiento.

El día era axcepcionalmente bello. Por un instante, salió de su dialogo interior y se conectó con el entorno. La luz del mediodía hacía aparecer todo más hermoso; hasta el edificio gris del hospital no se veía tan mal, bañado por los rayos dorados del sol de otoño. Respiró hondo y sintió la brisa en la cara. Este estado de paz duró poco. Al cabo de unos minutos, sin darse cuenta volvió a ignorar el entorno para meterse en sus pensamientos.

Entonces empezó a repasar las palabras de Alex. De extraña manera, habían puesto algo en marcha dentro de ella, un cuestionamiento, dudas, la sensación de que tenía que recordar algo que había olvidado. ¿Y si Alex tenía razón? ¿Se detenía ella a pensar en las circunstancias vitales de cada paciente antes de operarlo? Por cierto que no. Ella también sentía a veces el vacío en su profesión. El vacío provenía de hacer las tareas de manera mecánica, como autómata, desconectada de la gente, sin intención clara.

En general, evitaba profundizar mucho en el tema. En algunas ocasiones, vagamente, tenía la sensación de que debía haber algo más, de que su tarea, si bien honesta, era incompleta.

Todos esos pacientes que había tratado en su vida le habían dejado una insatisfacción. ¿Curaba ella a las personas o las enfermedades? Al mismo tiempo que se formulaba esta pregunta, podía sentir el temor de remover a fondo esas emociones. ¿Cómo sería capaz de operar, de cortar a alguien, si pensaba en el ser humano al que pertenecía esa carne, esos músculos, esos tejidos; si tenía en cuenta su sufrimiento, sus roles de hijos, padres o madres? Claro que todos ellos tendrían una historia, pero... ¿debía ella involucrarse? ¿Para qué enterarse de circunstancias que no podía modificar? ¿Cuál era su misión? ¿Ser cirujana implicaba también seguir la evolución del paciente a largo plazo? ¿Era ella nada más que un mecánico del cuerpo humano? Recordaba como una masa informe, anónima, a los pacientes de los cuales, una vez operados, nunca más había sabido nada. Recordó al señor Piri.

¿Cómo se conectaban estos sentimientos con él?

Este dilema tenía una solución al estilo del Dr. Sanz, paternalista y distante, que ella rechazaba. Cuando alguien la conmovía, como el señor Piri, ¿podía encontrar la forma de acercarse de otra manera y ayudarlo?

No estaba capacitada para eso. Se necesitaba algo más que tener buenas intenciones y el título de médica para lograrlo. Quizás era un tipo de aprendizaje que no le habían dado en la universidad o algún don natural del cual carecía. Pero de una cosa estaba segura: nadie en su servicio podía ayudarla a resolver estas dudas.

12

El barrio donde vivía Nahuel Curia era humilde. Las calles, algunas sin pavimentar, estaban transitadas por autos viejos y se veían hasta algunos carros tirados por caballos.

Condujo por amplias zonas descampadas. El vecindario tenía más la apariencia de un pueblo rural que de un barrio urbano.

Después de andar muchas calles desconocidas, en una esquina encontraron la casa, baja, amplia y rodeada de árboles, que se destacaba de las demás no por su lujo sino por su belleza. La vegetación parecía más densa a su alrededor y el sol que se reflejaba en las paredes daba la sensación de que ese era el punto luminoso de la cuadra.

Carmen le indicó que se detuviera, haciendo un gesto con la mano.

La vivienda de Nahuel Curia mezclaba elementos de las viejas casas coloniales con otros típicos de una casa de campo. Tenía en el frente un gran jardín con un estanque y una fuente, en la que el agua fluía entre rocas y plantas. El césped estaba cubierto por un manto otoñal de hojas amarillas y anaranjadas, al igual que el sendero de piedras que transitaron hasta la puerta principal.

Había un clima de silencio y de paz en torno a esa casa, interrumpido sólo por el canto de los pájaros o por el lejano ladrido de un perro.

Hicieron sonar la pequeña campanilla que pendía de la puerta.

Una mujer morena con inconfundibles rasgos indígenas, de unos cincuenta años y rostro relleno, abrió la puerta.

Las recibió con una amplia sonrisa, mostrando una delicada hilera de dientes muy blancos y, sin decir una palabra, las condujo al interior de la estancia.

Ingresaron en una pequeña sala, tan llena de plantas como el mismo jardín. El sol entraba por los vidrios partidos, inundando todos los rincones.

Tanto Carmen como Laura permanecieron en silencio, mientras la mujer desaparecía tras una puerta. Laura tenía la sensación de haber entrado a un santuario en el que cualquier palabra hubiera sido inapropiada.

A los pocos minutos, reapareció para decir con natural amabilidad:

—Doctora, ¿me acompaña por favor?

Laura miró a Carmen como pidiendo su consentimiento y ésta le respondió asintiendo con la cabeza.

Estaba sola en una espaciosa habitación y, mientras esperaba que Nahuel Curia se presentara, se dedicó a examinarla.

No había cortinas y la luz de la tarde irrumpía sin obstáculos, inundando de claridad todos los rincones.

El mobiliario se componía de un sillón cubierto con una manta de vivos colores, una mesa de madera oscura con dos sillas a los costados, bajo la ventana, y, contra la pared, dominaba el ambiente la gran biblioteca de roble natural. En los estantes se apilaban, desordenados, muchos libros entremezclados con adornos exóticos. Abundaban los objetos étnicos y religiosos: figuras cristianas alternaban con máscaras indígenas, tallas de Buda realizadas en madera y metal, dioses hindúes de bronce y plata. Era evidente que estos eran los modestos tesoros que Nahuel había acumulado en el transcurso de su vida.

Los ojos de Laura recorrían los títulos que Curia apilaba en su biblioteca y encontró que eran tan variados como los adornos: novelas, textos religiosos, colecciones de revistas, hasta libros sobre filosofía, ciencia y jardinería, la mayoría de los cuales no le eran familiares. Se preguntó qué clase de persona sería capaz de coleccionar cosas tan variadas, mientras trataba de armar una imagen de su desconocido anfitrión a partir de sus preferencias.

Se sobresaltó cuando vio a Nahuel Curia de pie, a su lado. Había entrado con tanto sigilo que no había notado su presencia.

Ahora estaba allí, sonriéndole, mientras le tendía la mano.

Era un hombre anciano, pero menos de lo que Laura había imaginado. Delgado y de gran estatura, estaba impecable, vestido con una camisa blanca y un pantalón oscuro, muy suelto. El pelo, blanco como nieve recién caída, era abundante y la piel, muy pálida; pero lo más llamativo eran sus pequeños ojos negros que la miraban, con una mirada a la vez dulce y penetrante.

Laura tuvo un momento de duda. De pronto no supo qué estaba haciendo allí. Todos los motivos que tenía para hacer esa visita se habían esfumado. No sabía cómo presentarse, qué preguntarle, cómo iniciar la conversación. Todavía estaba bajo los efectos de la sorpresa que le había causado encontrarse con una casa tan bella, y ahora se sorprendía por el aspecto cálido y honesto de esta persona que parecía un abuelo cariñoso, que le tendía la mano.

Extendió la suya con lentitud, mientras lo miraba a los ojos. Él le tomó la mano de una manera delicada y, sin soltarla, le dijo con absoluta naturalidad:

—¡Bienvenida! ¿Puedo convidarle una taza de té?

—¡Por supuesto! —asintió ella, aliviada por la informalidad de su anfitrión, que allanaba el camino hacia un encuentro relajado.

Él fue hacia la pequeña mesa, bajo la ventana, para preparar el té.

Comenzó a llenar la taza con el agua caliente que guardaba en un termo de plata, en silencio, mientras miraba hacia fuera, al jardín.

En ese momento, una fuerte ráfaga sacudió al árbol que se erguía próximo a la casa, generando una lluvia de hojas doradas.

—El otoño es la más maravillosa de las estaciones —comenzó a decir Nahuel, sin mirarla y sin interrumpir su modesta ceremonia del té—. Es la época en la cual lo viejo debe ser barrido por el viento, para dar lugar a lo nuevo.

Entonces se dio vuelta y se acercó hasta ella sonriendo, mientras le tendía la taza humeante. Laura sintió una oleada de calidez. El té parecía formar parte de un íntimo ritual que los acercaba, los conectaba, derribando las barreras imaginarias que separan a dos desconocidos. Nahuel continuó hablando:

—Encuentro que lo mismo nos pasa a las personas cuando llegamos a una determinada edad. Laura levantó las cejas como queriendo decir algo, pero permaneció en silencio.

—Hay una época en la vida en la cual debemos soltar nuestras creencias, dejar que el viento se las lleve, y dar lugar a una nueva sabiduría. ¿Sabías, hija, que aquello que sabemos es el mayor obstáculo para aprender cosas nuevas?

Laura no contestó. Estaba segura de que era una de esas preguntas que se hacen para no obtener repuesta.

—Todo es cíclico —afirmó él, y continuó diciendo—: ¿En qué época de tu vida crees estar?

—Ciertamente, no en la primavera —contestó ella con timidez. Por un extraño fenómeno, se sentía pequeña al lado de ese hombre.

Nahuel rió, jovial y espontáneo, con una risa de niño.

—Bueno, ¡estás más cerca de ella que yo!

Con un gesto, la invitó a sentarse. Él se sentó primero, sin esperarla, acomodándose en un extremo del sillón, siempre sosteniendo la taza en la mano.

Laura estaba confundida. Esto no parecía una consulta, sino una visita social. Por otra parte se sentía agradada y relajada. Todo era mejor de lo que había imaginado.

Nahuel volvió su rostro hacia afuera, y siguió hablando sin mirarla.

—Hay un momento en la vida de las personas alrededor de los cuarenta años, de tremenda importancia. Es allí donde nos encontramos en una especie de encrucijada, en un punto de inflexión...

Laura tuvo otra sorpresa: rara vez alguien calculaba su verdadera edad. Quizás Carmen le había contado... Él continuó:

—Vamos acumulando experiencia y, como un río que aumenta su caudal y desbordado, cambia de rumbo; todo lo que hemos hecho hasta este momento es replanteado, cuestionado. Es más o menos la mitad de nuestra vida y tenemos que decidir si seguiremos viviendo tal como lo hicimos hasta ahora o si vamos a usar nuestras vivencias pasadas para generar una vida nueva.

Esta crisis, esta incomodidad, es una oportunidad para la metamorfosis, para que el gusano de lugar a la mariposa. Pero la transformación no es espontánea, es una decisión que debemos tomar. Muchas personas no tienen el coraje de hacerlo, y entonces enferman física o espiritualmente...

"¿Se estaría refiriendo a ella?", pensó Laura. Permaneció expectante, sin decir nada. Él, en lugar de devolverle la mirada, seguía con la vista clavada en el jardín, casi como si ella no estuviese allí.

Después de un momento de silencio, el hombre volvió el rostro hacia ella y extendió la mano, apoyándola con suavidad en la de Laura, que permanecía sobre el respaldo del sillón. A pesar de estar cara a cara, seguía sin mirarla, con la vista clavada en un horizonte inexistente.

—Eres una buena persona —prosiguió con voz suave pero firme—. Sin embargo, tu corazón se cerró hace mucho tiempo, y ya es hora de abrirlo. Quieres darle lo mejor a tus pacientes. No sabes cómo hacerlo, te has olvidado cómo es el amor.

Las palabras eran simples y pronunciadas con naturalidad, pero a Laura la impactaban con fuerz. ¿Qué sabía de ella este hombre a quien veía por primera vez en la vida?

Por otra parte, su voz tenía un efecto casi hipnótico y comenzó a sentirse muy serena, a experimentar paz en su interior, como si él le estuviese sacando perdigones de plomo de adentro del pecho. En el silencio de la habitación, escuchó el canto de un pájaro y el momento se tornó casi mágico. Parecía como si el tiempo se hubiese detenido.

Nahuel continuó:

—Alcanzaste metas por la cuales luchaste muchos años pero ahora que has llegado hasta aquí, las metas se disuelven y te das cuenta de que fuiste arrastrada por una ilusión...Te estás planteando si en verdad ayudas a los demás y, por qué no, a vos misma, con lo que haces, y cómo lo haces.

Laura, conmovida por la veracidad de sus palabras, sintió un nudo en la garganta.

Lo que él decía comenzó, por efecto de una mágica alquimia, a transformarse dentro de ella en sentimientos que no había experimentado por mucho, mucho tiempo y que, por fin, parecían autorizados a manifestarse. Eran sentimientos a los que nunca le había puesto palabras, casi como un secreto, secreto que él, un perfecto desconocido, estaba develando.

—Ahora tienes que entender que así debía ser. Sólo transitando el camino podías conocerlo; ahora estás en condiciones de descubrir lo verdaderamente valioso.

Hizo una pausa, tomó aire, y siguió hablando como quien lee un texto:

—Tus dolores hablan de una necesidad de cambiar el rumbo, de encontrar el nuevo cauce para el río de la vida. Debes indagar en el pasado lo suficiente como para rearmar el presente y luego buscar un nuevo futuro. —Aquí su mirada cambió. Ahora la miraba de manera muy presente.

—Yo no puedo curarte —afirmó—, ésa es tu tarea. Puedo marcarte un sendero, pero no lo puedo transitar por ti. Sé que ese sendero no está afuera sino dentro de vos, en tu corazón. Es hacia allí que debes encaminar tu búsqueda.

Parecía estar volviendo de la especie de trance en la que había estado sumergido y esta sensación que tenía Laura se confirmó cuando él dijo, cambiando su voz a un tono directo y mundano:

—Toma tu té, se está enfriando.

Nahuel palmeó de manera cálida la mano de Laura y, con una expresión un poco cansada, como si acabara de llegar de un largo viaje, se levantó y se dirigió hacia la puerta.

Era evidente que daba por terminada la consulta.

Laura lamentó no haber tenido la oportunidad de hacer alguna pregunta. Entonces, sólo atinó a decir con rapidez, antes de que él desapareciera:

—¿Puedo volver a visitarlo?

—Por supuesto; ésta es tu casa, puedes venir cuando quieras.

13

Esa noche Laura casi no pudo dormir. Pasó de un estado de conmoción y sorpresa a una intensa angustia, que no alcanzaba a comprender.

Había visitado a ese hombre con la intención de preguntarle por su paciente; quería saber cómo había curado a Ethel y, sin proponérselo, había terminado siendo ella misma el objeto de la visita. Él, sin preguntar nada, sin siquiera escucharla, había captado en pocos minutos la esencia del sufrimiento sumergido en la profundidad de su ser, tan profundamente que ni ella misma parecía conocerlo. Su cabeza había entrado en un torbellino de ideas que, lejos de clarificar la situación, la enturbiaban cada vez más.

¿Quién era este hombre que le había hablado como si la conociese de toda la vida? ¿De dónde provenía la información que tenía acerca de la gente que lo visitaba? ¿Cómo había logrado ponerla en esa especie de erupción emocional?

En pocos minutos, la coraza detrás de la cual había escondido sus emociones se había desmoronado. Comenzó a intuir que su aparente comodidad, su autonomía, su independencia, incluso la fortaleza que desplegaba en el quirófano y frente a sus pacientes, ocultaban en realidad soledad y desamparo, fragilidad y dolor. ¿En qué momento Nahuel le arrancó la máscara?

Este anciano sanador de rostro bondadoso parecía haber levantado la tapa de una olla, y los vapores que emanaban de ella eran los sentimientos que brotaban de su interior de manera hasta ahora desconocida, sin control. Laura no entendía cómo lo había logrado. Sentía que su corazón iba a explotar.

Al mismo tiempo y por un instante había vislumbrado, después de mucho tiempo, su verdadero ser, un ser a quien había estado extrañando sin darse cuenta.

Gina había dejado el hospital hacía varios años. Desde entonces, sólo practicaba su especialidad, la ginecología, en forma privada.

Laura había sentido mucho su ausencia cuando se fue. Fueron amigas, confidentes y compinches, como dos adolescentes, durante más de diez años. Pero a Gina la vida le había regalado tres hijos y, un día, decidió dedicarles más tiempo a ellos y a su marido que a la profesión, entonces cambió el cargo que tenía en el servicio de ginecología por la atención de su familia.

Esto significó que se distanciara en forma involuntaria de Laura, que pasaba la mayor parte del día, y a veces de la noche, en el hospital. En esos tiempos, era toda una fiesta cuando las amigas se encontraban.

Se llamaban en situaciones de crisis, y ésta era una de ellas.

Acordaron reunirse en un café, a mitad de camino entre las casas de ambas. Una hora de viaje las separaba.

Laura llegó primero y se acomodó en una mesa, cerca de la ventana.

Miró ansiosa el reloj. Había llegado quince minutos temprano a la cita, tendría tiempo para observar a los transeúntes que pasaban por la acera y ensayar la forma en que le relataría a su amiga los sucesos de los últimos días. ¿Debía empezar por el dolor en la pierna, que nunca le había mencionado en todos estos años? No, quizás fuera mejor contarle acerca de la paciente que había sobrevivido de milagro a su cáncer de estomago. Más conveniente aún fuese empezar por el final y contarle quién era Curia, o relatarle cómo Alex le había planteado que dejaría la cirugía porque se sentía separado de sus pacientes... al igual que ella.

De pronto, por la ventana del bar vio aparecer la figura de su amiga.

Caminaba enérgicamente, con pasos que hacían sonar los tacos contra la acera, envuelta en un largo abrigo azul que se sacudía con cada movimiento. Se la veía envejecida y un tanto desaliñada, con dos círculos oscuros alrededor de los ojos azules, su cabello rubio recogido en una cola de caballo demasiado alta que desentonaba con el conjunto, como si la cabellera de una adolescente se hubiera injertado en el cuerpo de una mujer ya madura.

"¿Será que hace mucho que no la veo?", pensó Laura, alarmada al haber notado de golpe el paso de los años en el rostro de su amiga. "Está bien, es un poco mayor que yo, pero ¡se ve tan marchita! ... ¿Esto hace con una mujer la rutina del matrimonio?", reflexionaba en silencio, mientras la veía ingresar en el local.

Gina se acercó con una sonrisa y con los brazos abiertos, preparada para envolver en ellos a su amiga.

—¡Laura querida! ¡Cuánto tiempo hace que no nos vemos! —La voz estaba cargada de emoción y entusiasmo por el encuentro, mientras a Laura, la presencia de su amiga le hizo sentir una oleada de felicidad.

No bien se acercaron, pudo oler el aroma a lavanda fresca que se desprendía de su piel. Se quedaron unos segundos abrazadas y luego Gina se acomodó en una silla frente a ella, sin sacarle los ojos de encima.

—Debe hacer como un año que no nos vemos. Nuestros encuentros son cada vez más espaciados.

¡Durante el primer año, después de que huiste como una cobarde del hospital, nos juntábamos a charlar casi todas las semanas! En el último tiempo cada vez que te llamo estas ocupada —le reprochó Laura.

—Para vos todo parece fácil porque no tenés las complicaciones que tengo con mis hijos y mi marido. ¡A veces envidio tu libertad! —contestó Gina animada, meneando su cola de caballo dorada. Era evidente, a pesar de su aspecto desaliñado, su humor jovial, alegre, como de costumbre.

—¿Tu familia es una complicación? ¡No digas tonterías! —se apuró a replicar Laura—. ¿Me vas a decir que preferís estar sola como yo?

—A veces me siento como una esclava, Laura. Mi rutina es rutinaria y extenuante. Me levanto a la seis para arreglar la casa y preparar los chicos para el colegio, después corro al consultorio, atiendo cuatro obras sociales, y salgo como loca con el auto a buscar los chicos. Siempre estoy corta de plata, a Juan lo veo en fotografías. No sé, no sé, mi vida es una gran complicación.

Pero bueno me llamaste muy angustiada y dijiste que tenías que hablar urgente conmigo. Dejémonos de pavadas y vamos al grano, que tengo poco tiempo —Gina miró con ansiedad el reloj—. Dispongo exactamente de una hora y media, y después tengo que volar al consultorio.

Entonces, cambió su expresión a un gesto de picardía, dando a entender la expectativa que sentía por los chismes que su amiga tendría para contarle. Gina tenía la curiosidad de una niña.

—¿De qué se trata? ¿Problemas con un nuevo novio? ¡Me encantan las historias de amor!

—¡No, tonta! ¿Para vos todo gira alrededor de los hombres? ¡No cambias más! —contestó Laura riendo, divertida ante la actitud superficial de su amiga.

Esa forma de ser alegre y un poco frívola le resultaba fascinante. Gina tenía justo lo que a ella le faltaba: una contagiosa alegría de vivir y una manera superficial y descarada de encarar la vida. También, por esa misma razón, una sombra de duda oscureció su entusiasmo. Se preguntó si su amiga podría llegar a entender lo que estaba por contarle. ¿No se habría equivocado de interlocutor?

Por otra parte, ¿quién más la podría escuchar? Sólo tenía una amiga del alma, y ésa era Gina.

—Bueno, no sé por dónde empezar —suspiró preparándose para entrar en el tema, y dijo—: En este último tiempo se desencadenó en mí una crisis emocional relacionada con mi trabajo, con mi tarea como cirujana... Hace pocos días yo era una persona y ahora... bueno, ahora no sé qué quiero de mi profesión, de mi vida, ¡no lo sé! Estoy conmocionada y confundida. Siento como si hubiera caído un rayo sobre mi cabeza, como si me hubieran aplicado un electroshock y todavía no hubiera salido de la confusión inicial. Sentí la necesidad de compartirlo con alguien que me conozca y que me ayude a clarificar mis ideas, alguien que me dé su opinión acerca de todo esto. Por eso estamos acá

Gina cambió la expresión divertida por un gesto de interés. Meneó la cabeza con preocupación y arrugó el entrecejo, como si se estuviera preparando para escuchar algo grave, pero no dijo nada.

Entonces Laura pasó a explicarle todo lo sucedido en los últimos días. Apeló a su poder de síntesis para que el relato encajara en la hora y media de la que disponía su amiga.

Le contó desde lo acontecido a partir de la cirugía del señor Piri, pasando por su dolor en la pierna, las conversaciones con Carmen, el encuentro con Ethel, hasta la visita a Nahuel Curia, su posterior confusión y desvelo.

Solo cuando termino el relato, Gina se animo a hablar.

—¿Qué puedo decirte, amiga? Quizás estabas necesitando que pasara algo en tu vida. Algo como todo esto que te está sucediendo. Para ser honesta con vos, debo confesarte que siempre fuiste un poco como... una autómata con tus pacientes. Lo extraño es que no hayas reaccionado antes y que te lo haya dicho alguien que ni siquiera te conocía.

—¡Vos nunca me dijiste algo así! ¡Y fuimos compañeras durante diez años! —Laura protestó, dolida por el comentario de su amiga.

—Bueno, después de todo, ¿qué querías? ¿Quién soy yo para decirte cómo tenés que portarte con tus pacientes o lo que tenés que hacer con tu vida? Pero esto no es todo: también tuvo razón este señor al decir que tu corazón está cerrado. Mira, Laura, no lo tomes a mal, pero no es normal que en doce o trece años no hayas encontrado una pareja que te venga bien. Los cuarenta es una edad justa para revisar todo lo que estás haciendo en tu vida, no hay que ser manosanta para darse cuenta de eso. A mí no me sorprende que tengas esta crisis. ¡Lo que me sorprende es que no la hayas tenido antes! Ahora que ya no estoy en el hospital desde hace unos cuantos años, y ya que sale el tema, te puedo decir que tenías fama de ser dura como una roca. Sos famosa por la indiferencia con la que tratas a tus pacientes. Muchas veces te defendí ante los demás colegas, alegando que, en el fondo y cuando se te conoce bien, tenés un corazón de oro —Gina dijo esto con toda naturalidad, sin pausa, casi sin respirar. Se detuvo para tomar unos sorbos de su café, entonces Laura aprovechó para protestar.

—¿Y ahora me lo decís? Si eras mi amiga y veías que había cosas que andaban mal en mi vida, ¿no deberías habérmelo advertido? ¡Quizás me hubieras ayudado! —le recriminó, sorprendida y molesta.

Gina se defendió. Parecía tener innumerables argumentos para utilizar en su defensa.

—¡Pero vos parecías estar contenta con tu situación! Recién ahora mostrás algún malestar. Además, no es cierto que nunca te haya dicho nada. ¿Recordás las charlas que teníamos en el hospital, durante las guardias? ¿Recordás cuántas veces te sugerí que trataras a la gente con más suavidad, que converses con tus pacientes para conocerlos un poco más, o cuando te insistía para que aceptaras las invitaciones de tantos que querían acercarse a vos... como Ignacio? Quizás el problema era que no estabas dispuesta a escuchar.

—Pero ¿justo Ignacio?, ¿ese tonto? ¿Por qué siempre tenés que caer en lo mismo? ¿Para vos no existe la vida si no es con un hombre al lado? —la interrumpió Laura. Estaba empezando a sentirse decepcionada por el curso que tomaba la conversación.

—¿Ves? Ése es el problema, ¡todos te parecían tontos!

—No, Gina, también algunos me parecían... ¡casados!

Gina largó una carcajada fresca. Siempre de humor como para reírse, incluso de sí misma.

—Yo nunca quise sufrir con los asuntos de los pacientes. Hago mi trabajo y punto. ¿Es necesario confraternizar con ellos o con los colegas? Los pacientes se mueren y los hombres te abandonan o te traicionan —continuó diciendo Laura con un dejo de amargura en la voz—. ¡Siempre me sentí bien así! O sea, sola... Quizás ahora me esté ablandando o me esté poniendo vieja.

—¿Vieja? ¿Vieja? —preguntó Gina indignada— Quizás loca, ¡no vieja! No te olvides de que tenemos la misma edad. No me ofendas —y volvió a reír—. Bueno, hablemos en serio, me tengo que ir —agregó, consultando otra vez su reloj con un dejo de ansiedad—. ¿Y si volvieras a intentar la psicoterapia?

—Mirá, llamo a mi mejor amiga para que me ayude. Me llama roca, loca y me manda a hacer psicoterapia. ¿Qué clase de ayuda es esa?

—La única que te puedo dar hoy, pero si venís a casa el domingo, te sigo ayudando —le contestó graciosamente.

Laura no estaba en realidad molesta. El contacto con su amiga siempre le hacía bien y alegraba su corazón. Además, la había ayudado a darse cuenta de que, cuando creía que todo estaba normal, en realidad había habido en ella un malestar que los demás podían percibir, y le confirmaba que esta crisis de los dos últimos días tenía su origen en algo que se había gestado durante años. ¿Era posible que hubiera estado negando su estado emocional durante tanto tiempo? ¿Era posible que, como había dicho su amiga, no haya estado preparada para escuchar?

Las dos se pusieron de pie y se saludaron con un abrazo.

—En serio, Laura, me voy a enojar mucho si el domingo no venís a casa —le advirtió en un tono suave y cariñoso. Al fin, le dio un beso en la mejilla y se fue, tan enérgica y apurada como había llegado.

✍ 15 ✍

En la soledad de su casa, Laura repasó el encuentro con Gina.

Al menos debía reconocer que la conversación con su amiga le había quitado solemnidad al asunto. Uno de los problemas de Laura era que, con frecuencia, se sentía incomprendida por los demás.

¡Hubiera deseado que su amiga le dedicara más tiempo! Que discutieran a fondo lo que le estaba sucediendo, que la ayudara a pensar en la manera de retomar su equilibrio. Sí, eso era lo que sentía desde su visita a Nahuel Curia: que su equilibrio se había perdido. ¿O habían sido los acontecimientos previos? O quizás, ¿lo habría perdido hacía tiempo, sin darse cuenta? ¿Qué le quiso decir Gina cuando dijo que todos pensaban que era una roca? ¿Qué imagen mostraba ante los demás? Sintió un escalofrío. No le gustaba que tuvieran ese concepto de ella, que pensaran que era una especie de monstruo frío e indiferente. Estaba orgullosa de su conducta, de su desempeño profesional, de sus logros. ¿Cómo podía ser que hubiera vivido tan equivocada durante tantos años? ¿Por qué nunca nadie le había dicho esto antes?

Gina tenía su vida. Habían quedado atrás los tiempos en que dedicaban horas a intercambiar confidencias. Todos los que la rodeaban parecían muy ocupados o apurados para escuchar lo que el otro tenía para decir. Además, nadie hablaba de sí mismo en el hospital; casi todos se dedicaban a chismorrear sobre los demás. Abrirse, exponer las propias miserias los dejaría demasiado expuestos, vulnerables en un ambiente lleno de competencia y hostilidad ¿Quién podría ayudarla a poner en orden su cabeza? No se iba a conformar con alguien que se limitara a asentir cuando ella hablaba, o que bostezara en el medio de la conversación o que mirara impaciente el reloj, dándole a entender que cuenta con poco tiempo.

Buscó en el cajón de su mesa de luz, tomó una tarjeta que guardaba desde hacía años y que cada tanto veía cuando revolvía sus viejos papeles.

Dr. Eric Bolker, "médico psicoanalista". Así rezaba la tarjeta que Laura hacía girar entre sus dedos. Quizás Gina tenía razón; ésta podría ser la solución a su problema. Hacía tres años un compañero del hospital le había dado ese dato. Ella le había comentado que estaba pasando por un período de depresión y que deseaba hacer una consulta con alguien bien distante del ámbito del hospital. En aquella oportunidad, había guardado la tarjeta en el cajón y nunca llegó a utilizarla.

Laura había intentado la psicoterapia una vez, muchos años atrás, sin mayores resultados. Las sesiones le parecían tediosas y poco productivas. En aquella oportunidad, sintió una barrera infranqueable que la separaba de la terapeuta que, por otra parte, le parecía una mujer seca y brusca en el trato, incapaz de poner algo de humor a las sesiones. ¿Era necesario que todo fuera tan serio?, solía preguntarse. Pasó meses revisando su pasado sin encontrar la punta de la madeja que deseaba desentrañar y cuando detectó que su psicóloga no pensaba darle de alta en el corto plazo, decidió dársela ella misma y abandonó el tratamiento.

Pero esta vez sería distinto. Ahora era más madura y no se perdería en elucubraciones infantiles. Tenía pensado concurrir a la consulta con una finalidad bien acotada: descubrir la relación entre su estado emocional y el dolor en la pierna. Todo parecía indicar que era de origen psicológico, no sólo porque las palabras de Nahuel Curia así se lo habían sugerido, y ella lo había creído, sino porque no tenía alteraciones patológicas que lo justificaran.

Llamó de inmediato para no tener oportunidad de arrepentirse y fijó una cita para la semana siguiente.

Laura había estado buscando a Alex desde el día en que él la dejara plantada en el comedor. El no había vuelto al hospital desde entonces y ella lo había llamado por teléfono, sin éxito, cada vez que lo recordaba.

Sentía la necesidad imperiosa de continuar aquella conversación trunca. De alguna manera, intuía que la crisis de él era una pieza de su propio rompecabezas.

La casualidad quiso que lo encontrara en el lugar menos pensado.

Era sábado, día de lavado del auto, sobre todo si se trataba de un día soleado y luminoso como ése.

Laura entró en el lavadero a una velocidad excesiva y tuvo que frenar de manera violenta para no chocar de lleno con el último auto que estaba en la fila, a pesar de lo cual llegó a golpearlo lo suficiente como para producir un fuerte ruido. El conductor se bajó velozmente, con cara de pocos amigos, a constatar si la parte trasera del auto había resultado dañada.

Laura lo reconoció cuando aún no había terminado de salir de su asiento de conductor. Alex era inconfundible: muy corpulento, en el hospital recibía el apodo de "el oso". Después de su casamiento, tres años atrás, había subido mucho de peso, al mismo tiempo que había perdido gran parte de su cabellera. Aparentaba ser mayor de lo que era en realidad.

Cuando vio que Laura era quien conducía el automóvil que lo había embestido, su enojo se tornó preocupación.

—¿Estás bien? —preguntó con auténtico interés.

—Sí, por supuesto —contestó Laura, al mismo tiempo que empezaba a reír con una risita nerviosa—. ¿Podés creer que te estuve buscando toda la semana? ¡Mirá cómo vengo a encontrarte!

—¿Venías distraída?

—Sí. No sé en qué estaba pensando. Espero no haber abollado tu auto.

—No, no te preocupes, no pasó nada, "mucho ruido y pocas nueces".—Se sonrió y su cara regordeta se lleno de hoyuelos— ¿Querías hablar conmigo?

—¿Tenés tiempo para tomar un café?

—Sí —contestó él, mirando su reloj—, por lo menos la media hora que van a tardar en lavar mi auto.

Caminaron en silencio hasta la pequeña cafetería instalada para los clientes y se sirvieron sendos cafés, extraídos de una máquina expendedora ubicada sobre el mostrador. Se sentaron frente a frente. Alex permaneció en silencio, mirando fijamente a su interlocutora. Laura bebió un sorbo del vaso plástico.

—Esto está horroroso —dijo, haciendo un gesto de desagrado.

—Sí, parece más el jugo de los tornillos de la máquina que un café verdadero —coincidió Alex, pero de todos modos, tomó él también un sorbo.

Laura decidió ir al grano.

—Después del episodio del ateneo y de nuestra charla en el comedor del hospital, no pude dejar de pensar en vos.

—Sí, sí, ya sé —la interrumpió Alex, mientras se acomodaba en la silla un poco molesto—me vas a decir que es un crimen que deje mi carrera de cirujano, etcétera, etcétera.

—No —se apuró a decir ella—, no se trata de

eso. Necesito comprender qué te pasó. A mí me están pasando algunas cosas y la charla con vos me impactó mucho, me hizo pensar en temas que estaba evitando pensar. —Hizo una pequeña pausa. Quería que él entendiera que estaban del mismo lado.

—Cuando empecé la carrera de Medicina, yo también estaba llena de buenas intenciones. Nunca quise ser otra cosa más que médica... quería ayudar a la gente. De pronto, me encontré en un medio en el cual es muy difícil sobrevivir si demostrás lo que sentís. Nadie te enseña cómo se hace para hablar con un paciente, qué decirle cuando le vas a cortar las piernas o cuando se va a morir. ¿Se supone que uno tiene que nacer con esa capacidad? Es duro nuestro trabajo, Alex... Vos tenías razón. También tenías razón cuando reprochaste que tus compañeros te criticaron en una forma agresiva y desproporcionada. No hay colaboración entre nosotros, ni comprensión ni compañerismo, y los jefes parecen estimular la competencia despiadada. Imaginate yo, como mujer en una especialidad de hombres, ¡las cosas que tuve que sufrir! ¿Pensás que fue fácil para mí? El solo hecho de haber permanecido todo este tiempo en ese servicio es una hazaña. Ahora me estoy preguntando si valió la pena. ¿Qué es lo que está fallando? ¿Soy yo el problema? ¿Son los demás?

Laura dijo todo esto casi sin respirar, como un desahogo.

—Yo no sé qué te pasa a vos, sólo puedo hablar de lo que me pasó a mí. Cuando empecé mi carrera, yo era un tipo muy sensible, capaz de ponerme a llorar si veía a una persona sufriendo. Mis intenciones eran altruistas, pero la carrera resultó ser árida como un desierto, como una prueba de supervivencia —hizo una pequeña pausa. Parecía buscar en su memoria—. En la primera clase de anatomía, una de las primeras clases de mi carrera, tuve que revolver las tripas de un cadáver. La recuerdo con toda claridad; es más, nunca pude sacármela de la cabeza: era una mujer muy joven, casi de mi edad, y todavía tenía las uñas de los pies pintadas de rojo. Su aspecto era impecable, salvo por el color gris de su piel y por el intenso olor a formol. De repente, fui conciente de que la tierra gira y lo hace muy rápido, y yo estaba en el centro de la tierra, viendo como pasaba todo a mí alrededor —Alex sonrió, recordando esa sensación—. Salí de la sala de disecciones vomitando y pensé que no iba a poder volver nunca más. Mi determinación de ser médico era tan fuerte que algo pasó, me escondí detrás de una armadura. No sé de dónde salió el coraje necesario, pero a la clase siguiente, ya no tuve ninguna reacción; me uní a las bromas que los demás hacían sobre los cadáveres y no volví a pensar que esos cuerpos con los que estudiamos, alguna vez fueron seres humanos con vidas y sueños. Entré al curso acelerado de desensibilización, que por lo visto también tuviste que cursar. Digamos que no le perdí el miedo a la muerte: simplemente le perdí el respeto. Hay una sutil diferencia en ello. Muchos años después, me cuestiono si esa fue la forma adecuada de comenzar mi carrera.

—A todos nos pasó algo parecido —agregó Laura, aprovechando una pequeña pausa en el relato de Alex.

—Supongo que sí. Esto es algo que nunca se habla con nadie; uno resiste en soledad. Desde el comienzo hay como un pudor de revelar tus sentimientos, de mostrarte humano, sensible. Nadie te pregunta cómo vivís estas experiencias o si estás preparado para afrontarlas. Es como si te sometiesen a una prueba de fuego: "Acá tenés la realidad, a ver si sos capaz de aguantarla". También recuerdo la primera vez que vi morir a un paciente; allí me puse la segunda armadura. Era una mujer anciana. Dos horas antes había pasado cerca de ella y me había tomado del guardapolvo. Me sorprendió la fuerza con que lo hizo, con una mano pequeña y pálida. "Doctor, yo no quiero morir", me dijo con una voz finita que todavía resuena en mi cabeza. ¡Yo ni siquiera era médico todavía! "Quédese tranquila, señora, todo va a salir bien; pronto va a estar en su casa". Le mentí, porque yo sabía que iba a morir, y por poco salgo corriendo de la sala, ¿Qué otra cosa podía decirle?

—Sí, supongo que todos también recordamos al primer paciente que se nos muere —acordó Laura, que entendía a la perfección a lo que Alex se refería. Su primer paciente muerto fue un hombre joven que había ingresado en el hospital con un coma diabético. Ella tuvo que reanimarlo en el consultorio de guardia, con toda la familia del enfermo esperando detrás de una fina cortina de tela que los separaba. Ni siquiera había atinado a decirles que se alejaran.

—Siempre estuve esperando que alguien me instruyera acerca de cómo sobrellevar estas situaciones. ¡Nadie habla de la muerte en toda la carrera! Excepto como el fracaso de las prácticas médicas y el fin de nuestra tarea. Como no comprendemos la muerte optamos por ignorarla ¿Se supone que uno nace sabiendo cómo hablarle al que va a morir? ¿A sus familiares? ¿Cómo afrontás a una familia cuando le tenés que decir que la persona que aman va a quedar con una incapacidad permanente o que va a padecer meses de agonía sin esperanza? —Se hizo un breve silencio, respiró hondo y luego continuó—: Te enseñan cómo resucitar a un paciente hasta las últimas consecuencias, todas las maniobras posibles, pero no te enseñan a acompañarlo en el paso gigantesco que está por dar...

Suspiró otra vez; se notaba que el tema lo angustiaba, que calaba en los profundo de sus emociones. Tomó un sorbo del horroroso brebaje y siguió:

—Me dediqué a la cirugía porque pensé que era una medicina realmente curativa. Yo pensaba: un paciente tiene un tumor, le extirpás el tumor, el paciente está curado. ¡Qué estúpido!

—No, no sos estúpido. ¡Yo pensé lo mismo! Lo mismo pensamos todos cuando elegimos una especialidad: que la nuestra es la mejor. —Él parecía no registrar las interrupciones de Laura; seguía hablando como si nada, como si hubiese entrado en un imparable estado de catarsis.

—La primera vez que estuve en una operación, me puse la tercera armadura. Reconozco que flaqueé un poco... bueno, la verdad es que fue una experiencia cruda. Se trataba de una histerectomía. Yo apenas me podía tener parado de cómo me temblaban las piernas. A partir de ahí, me sentí capaz de soportar cualquier cosa. Después el paciente se transformó en un "caso", perdió su profunda condición humana. Sé que tengo habilidad quirúrgica, que soy capaz de hacer las cosas bien, pero en el aspecto espiritual siento que estos cuatro años en el servicio fueron un infierno, que me embrutecieron en lugar de elevarme como persona. No sé si de golpe me enfermé o me curé de algo, pero un día fue como si se descorriera un velo que me tapaba los ojos, que me tenía obnubilado. El día del ateneo, cuando todos me recriminaban... ¡ya ni me acuerdo qué!, vi todo claro, me di cuenta de que había equivocado el camino. Lo bueno es que estoy a tiempo para reparar mi error. Siempre se está a tiempo, ¿no?

—Bueno, Alex, algunas cosas buenas has hecho en estos años, ¡no todo habrá sido tan malo!

—acotó Laura, que sintió la necesidad de suavizar las cosas no sólo por él, sino también por ella misma. Alex parecía estar hablando por los dos.

—Seguro, pero de todas formas los éxitos quirúrgicos no alcanzaron en este tiempo para llenar mi espíritu. Sé que voy a encontrar una manera mejor de seguir mi camino. Puedo ser mucho mejor médico de lo que fui hasta ahora. Pero ahora sé que para ser mejor médico tengo que crecer como persona, tengo que hacer un trabajo conmigo mismo. Nadie me va a enseñar lo que me falta aprender...

Laura evocó vagamente las palabras de Nahuel Curia.

—Entonces... ¿cuál es tu plan? —preguntó, un poco asustada por la crudeza con la que Alex había hablado. ¿Debía también ella replantearse su carrera?

—Ahora me voy a tomar un tiempo para reflexionar. Hablé con mi mujer y acordamos que ella va a sostener la casa hasta que yo vuelva a encontrar mi rumbo. No quiero salir del hospital para empezar en un trabajo todavía peor por la necesidad de dinero.

—Ya veo. Entonces, no fue sólo por lo que pasó en el ateneo...

—No —Alex rió con espontaneidad, ya más relajado. Parecía haber hecho la catarsis que estaba necesitando y se veía aliviado, su cara distendida—. No fue la primera vez que sufrí un ataque de ese tipo... pero fue la última... En el fondo, esto se fue gestando de a poco, solamente que ese día el proceso terminó —. Alex consultó su reloj—. Mi auto debe estar listo. —Se incorporó con lentitud.

—No te pierdas de vista —reclamó Laura—. ¿Podemos seguir charlando otro día?

Quisiera enterarme cómo va tu vida, incluso si te puedo ayudar en algo...

—Sí, cuando quieras, total ahora ¡soy un desocupado!

Se saludaron con un beso en la mejilla y Alex caminó rumbo a la caja, para pagar la cuenta antes de retirar el auto.

Laura se quedó sentada unos minutos más, reflexionando acerca de lo que su amigo le había contado. Él había puesto palabras a muchos de sus sentimientos y esto le produjo un gran alivio. Después de todo, no era un problema exclusivamente suyo. No sólo Alex, sino quizás muchos de sus compañeros estarían sufriendo por las mismas razones. Laura sabia que nunca se hablaba de estos temas en el hospital y cada uno tenía, sin duda, una sensación de soledad en el desempeño de la profesión, que era probable estuviera afectando no sólo su vida profesional, sino también la vida privada. Quizás, este joven médico se sentía autorizado a hablar porque había renunciado a su cargo; ahora era libre de decir lo que pensaba. De todos modos, la solución que él había encontrado, cortar de un día para otro su carrera, la inquietaba aún más que el problema en sí.

El domingo amaneció lluvioso. Laura se despertó muy temprano. Tan acostumbrada estaba a madrugar, que los días feriados no podía quedarse en la cama más allá de las siete u ocho.

Tenía planeado almorzar en la casa de Gina, pero antes contaba con tiempo de sobra para acomodar su casa. El domingo era el día en que lavaba la ropa, acomodaba los libros y papeles, escribía notas sobre los pacientes o estudiaba, siempre que no tuviera compromisos fuera de la casa.

El cielo estaba gris oscuro y el sonido de la lluvia sobre el techo era como un suave arrullo para sus oídos. Era la situación perfecta para quedarse en casa todo el día, caminar descalza sobre la alfombra, escuchar una buena selección de música. Se sintió tentada de llamar a Gina para cancelar la visita, pero sabía que su amiga le insistiría hasta convencerla. De ninguna manera se daría por vencida; por eso pensó que ese llamado sería inútil y desistió.

Por otra parte después de la charla con Alex, sentía aun más la necesidad de que alguien la escuchara.

Se calzó unas gruesas botas para lluvia, se cubrió con un impermeable negro, y partió rumbo a lo de Gina.

A las doce y media estaba golpeando a la puerta de su amiga.

Gina apareció, sonriendo. Vestía un conjunto de gimnasia verde y negro y tenía su ridícula cola de caballo bien alta, como siempre.

—¡Amiga! Qué bueno que viniste; estuve toda la mañana esperando que sonara el teléfono. Estaba segura de que ibas a intentar cancelar tu compromiso. ¡Creí que te conocía bien! Pero no llamaste. ¿Estaré empezando a equivocarme con vos?

Laura rió para sus adentros; no pensaba confesarle que estaba en lo cierto.

—¡Cómo se te ocurre que puedo cancelar este compromiso! —exclamó en cambio, haciéndose la ofendida.

Gina era una excelente cocinera y había preparado una mesa digna de una fiesta. Sólo estaban Gina, su marido y Laura.

—Mandé a los chicos a la casa de unos amigos. Te prometí que charlaríamos y quiero prestarte toda mi atención —le explicó mientras daba los últimos toques a su comida.

Laura se sintió agradecida; quizás había sido injusta pensando que no tenía con quién hablar. De pie, con los brazos cruzados al lado de su amiga, la observaba ejecutar la receta como una artista que trabaja en una obra de arte. El aroma de la cocina había impregnado toda la casa. Pensó que Gina y Juan habían creado un verdadero hogar.

Como el día lluvioso había arruinado sus planes de comer al aire libre, Gina armó la mesa en el comedor y la adornó con flores y con un mantel colorido.

La charla sólo comenzó cuando se sentaron a comer y su amiga pudo relajarse.

—Laura tiene problemas en el hospital —dijo Gina, tratando de sintetizar la cuestión para que su marido entendiera qué le pasaba a Laura, quien se incomodó con la síntesis, que no tenía nada que ver con lo que estaba sintiendo realmente.

—¡No! —exclamó con energía y, dirigiéndose a Juan, acotó—: ¡No tengo ningún problema con el hospital! ¿Sabés qué pasa, Juan? En su afán por resumir la situación, tu mujer dice cualquier cosa.

La verdad es que tengo problemas conmigo misma.

Luego que haber dicho esto, vaciló. Sentía que tampoco era muy exacto.

—Bueno —se retractó—, en realidad tengo problemas con la manera en que se manejan las cosas en la profesión y, en particular, el hospital.

Juan la miró, pensativo. Sus ojos eran como dos ventanas que daban a la nada, era vendedor de computadoras y estaba muy alejado de los asuntos de su esposa. Nunca le había interesado acercarse.

—No soy la persona indicada para aconsejarte qué hacer en este caso. Quizás tu amiga pueda ayudarte. —Y miró a su esposa con una sonrisa complaciente y vacía.

—¿Pensaste en lo que te dije? —preguntó Gina, mientras le servía una montaña de comida humeante.

—Sí, ya pedí hora con un psicoanalista. Sé que eso te hace feliz, pero no estoy muy convencida de que sea lo que necesito, y por favor, vaciá un poco mi plato, que no soy capaz de comer esa cantidad que me serviste.

Gina rió.

—¡Comé, comé! ¡Aprovechá que estás en familia!

—¡Gina! ¡Parecés una madre italiana! —rió, divertida con la situación.

—Mi problema, creo yo —continuó Laura mientras comía el primer bocado—, es vocacional. Hasta hace unos pocos días parecía estar muy contenta con mi carrera y con mi vida pero, de pronto, siento todo convulsionado.

—Laura fue a ver a un manosanta —explicó Gina a su marido, para ponerlo un poco más al tanto de la situación.

—¡Un manosanta! —exclamó Juan entre incrédulo y disgustado. La palabra "manosanta" parecía haberlo sacado de su indiferencia—. ¿No se supone que ustedes son personas instruidas en la ciencia?

Laura lo miró, sorprendida por la reacción. Hubiera pensado que Juan era un hombre de mente más amplia. Se sintió un poco incómoda.

—Bueno, fui por curiosidad... —comenzó a disculparse, pero enseguida pensó que no había hecho nada incorrecto y cambió el rumbo de su discurso—. ¿Por qué no podría ir yo a ver a un manosanta?

—¡Porque se supone que ustedes son científicas! —repitió Juan, como si se tratase de una conclusión obvia—, y un manosanta... ¡es un mentiroso! Son esos tipos que se aprovechan de la gente enferma para sacarles la plata y además les hacen perder el tiempo, un tiempo precioso que podrían usar para ir a un médico de verdad.

—Me parece que esa es una generalización fuera de lugar —intervino Gina, un poco contrariada por la reacción de su marido—. Laura es una médica racional y respetable. Si ella consideró que debía visitar a este individuo, tendría sus buenas razones.

—Entonces, ¿vos creés en las curas mágicas? —preguntó Juan suavizando el tono de voz, quizás conciente de la brusquedad de sus afirmaciones.

—Quiero contarles algo —fue la respuesta de Laura. Gina y Juan asintieron mientras la miraban con atención—: Hace un año, en una guardia de esas que no te dan respiro, atendimos a una jovencita con un cuadro de abdomen agudo. Bueno, ahí estábamos todos, tratando de hacer un diagnóstico antes de llevar a la paciente a cirugía, porque era muy joven y el cuadro no era muy claro. Habíamos descartado la parte renal, urinaria y ginecológica. Pensábamos en una peritonitis de origen apendicular. La paciente se revolcaba de dolor, estaba pálida y temíamos que entrara en shock por el intenso dolor. Queríamos hacer un poco de tiempo antes de abrirla, porque había comido y el anestesista sugirió esperar un poco. En eso, por casualidad, baja Ángel Ferrari, el residente de pediatría que estaba de guardia. La chiquita tenía dieciséis años, pero la habíamos tratado como una adulta y nadie lo había llamado para consultarlo. La verdad es que era una paciente de pediatría, pero estábamos tan ocupados con el caso, que se nos pasó llamarlo. Bueno, el tipo se ofende como loco porque estábamos a punto de operar a la paciente, que se supone debía ser suya. A todo esto, éramos como cinco en el consultorio y la chiquita en la camilla, revolcándose de dolor. Ángel nos pide que lo dejemos solo con ella, que a lo sumo se quedara uno más. Salen todos y nos quedamos él y yo con la paciente. Yo apelé a mi categoría de jefe de la guardia para poder quedarme, porque tenía mucha curiosidad. Entonces Ángel acercó una silla a la paciente, al tiempo que me pedía me sentara y me quedara en silencio. Entonces, bajó un poco las luces y con su mano izquierda tomó la de la muchacha, mientras le apoyaba la mano derecha en la frente. Cerró los ojos, inspiró hondo y empezó a murmurarle unas palabras que no llegué a escuchar. Entablaron una extraña conversación, en la que los dos hablaban en voz muy bajita. Yo pensé que se había vuelto loco, pero me quedé callada. La situación me tenía como hipnotizada. De repente, la chica aquietó su ritmo respiratorio. Desde donde yo observaba, a dos metros de distancia, pude percibir el cambio en su tono muscular. Vi como todo su cuerpo se aflojaba y su cara, constreñida por el dolor, se relajaba. Extrañamente, yo también comencé a sentirme más relajada, como si él nos hubiese contenido a ambas.

Laura hizo una pequeña pausa. Sus interlocutores, tenedor en mano, la miraban inmóviles. Era evidente que la historia les resultaba interesante.

—¿Y entonces...? —la alentó Gina, para que continuara con el relato.

—Entonces, pocos minutos después, la jovencita abrió los ojos y... ¡sonrió! Ángel seguía sosteniéndole la mano; también sonrió y le preguntó: "¿Cómo te sentís?" Ella le contestó: "Mucho mejor". Yo lo interrogué a Ángel: "¿Qué le diste? ", porque pensé que le podía haber dado algún analgésico o algo sin que yo lo viera, aunque sabía que era muy improbable, porque vi de cerca toda la escena.

—Y él ¿qué dijo? —preguntó Gina.

—"No le di nada, solo un poco de paz". Y me dice: "¿No notaste que estaba muy alterada? ¡Esta chica tiene serios problemas familiares! —Laura hizo una pequeña pausa y continuó—: Yo pregunto: ésa, ¿no es una cura mágica? ¿Por qué no estudiamos a fondo los casos como ése, que desafían nuestras creencias científicas?

—¡Ya sé! —exclamó Gina, iluminada por una idea— ¡Crisis histérica! Lo veo mucho con las parturientas.

—Sí, yo pensé lo mismo, pero ahora creo, estoy segura, de que fue algo más profundo que eso. La cuestión es que ese mismo día la chica se fue a su casa como si nada. ¡Nosotros estuvimos a punto de operarla! Tenía signos claros de un estado patológico: fiebre, leucocitosis. ¿Eso es histérico?

—Mirá que Freud analizó hasta el cansancio cuadros como ése —insistió Gina.

—Sí, pero te repito que acá hubo algo más. Ese Ángel siempre fue un tipo raro. Yo nunca lo traté mucho porque no tuvimos oportunidad de compartir guardias; estábamos en días diferentes y, aparte, me parece que es una persona muy retraída, no muy sociable. Hace solamente tres años que está en el hospital, pero se hablan muchas cosas de él.

—¿Por ejemplo qué? —preguntó Juan, cautivado por el relato—. ¿Será algo así como un medico brujo? —. Y soltó una risita sarcástica.

—No —contestó Laura sonriendo—. ¡Es muy buen médico! Ya participó en la presentación de varios trabajos científicos y eso que es nuevo en el servicio. Pero escuché decir que cada vez que muere un paciente, se encierra en el cuarto de residentes a orar o algo así, y que los pacientes lo adoran, a tal punto que los tranquiliza con su sola presencia, como si tuviera una conexión especial con ellos.

—¿Nunca tuviste la curiosidad de conocerlo más? —dijo Gina, poniendo el tenedor en su boca.

—No, hasta ahora no se me ocurrió acercarme a él, pero me gustaría hablarle. Estoy segura de que él oyó hablar de Nahuel Curia. Por eso les cuento esto. De todas las personas que conozco en el hospital, es la única que puede llegar a entender los extraños sucesos que viví en estos días, pero... no sé cómo abordarlo. ¿Qué hago? ¿Me acerco y le digo: me dijeron que sos un tipo raro, me pasa esto y esto? —. Laura rió, nerviosa.

—Bueno, tienen en común el episodio con la chiquita del abdomen agudo. Quizás puedas encararlo por ese lado —sugirió Gina—. ¿Nunca le volviste a mencionar lo que pasó ese día?

Juan sirvió una copa de vino a cada uno y se levantó a buscar hielo a la heladera. De pronto parecía haber perdido interés en la conversación. Mientras tanto, Laura pensaba en una manera de abordar a su compañero de hospital que pareciera espontánea. Siguió hablando, sin contestar la pregunta de Gina.

—Sí, quizás esa sea la manera, aunque después de un año no sé si se va a acordar de eso. Me parece que para él no tuvo el mismo impacto que para mí.

Cuando terminaron de comer, Laura y Gina se sentaron en un sillón a tomar café mientras Juan se iba, somnoliento, a dormir la siesta.

—Voy a mi cama a meditar un poco, así, de paso, las dejo charlar tranquilas —dijo sonriente, mientras subía las escaleras.

—Bueno —dijo Gina—, ahora que estamos solas... de amores, ¿cómo andas?

—¡No puedo creer que vuelvas al tema! —exclamó Laura, mitad enojada y mitad divertida—. ¿Es lo único que te interesa?

18

Al día siguiente, Laura se despertó a las cinco de la mañana. Había tenido una pesadilla que no recordaba. El dolor en la pierna se podía describir como la mordida de un perro en la cadera y en el muslo. Sentía una descarga eléctrica que le llegaba hasta el pie. Se apuró a sentarse en la cama y se friccionó la pierna con ambas manos, mientras hacía gestos de dolor.

Estaba cansada y somnolienta, pero sabía que ya no podría dormir. Se dirigió a la ventana para ver si aún llovía.

En la oscuridad del jardín, sólo se vislumbraban sendos halos de bruma en torno a los faroles que custodiaban la entrada. Por lo demás, todo era quietud y silencio.

Bajó la escalera y, una vez en la cocina, se preparó una taza de té.

Ya con la taza servida frente a ella y con la mente un poco más clara, se dedicó a pensar en las tareas que tenía por delante.

Aquél era un día de cirugías y tenía dos programadas. Por la tarde, consultorio, y después, la entrevista con el psicoanalista. Por primera vez en mucho tiempo, estuvo tentada de llamar al hospital para que alguien más se hiciera cargo de sus cirugías. Se encontró ensayando varios pretextos. Sin duda le creerían: nunca cancelaba sus compromisos ni los delegaba en nadie. ¿Qué le estaba pasando? ¡Ella misma no lograba reconocerse!

Después, recordó su conversación del día anterior con Gina.

¿Por qué hablaría con este Ángel? ¿Qué esperaba escuchar de él, un perfecto desconocido? ¿Qué le diría ella?

También recordó al señor Piri y sus ojos tristes. ¿Sería su cuerpo, anciano y deteriorado, capaz de superar tamaña cirugía? Y ¿por qué se había involucrado tanto con él? Se propuso verlo en la terapia intensiva apenas dispusiera de un momento. Este pensamiento se encadenó con el comentario de Gina acerca del concepto que todos tenían de ella en el hospital... ¡una roca!, ¡una roca! Le dolía en el alma pensar en ello pero no llegaba a comprender bien por qué.

Era la primera vez que se preocupaba por lo que los demás pensaran de sus sentimientos. Tenía la sensación de haber vivido independiente de la opinión de los otros. Quizás había sido porque daba por sentado que los demás pensaban bien de ella.

Juntó fuerzas y se encaminó a la ducha. Sin duda, se sentiría un poco mejor después de un buen baño.

19

Se trataba de un caso sencillo: una biopsia de ganglios en el cuello de una mujer joven. Era la primera paciente de la mañana. Laura la había recibido como derivación del servicio de hepatología con la indicación precisa.

Una mujer con la que había tenido la consulta quince días antes. Laura no recordó su cara cuando vio el nombre escrito en la lista de cirugías, tal como lo hacía cada mañana en el vestuario. Por más que se esforzaba, no lograba recordarla y esto, que era algo frecuente en ella, por primera vez la hizo sentirse culpable.

¿Qué habían hablado? Posiblemente, la consulta había sido muy breve y en medio de una vorágine de trabajo. Por ser un caso sencillo, le había restado importancia. No quiso encontrarla dentro del quirófano en esas condiciones. Entonces decidió que iría a visitarla a su habitación y hablaría con ella antes de la cirugía. De pronto, pensó que lo que para ella era una práctica pequeña, habitual, para el paciente podía ser algo de enorme importancia.

La encontró en el cuarto acompañada por su marido, sentada en la cama y vistiendo el camisolín celeste de los pacientes quirúrgicos.

No tenía más de treinta años y una expresión de angustia en el rostro, sobre todo en sus enormes ojos color café, que parecían pertenecer a un animalito asustado. Laura pensó qué poca atención ponía a los sentimientos de sus pacientes, qué poco observadora era de las expresiones en sus rostros.

Cuando la vio entrar, la paciente sonrió y pareció distenderse un poco. La intensidad de su mirada le reveló que había estado en lo correcto al visitarla.

—¡Doctora! ¡Qué suerte que puedo verla antes de la cirugía! Me habían dicho que me estaría esperando en el quirófano —la voz revelaba la necesidad del contacto con su médica.

—Bueno, a veces no puedo ver a mis pacientes hasta que llegan al quirófano —mintió Laura. "Mentira piadosa", pensó, y luego continuó—... y a veces los visito en su habitación, como en este caso. Pero... ¿quería verme por algo en especial? —preguntó, haciendo un esfuerzo por establecer una corriente de simpatía.

—Tiene miedo —se apuró a contestar el marido—. La verdad es que Cintia ve una jeringa y se desmaya. Está muy asustada.

Laura se acercó a la cama y tomó a la mujer de la mano de manera firme, tratando de transmitirle seguridad. Estaba fría y suavemente temblorosa. La paciente le respondió aferrándose con fuerza, como se aferraría una niña a la mano de su madre.

Laura se sintió un poco incómoda al principio, cargada de una responsabilidad adicional que había estado eludiendo toda su vida. Buscaba las palabras apropiadas. ¿Qué podía hacer para calmarla?

De pronto, algo brotó de ella.

En forma instintiva, se dedicó a explicarle cómo sería el procedimiento desde que abandonara la habitación hasta que volviera a su casa. La mujer la escuchaba con atención y Laura se dio cuenta de que todo lo que decía era tomado con mucha seriedad por parte de Cintia, y cuánto necesitaba esa información. Percibió en su mano cómo dejaba de temblar.

Había hablado con un tono suave y optimista. Era obvio que la paciente había captado su mensaje y que su sola presencia la tranquilizaba. No había sido tan difícil, después de todo.

—Además, ¡no le vamos a mostrar ninguna jeringa! —bromeó al fin.

—La verdad —contestó la paciente, ya más serena—, así como lo contó usted, doctora, no parece nada terrible. —Esbozó una sonrisa nerviosa. Estaba claro que se sentía aliviada.

—Gracias por sus explicaciones, doctora. ¡Qué bueno es encontrar gente como usted en circunstancias como estas! —dijo el marido desde el rincón de la habitación.

—Bueno, ¿nos vemos arriba? —Laura se despidió con tono firme y seguro, y se dirigió a la puerta.

Caminó hacia el quirófano experimentando una sensación nueva de satisfacción y de plenitud, extraña y agradable a la vez. Su corazón se sentía más ligero, como si una pequeña chispa de alegría se hubiera encendido en él. Había hecho algo mínimo, pero importante. Se había brindado ella misma. Había mostrado su interés y su respeto por la situación y eso, lejos de dañarla, la había hecho sentirse más útil y plena que cuando se encaminaba al acto quirúrgico en forma mecánica.

Cuando llegó al quirófano, Gustavo y Daniel la esperaban, listos para empezar.

—¿Dónde estabas? ¡Siempre te hacés esperar! —dijo Daniel, impaciente y disgustado.

—Hablando con la paciente. Quise tener algún contacto con ella antes de la cirugía.

—¡Pero si la operación es una pavada! —argumentó Gustavo con una sonrisa perpleja.

—Ya sé, ya sé, pero primero, yo ni recordaba su cara y quise saber a quién voy a operar y, en segundo término, la mujer estaba muy asustada, aún cuando se tratara de una cirugía sencilla... Entonces —continuó diciendo mientras se dirigían a los lavabos— hablé con ella, la tranquilicé contándole cómo sería el procedimiento, y quedó mucho más serena y confiada. Creo que debemos atender a los sentimientos de los pacientes. Para nosotros, ésta es una acción rutinaria; para ellos, una situación excepcional. Después de todo, el cuerpo lo ponen ellos, ¿no?

—¿Desde cuándo vas a hacerle psicoterapia a los pacientes antes de la cirugía? — preguntó Daniel en tono burlón.

—Desde hoy —contestó Laura, mientras se cepillaba las manos con energía y daba por terminada su explicación.

Las cirugías concluyeron pasado el mediodía. Laura, con su acostumbrado dolor en la pierna, había pedido, promediando la segunda intervención y para aliviar el peso de su cuerpo, un banco alto, y había operado semisentada.

Cuando salió del área de quirófanos, se dirigió decidida al servicio de pediatría. No quiso perder tiempo, así que se limitó a ponerse un guardapolvo por encima de su ambo verde.

Ángel estaba en la oficina de las enfermeras firmando prescripciones y completando historias clínicas.

Cuando vio a Laura, le sonrió con un dejo de picardía. Su rostro era ovalado y tenía una mirada transparente, como la de un niño.

Laura le calculó entre treinta y treinta y cinco años. Era muy alto y el pelo enmarañado, junto al desaliño de su ropa, evocaban la imagen de un adolescente.

—¡Hola! —la saludó, sin dejar de hacer su tarea—. ¿A qué se debe el honor de tu visita? —preguntó mientras acomodaba sus carpetas.

—¿Sabés quién soy?

—Sé que sos cirujana, que nunca comés en el comedor para médicos, que preferís un sándwich en la cafetería... y que te llamás Laura.

Laura rió, contenta de que no hubiera puesto una barrera entre ellos. Tuvo la impresión de que la conversación iba a ser más fácil de lo que había pensado. Él también se veía relajado. Levantó la vista y examinó el rostro de ella con expresión divertida.

—Hace un año que estoy esperando una charla con vos. Te invito a que la tengamos en tu cafetería —. Le dio una mirada rápida a su reloj—. Calculo que puedo estar ahí en quince minutos.

Como era habitual a esa hora, la cafetería estaba vacía. Todo el mundo se reunía en el comedor para almorzar. Laura aprovechó y ocupó su mesa de siempre.

Ángel llegó a los pocos minutos, sonriendo. El estetoscopio enganchado en el cuello y el guardapolvo ligeramente corto en las mangas, como si perteneciese a alguien más pequeño. Su actitud era despreocupada e informal.

Se sentó desparramando su cuerpo en una silla demasiado bajita para sus piernas largas, y apoyó un brazo sobre la mesa. Acercó tanto su rostro al de Laura que ella, impulsada por una reacción instintiva, se echó hacia atrás.

—Te escucho.

Como no parecía necesario un discurso de introducción, ella decidió ir al grano.

—Quería contarte algunas cosas que me están pasando, pedirte consejo, saber tu opinión...

—¿Y por qué a mí?

—Bueno, hace un año... al parecer vos recordás bien lo que pasó...

—Nunca voy a olvidar tu cara de asombro —la interrumpió él, sonriendo con picardía.

—Bueno, por eso a vos. La cuestión es que, hace varios días, visité a un manosanta. Quizás me equivoque, pero si hay una persona en el hospital que puede entender la experiencia que tuve, sos vos —Laura hizo un pequeño intervalo, esperando ver la reacción en su cara. Él permaneció inmutable—. ¿Vos crees en los manosanta, en los curanderos?

—Contame cómo fue que llegaste allí y que pasó con él —contestó Ángel con aire imperativo. Si bien no dejaba traslucir ninguna emoción, no se lo veía para nada sorprendido por la extraña pregunta que ella le formulaba.

—Bueno, fui a verlo por curiosidad.

A continuación, Laura describió la consulta con Ethel, su paciente, la sugerencia previa de Carmen y cómo se había encontrado de pronto visitando la casa de Nahuel Curia.

Atento, él escuchó todo el relato con el ceño ligeramente fruncido, inspirando hondo por momentos, como si lo que oía le produjese una extraña emoción.

Laura se escuchó a sí misma cambiando algunas de las palabras de Nahuel. No podía revelarle ciertas partes de la conversación que le parecían íntimas.

—Desde que me pasaron estas cosas, no he dejado de recordar el suceso de hace un año con la paciente del abdomen agudo. De alguna manera, se me antojó pensar que ese episodio está relacionado con estas experiencias que me inquietan. Nunca entendí en profundidad lo que pasó con esa paciente. Yo hubiese apostado mi carrera a que era un caso quirúrgico; es más, si no hubiese sido por tu intervención, no me cabe duda de que la hubiésemos operado.

—Y hubieras cometido un error. Mirá, Laura —dijo, bajando la vista. Parecía armar la frase en su mente—, cuando entré en la sala de guardia, lo primero que vi fueron los ojos de esta paciente. Ya desde la puerta del consultorio detecté en su mirada un sufrimiento que iba más allá de lo meramente físico. No preguntes por qué, fue pura intuición —se apuró a decir—. También percibí el clima de angustia y de tensión entre ustedes. Cinco médicos, y no lograban ponerse de acuerdo entre ellos acerca de qué hacer con el caso. Mi primera reacción fue sentirme contrariado porque, en definitiva, debí haber sido el primero a quien se le consultara. Entendí que, en la vorágine del trabajo, nadie se acordó de hacerlo. Me enojé, pero sólo durante un segundo. Después recapacité. No se trataba de mí. No ayudaba a la paciente con mi enojo. Entonces decidí focalizarme en ella y volví a notar que más que dolor físico, había angustia en su rostro. Quise bajar el nivel de ansiedad entre los que la rodeaban.

Les pedí que nos dejaran a solas. Vos quisiste quedarte y me pareció bien.

—Bueno, yo era la jefa de la guardia... y no podía abandonar a mi paciente.

Él ignoró ese comentario y siguió hablando.

—Apenas estuvimos a solas, la invité a contarme lo que le pasaba. En ese momento, ella comenzó a sentirse más contenida, más confiada y me contó que su padre acababa de abandonarlos, que tenía mucho miedo por el futuro de su madre y de sus hermanitos menores. ¡Ella misma era una niña! Imaginate, ¡esa criatura preocupada por el bienestar de su familia, como si fuese su responsabilidad!. Entonces le propuse un ejercicio muy sencillo, que no viene al caso que te explique ahora, pero que logró que desviara su atención de los problemas que tanto la angustiaban. Cuando logró cierto alivio a nivel mental, se tradujo en la mejoría de su cuadro en el plano físico. A medida que avanzaba en este ejercicio, su cuerpo se iba relajando y, por fin, su mente se aquietó. Creo que incluso dormitó durante unos minutos. Cuanto más se relajaba su mente, más se estabilizaba su cuerpo, y cuando su cuerpo se aflojo, cedió el dolor. Entonces, la angustia y el temor se disiparon. Es común que en estos casos los pacientes entren en un círculo virtuoso que acelera la desaparición de los síntomas. ¡Yo vi cosas increíbles! La mayoría de las veces el médico no está atento a estos procesos. Su atención está en la enfermedad y no en el paciente. Como ves, no hay magia en esto. Basta con salirse de la situación establecida para lograr resultados asombrosos —hizo una pausa para luego reflexionar, como si estuviese hablando consigo mismo—: Otras veces el cuadro sólo puede resolverse mediante la cirugía. Se necesita mucho conocimiento, pero también un toque de arte para establecer la diferencia.

—¡Sería interesante aprender a hacerlo! —Laura se había mantenido atenta; deseaba que él siguiera hablando. La sorprendía cómo recordaba cada detalle—. Cuando todo te indica que tenés que actuar quirúrgicamente, ¿cómo saberlo? —preguntó con candidez.

Ángel rió a carcajadas. Se sintió ridícula.

—¿Querés que te anote la formula en un papelito? —preguntó con ironía.

Ella se sintió todavía más avergonzada. Él se dio cuenta de inmediato.

—Disculpame —dijo, poniéndose serio de golpe—, no quise burlarme; solo estaba tratando que no fuéramos tan solemnes.

Luego continuó:

—Yo apenas puedo contarte mi experiencia. Cada caso es distinto. Lo primero que hago es conectarme con el paciente. Esto no está en los libros de cirugía, nadie te lo puede enseñar. Ante todo, requiere practicar una conexión con el paciente que venga del corazón, no desde la mente. No estamos habituados a hacerlo. Nos concentramos en la enfermedad, le prestamos atención al cuadro patológico tratando de llegar a un diagnóstico. Buscamos casi con desesperación ponerle un nombre, un rótulo al conjunto de signos y síntomas. Nos tranquiliza individualizar al enemigo. Pero ponemos poca atención en el paciente en sí, en su persona.

Deberíamos preguntarnos qué le pasa, aparte de estar enfermo. ¿Alguna vez pensaste que el paciente y la enfermedad no son lo mismo? Nosotros hablamos de "el abdomen agudo de la habitación 132" o "el cólico biliar de la cama 15", pero ¿qué hay detrás del cuadro patológico? ¿Qué hay del ser humano, de su infinita complejidad? ¿De sus preocupaciones, sus sueños, sus angustias? Yo creo que la clave de la enfermedad está en quien la padece. La persona, la totalidad de la persona, no sólo va a condicionar la enfermedad sino también la evolución, el pronóstico. ¿Te mareo?

Los ojos de Ángel brillaban ahora con entusiasmo.

—No, no, para nada. Me interesa mucho lo que decís; bueno, es un enfoque diferente. Pero todavía encuentro difícil lograr esa conexión profunda de la que hablás.

—Bueno, no hay formulas. Te repito que tenés que entrenarte en eso, sobre todo si no está en tu naturaleza. Algunas personas tienen un don innato para hacerlo, forma parte de su personalidad; otras, no. Ésas deben esforzarse más. Un buen comienzo es mirarlos a los ojos, aquietar nuestro ritmo interno. Es difícil conectarse con el corazón de un paciente en medio de la urgencia, de la vorágine. Es importante olvidar todo lo demás. En ese momento, tienen que ser él y vos. Aunque sea durante un breve instante, hay que utilizar sus ojos como una ventana para descubrir qué hay en el alma. En segundo término, hay que aprender a escuchar, dejar que el paciente suelte lo que tiene adentro y recibirlo con respeto, libre de juicios. Estás frente a un ser humano que atraviesa una crisis, que exhibe una angustia conciente y que, con sus síntomas, expresa otras angustias, otros conflictos inconcientes. Muchas veces se trata de saber lo que ni él mismo sabe. Pero esto te lo digo desde mi experiencia personal. Quizás vos encuentres una forma mejor de hacerlo; cada uno tendrá su estilo... En general, para evolucionar en tu relación con los pacientes, tenés que trabajar, ante todo, con vos mismo. No podemos dar lo que no tenemos.

—Alex, el jefe de residentes, renunció —dijo Laura en un impulso. Parecía un dato ajeno a la conversación, pero ella sabía que él entendería la relación con el tema que trataban—. Hablé con él para que volviera, para que revisara su decisión. Me contestó que estaba cansado del trato distante con los pacientes, que quería ejercer una medicina distinta. Él lo atribuyó a la especialidad; cree que la cirugía es una especialidad desalmada. También hablamos acerca de la formación que se nos da en la universidad. Allí no te enseñan a relacionarte con los pacientes, suponen que uno ya sabe cómo hacerlo. A medida que te vas enfrentando con la realidad de ser médico, te vas dando cuenta de tu impotencia, de tus carencias. Entonces, me parece a mí, lo que hacemos todos es aferrarnos a los libros: patología, técnica quirúrgica, medio interno. Con el tiempo te parece que el paciente es sólo eso. Quizás sentimos que comprometernos con el enfermo será un trabajo adicional que nos va a distraer de lo importante, que es tratar la enfermedad. Ahora estoy empezando a creer que un mayor compromiso nos puede hacer sentir una mayor plenitud.

—Bueno...,¿cuántos años hace que sos médica? Digamos que si bien tardaste en darte cuenta de tus carencias, estás mucho mejor que otros que no se dan cuenta nunca.

—No conozco a muchos médicos que tengan las cosas tan claras como vos. La mayoría, y me incluyo, somos un poco autómatas a la hora de tratar con los enfermos. Somos superficiales en la relación que entablamos con ellos. Yo he llegado a atender cincuenta pacientes en una guardia. ¿Cómo puedo conectarme con cada uno? Además, hay todo un sistema que atenta contra esa conexión. ¿Vos no crees que los médicos somos tan víctimas de un sistema como los pacientes? Un sistema que todos ignoran cómo y cuándo se estableció, pero en el que estamos todos atrapados.

—Mirá, Laura, yo creo que los avances científicos que estamos experimentando son sorprendentes, pero no reemplazan el aspecto humano de la medicina. Me rebelo en contra de los que se esconden detrás de la ciencia. La ciencia no puede ser una excusa para ignorar la necesidad psicológica o espiritual de los pacientes. Lo mismo se aplica al sistema. Es cierto que estamos trabajando en un sistema lleno de limitaciones, pero en cierta medida, el sistema somos nosotros. Si nosotros cambiamos, entonces el entorno cambia.

Mientras Ángel decía esta frase, a Laura se le representó la imagen del Dr. Florencio Sanz. Pensó que él era el típico médico que se escondía detrás de la ciencia y se dio cuenta de que eso era lo que le disgustaba de él. En cuanto a ella, ¿estaría escondiéndose detrás del sistema?

Ángel siguió hablando:

—Los pacientes esperan mucho de nosotros. Tenemos que hacer nuestro mejor esfuerzo por no defraudarlos y, ante todo, ser honestos. Veo que estás buscando un camino. En mi experiencia, cuando emprendes la búsqueda es porque ya lo estás transitando. Te sugiero que orientes bien tus pasos. Quizás tengas que encontrar alguna persona que te señale el rumbo. Lo que sigue es un arduo trabajo con vos misma.

Laura sonrió con un dejo de timidez. En medio de las oscilaciones de su ánimo, se sintió un poco abrumada. Él suponía que ella estaba al borde de un gran cambio. Mientras tanto, ella no sabía si estaba dispuesta a transitarlo. Apenas comenzaba. Pensó que él hablaba de una forma similar a la de Nahuel Curia. ¿Sería que él mismo se estaba ofreciendo a ayudarla en esta búsqueda?

Angel pareció adivinar su pensamiento y se apresuró a aclarar.

—Obviamente, no puedo ser yo quien te guíe hacia alguna parte. No tengo la autoridad para orientar a nadie, no estoy capacitado para hacerlo. Pero te puedo dar la primera clave: usa la fuerza de la intención para encontrarlo y va a aparecer antes de lo que esperás.

Laura iba a replicar algo, cuando vio que se acercaban a la mesa Joaquín Medina y un colega de terapia intensiva, en compañía de dos jóvenes cardiólogas que conocía de vista y cuyos nombres no recordaba.

Sin pedir permiso, el grupo se sentó con ellos, portando sus tazas con café recién servido. Conversaban muy animados y reían. Si bien su actitud era amigable, Laura se sintió disgustada por la interrupción. Aún así, sonrió disimulando su malestar y acomodó la silla para que todos pudieran ubicarse en torno a la mesa.

—¿Qué pasa por acá? —preguntó Joaquín, guiñándole un ojo con tono cómplice.

Laura ignoró la pregunta.

—No sabía que estabas de guardia —dijo, en cambio—. Pensé pasar por la terapia más tarde. Quiero ver cómo sigue el señor Piri.

—No estoy de guardia —aclaró Joaquín, mientras apoyaba su taza sobre la mesa—. Mi guardia terminó hoy a la mañana y, en relación con el señor Piri, llegaste tarde. Falleció anoche.

El doctor Bolker tenía un coqueto consultorio en un piso ubicado en plena zona comercial.

Él, en persona, abrió la puerta. De forma amable y solemne, la hizo pasar, atravesando una sala de espera con sillones de pana y con una modesta mesita de vidrio.

La sala de consultas era pequeña, despojada y un poco oscura. Un escritorio sin un papel encima, un sillón tipo reposera, que se veía mullido y gastado de tantas sesiones, y un diván tapizado en negro por todo mobiliario. Los elementos decorativos eran una foto de Freud, que parecía mirar fijamente hacia el diván, y una lámpara de pie que iluminaba en forma directa hacia el sillón-reposera. Por su frialdad y austeridad, Laura lo comparó con un "quirófano de la mente".

"¡Cuántas palabras y emociones se habrían extirpado en esa sala!", se le antojó pensar.

Sentada sobre el diván, no podía evitar que se le disparara una andanada de juicios respecto del Dr. Bolker y de toda la situación. ¿Estaba bien que tuviera que pagar para ser escuchada? ¿No era ese un síntoma de su extrema soledad? ¿Tenía que ser todo como un estereotipo freudiano? ¿Tenía que ser él tan aséptico y neutral? ¿No podía ese señor de cara solemne prodigar una sonrisa, al menos? Mientras un sector de su ser le decía que debía darle una oportunidad a esa consulta, otro le decía que se había equivocado, que no encontraría allí solución alguna para sus problemas.

Se sentía tensa, para nada dispuesta a abrirse, y no sabía cómo empezar la conversación.

El Dr. Bolker se acomodó en el sillón y tomó un block de notas. Por fin, sus labios dibujaron algo parecido a una sonrisa que intentaba alentarla a hablar. Musitó su frase de bienvenida, cuidadosamente estudiada:

—¿Qué la trae por aquí? —y no dijo nada más.

Laura respiró hondo y, cruzando sus brazos y piernas en forma defensiva, empezó a hablar.

—Mi objetivo es claro. Necesito investigar el origen de una dolencia. Para ser más específica, un dolor que me aqueja desde hace años y que no tiene, en forma aparente, ninguna causa física —habló en forma impersonal, como si se refiriera de otra persona, como si estuviese pasando un parte diagnóstico de un paciente en una recorrida de sala, sin emoción. Luego se quedó en silencio, esperando que él hiciera algún comentario, conciente de su rígida actitud.

—¿Podría describirme como es ese dolor? —preguntó él sin dejar de tomar notas. Laura experimentó cierto alivio. Por lo menos, no se sentía examinada.

—Bueno, mi pierna derecha, mi cadera y, a veces, cuando el dolor es muy profundo, interesa también la zona lumbar. Es un dolor que empeora cuando estoy mucho tiempo de pie. Mi trabajo me obliga a pasar largas horas parada.

—Sí, sí, usted me dijo que es doctora. ¿Cuál es su especialidad? —Levantó la vista y la miró brevemente.

—Soy cirujana. Como se imaginará, paso mucho tiempo en el quirófano.

—Sí, entiendo —dijo, bajando la vista hacia el block de notas. Se quedó en silencio. Entonces, Laura continuó:

—Sospecho que este dolor tiene una causa emocional. De todas maneras, es la única causa que me queda por investigar. Soy reacia a tomar analgésicos, sobre todo si tengo que hacerlo en forma crónica. —Otra vez el silencio.

Laura no sabía cómo continuar. ¿Qué debía decir ahora? ¿Cómo había sido su infancia? ¿Cómo es su actividad diaria? ¿Qué había hecho hoy?

"Bueno, que él me pregunte", pensó, suspirando. Y sus ojos empezaron a vagar por el consultorio, mirando la alfombra un poco gastada cerca de la puerta, un revistero que no había visto antes, al costado del escritorio, y las cortinas color gris perla enrolladas en el borde superior de la ventana.

—Cuénteme un poco más de usted o de su vida —cedió el psicoanalista ante el persistente silencio, mirándola fijo. Entonces Laura pudo ver que tenía unos ojos negros muy pequeños, unos lentes finitos en la punta de la nariz y un mechón de pelo blanco sobre la frente. Calculó que andaría alrededor de los cincuenta y tantos. Su rostro, nada desagradable, no transmitía ninguna emoción.

—Tengo cuarenta años, vivo sola, casi no tengo familia, tan solo unos tíos que viven en el sur. Mi madre murió cuando yo tenía cinco años. Mi recuerdo de ella es muy vago. Papá se ocupó de mi crianza, no tuve hermanos y él no se volvió a casar. Fue generoso, pero distante; estaba siempre ocupado con su trabajo. También estuvieron los abuelos de parte de mi mamá, bastante presentes en mi infancia. A pesar de todo, recuerdo esa etapa de mi vida como solitaria, como si la falta de madre me hubiera hecho diferente de los demás chicos y, por lo tanto, un poco aislada de ellos. Siempre quise ser médica. Soy el típico caso de la niña que vendaba a sus muñecas, las auscultaba, las operaba...

Laura hizo una pausa, como dándole tiempo a su interlocutor a tomar sus notas. También pensaba cómo seguir.

—Los años de facultad fueron los más felices de mi vida. Poco después de recibirme, mi papá falleció de manera inesperada y me quedé todavía más sola. Tuve un matrimonio breve, frustrante. Originalmente, había pensado en el matrimonio como una forma de armar la familia que nunca tuve, pero resultó otra cosa. No había malos sentimientos, pero tampoco hubo amor, y terminamos en un divorcio sin quejas ni reproches, indiferente. Al fin, llegué a la conclusión de que no sirvo para vivir en pareja. Toda mi vida gira en torno a mi profesión. Tengo una vida muy ordenada. Mis refugios son mi casa, mi trabajo, mi estudio. Siempre estoy estudiando. Soy muy conciente de mi responsabilidad con los pacientes, por eso trato de actualizarme. También me interesa la investigación, tengo varios trabajos científicos publicados y soy bastante reconocida por eso, por lo menos en mi hospital —hizo una pequeña pausa. A medida que hablaba de ella, comenzaba a verse en perspectiva y el relato se tornó más fluido—. Me costó mucho abrirme paso en la especialidad. Como ya sabrá, es una especialidad de hombres. A veces pienso que me filtré ahí como una gotera, a fuerza de constancia y bajo perfil. En estos últimos días, mi trabajo está convulsionado; estoy un poco angustiada, insatisfecha. No puedo definir bien qué me pasa. Estoy en una situación extraña en la que no pasa nada y, sin embargo, me pasa todo.

Laura hizo otra pausa, contenta con su poder de síntesis. Otra vez dejó que su mirada vagara por el consultorio, y se quedó esperando que el psicoanalista hiciera algún comentario. Él suspiró, dio vuelta la hoja sobre la que estaba escribiendo, como si releyera sus notas. Subrayó algo, la miró y preguntó:

—¿Qué la decidió a pedir una consulta?

—Varias cosas. Tal como le acabo de decir, está el dolor en mi pierna y, además, en los últimos días una serie de eventos me fueron sacando de mi estado de equilibrio, del orden natural de las cosas.

—¿Me puede decir algo de esos eventos?

—Primero operé a un paciente, un anciano, un enfermo sin mayor trascendencia desde lo quirúrgico, una doble amputación de miembros inferiores. Fue una operación desagradable, pero sin nada especial. Justo antes de comenzar la cirugía, mirando los ojos de este paciente, me pasó algo excepcional; había algo en su mirada que me hizo sentir descompuesta, como si fuese la primera cirugía de mi vida. Por alguna razón que ignoro, me sentí profundamente conmocionada por la situación...Yo ya pase por esto hace mil años, cuando empecé con la especialidad. Hasta había olvidado que alguien puede llegar a sentirse así, impresionada, ante la perspectiva de cortar, de ver la sangre. Ese mismo día, la pierna me dolió como nunca. Entonces hablé con una enfermera que se había dado cuenta de que algo no andaba bien en mí y me recomendó que me hiciera atender por un sanador, una especie de curandero que ella conoce. Por supuesto, al principio me sentí contrariada por su propuesta; nunca en la vida se me había ocurrido algo parecido. Esta enfermera es una persona muy bondadosa, que me conoce desde que empecé mi carrera en el hospital, y reconocí que su intención era buena, generosa. Ese mismo día, mientras atendía en mi consultorio, me encontré con una vieja paciente que yo creía muerta hacía años. Resulta que estaba vivita y coleando, sentada en mi sala de espera. Me contó una historia increíble de un manosanta, un curandero que la había salvado de la muerte. ¡El mismo que la enfermera, ese día, me había propuesto para tratar el dolor en la pierna! Este episodio despertó mi curiosidad. Pensé que era una increíble casualidad. No era posible que esta mujer estuviera aún con vida. Entonces, tuve la ocurrencia de pedirle a la enfermera que me llevara a conocer al curandero. Quería saber quién era, qué hacía con los pacientes. Al día siguiente, me encontré yendo a ver a este personaje que, en mi imaginación, era un chapucero disfrazado con una túnica y plumas, pero que resultó ser una persona encantadora, como un abuelito cálido y gentil, culto, educado. Sin que yo hablara una palabra, me dijo que todos mis problemas surgen de tener el corazón cerrado. Quiero darle a mis pacientes lo mejor, pero que no sé cómo hacerlo, y me lo dijo justo después de que este anciano de la amputación me llevara a pensar que no sé cómo conectarme con los pacientes. Casi como si estuviera leyendo mi mente —Laura suspiró, se hizo un corto silencio y luego terminó diciendo —: ¿No es acaso una increíble sucesión de casualidades?

Hizo una pausa, esperando algún comentario del terapeuta. Él seguía escribiendo, sin levantar la vista. Ella se preguntó si la estaría escuchando o si sólo se limitaba a tomar notas, como un estudiante aplicado que toma apuntes. También observó su expresión, con el ceño fruncido y los labios apretados, como si estuviese haciendo un gran esfuerzo.

Por fin, levantó la vista y la miró, esbozando otra vez su sonrisa poco generosa, alentándola a que siguiera hablando.

—Después de estos episodios, el jefe de residentes de cirugía, un médico joven y muy talentoso, tuvo un disgusto con el staff en pleno durante un ateneo y decidió renunciar. Cuando intenté hacerlo desistir, me contó acerca de su crisis personal, ¡que justamente tiene que ver con la forma de relacionarse con los pacientes!

—Usted conecta todos estos hechos porque les da un sentido, un patrón, un hilo conductor que forma parte de sus propios contenidos, de su contexto personal.

—Bueno, mi contexto personal me dice que esto tiene mucho sentido —"¿Por qué no puede decir las cosas en forma más directa?", se preguntó Laura— Es curioso —siguió diciendo—, siento que en la mirada del paciente de la doble amputación asomaba la punta de un ovillo por desenredar. No sé qué hay en el otro extremo, pero me propongo averiguarlo, y es por eso que estoy acá. Mire, doctor —y aquí Laura cambió su tono de voz, que se tornó más firme—. Fue una decisión muy importante la de venir a esta consulta. Yo tuve una experiencia previa de psicoterapia y no fue muy feliz. Sin embargo, decidí intentarlo de nuevo porque, de golpe, mi vida dejó de ser cómoda. Siento angustia. La profesión, que me dio felicidad durante muchos años, dejó de ser satisfactoria de un día para otro. Puede ser que los hechos que le relaté hayan sido sólo desencadenantes de una situación ya existente. Lo importante es que no me siento bien y que estoy intentando corregir eso.

Mientras Laura hablaba con el ceño fruncido y la voz se le estrechaba por la angustia, el Dr. Bolker dejó de tomar notas y su rostro se transformó.

Por primera vez, sonrió de manera cálida y la miró directo a los ojos. En ese momento, Laura pudo ver que había bondad y honestidad en ellos.

—Entiendo. Intentaré ayudarla, si usted me lo permite, pero será un proceso que deberemos transitar juntos. Le sugiero que deje atrás su mala experiencia del pasado con el psicoanálisis. Cada situación es distinta. Es probable que usted no sea la misma persona y sus necesidades también hayan cambiado.

Entonces, miró el reloj sin disimulo y declaró:

—Vamos a tener que dejar aquí. Le propongo que sigamos la semana próxima a la misma hora.

22

Cuando Laura manejaba por la autopista, lo hacía acompañada por el sonido de su radio, que la animaba y la distraía de las preocupaciones. En cambio, ese día manejó en silencio. Sumergida en sus pensamientos, no deseaba que nada la distrajera de la tormenta mental que se le había desencadenado, casi como si se regodeara buceando en el sufrimiento. Llegó a casa con la sensación de estar al límite de sus fuerzas. Eran excepcionales los días en los cuales se sentía así. Éste era uno de ellos.

Estaba extenuada física y moralmente. Su cabeza era un torbellino de ideas desordenadas. Días atrás había comenzado este proceso de la angustia, creciendo dentro de ella, y no parecía que fuera a detenerse.

La casa estaba a oscuras. Cuando puso la llave en la cerradura, una garra de acero rodeó su corazón. Por primera vez en muchos, muchos años, se sintió muy sola. Una vez dentro de la cocina, escuchó el pequeño zumbido de la heladera, que cortaba el silencio de la casa y la hacía parecer aún más solitaria, como si toda su vida no fuese más que un desierto. En ese momento, hubiera dado cualquier cosa porque alguien la estuviera esperando, un marido, una madre, un hermano, un hijo o un amigo. Su autosuficiencia se había desmoronado y no sabía la razón. Pensó que tal vez el repaso de su vida ante el Dr Bolker le había movilizado emociones dormidas. Pero no recordaba haber experimentado un sentimiento especial mientras relataba su historia.

Apenas apoyó la cartera sobre la mesa del comedor, comenzó a sonar el teléfono. Instintivamente, miró la hora.

Eran la diez en punto. Caminó tres pasos para atender y se desplomó sobre la silla próxima al teléfono. Una voz masculina sonó jovial del otro lado de la línea.

—¿Laura? ¿Cómo estás?

—¿Quién habla? —preguntó, sorprendida de escuchar una voz desconocida que le hablaba con familiaridad.

—Ángel. ¡No quise asustarte! ¿Te pasa algo?

—No, no, disculpame. Estaba volando con el pensamiento y me sobresaltó un poco el teléfono, pero no te imaginás como me alegra que hayas llamado.

—Hoy, cuando estábamos en la cafetería y nos invadió la horda de colegas, percibí tu tristeza al enterarte del paciente que había muerto. La verdad es que te llamé antes y no contestaba nadie, por eso me atreví a llamar tan tarde. Quise saber si estabas bien.

Laura había olvidado la muerte de Piri. Quizás fuera ésa la causa de su tristeza.

—Tenés razón. No estoy bien. Mientras mi mente volaba, pensaba que hacía tiempo que no me sentía tan mal. Pero en el último tiempo estoy así, cada vez más hacia abajo.

—Muchas veces las crisis auguran el principio de algo bueno.

—Quisiera tener las cosas más claras. Cuando hablo con vos...bueno, en realidad, casi no te conozco, pero me da la sensación de que a vos... ¡todo te parece fácil!

Ángel rió.

—No, no es así, ¡yo también tengo mis días!

—Lo digo en serio. Tenías razón cuando

percibiste mi malestar por la muerte de ese anciano. Quise ayudarlo, no supe cómo y ya no hay nada que pueda hacer. La muerte tiene eso: es irreversible, terminante Me pregunto cómo hacés vos para sobrellevar la muerte de tus pacientes. Sos pediatra, ¿no es todavía mucho más difícil cuando la que se interrumpe es la vida de un niño?

—Vos, Laura, ¿cómo imaginas tu propia muerte?

Laura se sintió sorprendida por la pregunta.

—No sé —titubeó—, no pienso mucho en ella.

—Ése es el problema. Vivimos negando la muerte, aun cuando la tengamos frente a nuestras narices. Está bien, ella es discreta y nos va llevando de a uno, sin hacer mucho ruido. Pero cuando no tenemos más remedio que verla, se nos hace insoportable. Para poder aceptar la muerte de tus pacientes, primero tenés que aceptar la tuya propia. Eso los médicos no lo tienen en cuenta. Saben luchar contra ella como si fuera el enemigo número uno de la profesión, en lugar de ser el destino final inevitable de todo ser humano. Se han hecho eco de una cultura que esconde la muerte como si no existiera, que la niega por todos los medios...

—Y ése, ¿no es un mecanismo normal? —preguntó ella.

—Sí, en nuestra cultura, en el ambiente científico donde lo espiritual no tiene lugar. Pero no es así en todas partes.

De pronto, Laura se sintió abatida. Tenía muchas ganas de seguir conversando, pero se dio cuenta de que estaba exhausta. Sus ojos parecían cerrarse solos y su mente se volvía errática.

—Ángel, ¿seguimos charlando mañana? —dijo con voz suplicante.

—Cuando quieras.

Ese "cuando quieras" le pareció demasiado vago y se sorprendió preocupada por que fuera dicho como una fórmula de cortesía. Entonces, se apuró a decir:

—Mañana nos podemos encontrar a la salida del hospital...

Ángel rió.

—¡Pero si mañana es sábado!

Laura se sintió un poco ridícula por haber mostrado su ansiedad, y rió con verviosismo.

—Entonces, la semana próxima —dijo, aparentando desinterés.

—Bien, nos vemos en el hospital. Buenas noches, Laura.

—Buenas noches —contestó. Y colgó suavemente el auricular.

Un gran cansancio se había apoderado de su cuerpo. Arrastrando los pies, llegó a su cuarto y se preparó para dormir.

Mientras se acomodaba en su cama, recordó el llamado de Ángel y lo oportuno que había sido y, de pronto, sintió cierto alivio en su malestar. Estaba empezando a creer que había encontrado un alma gemela.

Conocer a Ángel había desencadenado en ella una serie de reflexiones acerca de la madurez que mostraba su nuevo amigo. ¿Cómo una persona tan joven podía desplegar tal sabiduría? ¿Significaría esto que no eran los años y la experiencia los que nos permitían adquirir el conocimiento de la vida y el control sobre uno mismo, sino alguna habilidad innata para elaborar las vivencias?

Se reconoció a sí misma admirando las cualidades de Ángel con una cierta necesidad de imitarlo, de reproducir su capacidad para entender la vida, en ella misma. Pensó cuanto le gustaría desarrollar con los pacientes una relación tan fluida como la que él parecía tener con los suyos, junto a esa serena aceptación de la muerte.

Pensó en llamar a Gina para contarle todo lo sucedido. De inmediato, se dio cuenta de que su amiga interpretaría mal esos sentimientos. ¿Cómo convencerla de que no estaba buscando una pareja, que sólo necesitaba de alguien que fuera capaz de entender y compartir sus sentimientos?

23

El sábado era el día doméstico. Comenzaba con una limpieza a fondo de la casa, y continuaba con las compras para abastecer la alacena de toda la semana.

El día era gris y ventoso, como si el invierno se hubiera anticipado.

Para protegerse del clima, Laura decidió comprar al reparo de un centro comercial, en lugar de visitar los almacenes de su barrio.

Estacionó el auto en el subsuelo y se deslizó al primer piso por la escalera mecánica. Se detuvo en la puerta de una librería que se encontraba justo a la entrada del supermercado. Era una escala obligada cada vez que iba al centro comercial. La librería era para ella como una juguetería para un niño. Era una lectora incansable. Más de la mitad de su tiempo de lectura la dedicaba a los libros de medicina. El resto lo repartía entre novelas, sobre todo históricas, libros sobre política y su principal hobby, los libros de cocina. Se divertía con recetas que nunca llegaba a preparar, pero que disfrutaba leyendo. "Soy una obesa mental", solía bromear, haciendo alusión a su gusto por ver las fotos de los platos terminados que jamás probaría.

Ese día entró sin buscar nada en particular. Comenzó a recorrer las estanterías de manera errática, mientras deslizaba sus dedos con suavidad sobre los lomos de los libros acomodados en los estantes.

De pronto su mano se detuvo y con el dedo índice extrajo un ejemplar. Fue al azar, o quizás atraída por el lomo verde brillante de ese volumen en particular. Tenía dibujado un gran mandala de colores, que hacía su portada muy llamativa.

Meditación, el viaje interior, rezaba el título. Lo pesó con la mano, al mismo tiempo que calculaba cuánto tiempo le tomaría leerlo.

Ojeó las primeras páginas: "La meditación como método de autoconocimiento". Desde la contratapa, el autor le sonreía. Los dientes, muy blancos, contrastaban con su piel morena, típica de los originarios de la India, y dos círculos más oscuros enmarcaban la mirada lejana y compasiva.

"Mi vida de médico cambió radicalmente gracias a la meditación, práctica milenaria de elevación de la conciencia y del autoconocimiento", declaraba el Dr. Metha debajo de su foto.

"El Dr. Govinda Metha, médico cirujano, difunde en Occidente una práctica antes reservada a aquellos que buscaban la iluminación, como método para sobrellevar las exigencias de la sociedad occidental".

Laura no lo dudó. Presa de un impulso, se dirigió a la caja, lo pagó y continuó su camino con el libro bajo el brazo.

Cuando estaba en el supermercado empujando su carro de compras entre las góndolas de comestibles, el sonido del celular la sobresaltó. No era muy común recibir llamadas en el móvil un sábado tan temprano. Dedujo que era una llamada del hospital, alguna consulta por un paciente complicado o algo semejante. En cambio, la voz de su amigo Leandro sonó llena de entusiasmo en el auricular.

—¡Lauri! ¡Quiero asegurarme de que no te olvidaste de mi cumpleaños!

Se sintió avergonzada al darse cuenta de que lo había olvidado totalmente.

—¡Jamás podría! —mintió—. Pero ya que me llamaste, aprovecho para desearte un feliz día.

¡Justo estaba comprando tu regalo! —Se mordió el labio inferior, quizás como castigo por mentir, mientras se preguntaba si su voz sonaría convincente.

—Bueno, entonces vas a tener la oportunidad de dármelo en persona esta noche. Con Jackie decidimos dar una fiesta. Por supuesto, estás invitada.

—Excelente idea. ¿A qué hora y dónde?

—Nueve y treinta, en casa.

—Nos vemos. No faltaría por ningún motivo.

—Nos vemos. ¡Ah!, y ponete linda, que tengo varios solteros para presentarte.

—Si son del hospital, no pierdas el tiempo. Sabés que los conozco a todos —Laura bromeó, sintiéndose de mejor humor ante la perspectiva de una fiesta.

24

La casa de Leandro era pequeña. Tenía una gran galería cubierta, parcialmente cerrada con vidrios, donde se reunieron con comodidad los invitados.

Jackie, su mujer, le dio un toque de buen gusto a la organización. Lo había hecho de modo tal que no parecía en absoluto improvisado: velas encendidas, adornos florales, bandejas coloridas. Todos estos elementos creaban un espacio íntimo y cálido. La música de fondo era suave y muy apropiada para la charla.

Tal como predijo Leandro, había varios invitados que Laura nunca había visto antes. Esto era inusual, ya que las fiestas organizadas por los compañeros del hospital, a fuerza de hacerse siempre con las mismas personas, resultaban monótonas, como reuniones de familia.

Laura se sentó con un grupo de cirujanos que hablaban de deportes. Tomó una copa con vino rosado entre sus manos. Mientras hacía chocar los cubos de hielo con suavidad entre sí y simulaba escuchar la conversación poniendo una sonrisa inmóvil en el rostro, se dedicó a mirar a Jackie. Ella circulaba entre los invitados repartiendo canapés y sándwiches con una bandeja en cada mano.

Jackie revoloteaba entre la gente, haciendo gala de sus dotes de anfitriona. Laura trataba de entender el misterio de su mundo. La mujer de su amigo habitaba un planeta muy diferente del suyo propio, un planeta habitado por peluqueros, manicuras, profesores de gimnasia y decoradores. Jackie no trabajaba y dedicaba sus días, sin hijos, a menesteres femeninos, tan alejados de la vida de Laura que ésta ni siquiera podía imaginarlos.

De pronto, una carcajada colectiva la volvió a la situación.

Alguien había contado un chiste. Por supuesto, no lo había escuchado, a pesar de lo cual fingió reír.

De pronto, Leandro se acercó y, apoyando la mano en su hombro, asomó la cabeza en el círculo y dijo:

—Acá llegó el vino —La botella ocupó el centro del círculo, y todas la manos tendieron las respectivas copas para ser llenadas, incluyendo la de Laura—. ¿Está todo bien? —preguntó el agasajado, preocupado por el bienestar de sus invitados.

—Leandro, tu mujer es una anfitriona de primera. ¡Los bocaditos de salmón están maravillosos!

—contestó María Luz, una médica de casi dos metros de altura y grandes dientes, que estaba parada justo al lado de Laura. Todos asintieron, demostrando su acuerdo con el elogio.

Alguien empezó a contar otro chiste, que Laura había escuchado mil veces en el hospital.

"Llegó la hora de los chistes", pensó y, discretamente, con la copa llena otra vez, se dio vuelta para encarar a otro grupo.

En un rincón, estaban reunidos algunos cardiólogos del servicio de terapia intensiva discutiendo temas administrativos del hospital. Ella se acercó. Se acomodó al lado de su amiga Silvia, una residente joven con la cual solía compartir largas charlas de quirófano, cuando ésta venía a monitorear a sus pacientes.

Todos tenían la atención puesta en Rafael, cardiólogo veterano del servicio, que comentaba algo acerca del reparto de las guardias de terapia intensiva.

—Si las cosas se dan así, los residentes de primer año tendrán que hacer guardias de veinticuatro horas, día por medio —estaba diciendo cuando Laura se acercó al grupo.

—Eso sería una cosa de locos —opinó ella, deseosa de participar en la conversación, pero sin saber bien el contexto en el cual se desarrollaba. Y continuó—: ¿Ustedes creen que podemos atender a los pacientes como corresponde después de veinticuatro horas de tensión permanente? ¿No estamos acaso más predispuestos a cometer errores que a atender las necesidades de nuestros pacientes? ¿A quién se le ocurrió inventar esto de las veinticuatro horas de guardia?

—Al sistema no le importa si atendés bien a tus pacientes o no —objetó Rafael con dureza—. Lo único que quieren es tener a alguien que ponga la cara... y que no cueste muy caro.

—No puedo creer que a nadie le importe algo que puede perjudicar a los pacientes. Se supone que el hospital es una organización al servicio de ellos —dijo Laura con candidez.

—¿Dónde estuviste los últimos diez años? ¿Encerrada en una caja? ¿Todavía no sabés cómo funcionan las cosas? —El tono de voz de Rafael se había vuelto sorpresivamente violento, quizás irritado por la interrupción.

—Aunque te parezca mentira —contestó Laura, ofendida por la forma agresiva en que le había hablado su interlocutor—, recién ahora estoy empezando a comprender las cosas tal como son en realidad.

Los demás miraban atentos la discusión, sin intervenir. De cuando en cuando, Laura tomaba con cierto nerviosismo de su vaso de vino. Alguien se lo había vuelto a llenar.

—¡Sos increíblemente ingenua! ¿De dónde

sacás esas ideas de colegiala? —preguntó Rafael, insistiendo en su tono despectivo, mientras mordía un bocadillo.

—¿Ingenua por qué? ¿Porque abogo a favor de que se atienda mejor a los pacientes, de que les dediquemos más atención? ¡Ellos confían en nosotros! ¿No será que usamos lo del sistema para quitarnos la responsabilidad de encima?

—¡Yo no inventé las guardias de veinticuatro horas!

—¿Qué pasaría si todos nos negáramos a hacerlas? ¿No son los médicos los que planifican la salud, los dueños de las clínicas, los administradores de hospitales? ¿Qué es "el sistema" después de todo, sino un grupo de personas al cual pertenecemos?

—No te pongas en idealista. Además, ¿qué haces vos, en forma concreta, para mejorar las cosas? —Rafael esgrimía su índice en el aire como un arma acusadora.

—Todavía no hice nada.—confesó ella, un poco incómoda con la pregunta.

—Bueno, cuando hagás algo, avisame. Por ahí hago lo mismo que vos.

Rafael sonrió. Por su tono de sorna, se notaba que no la tomaba en serio. Laura tuvo un ataque de furia desmedido. Quizás fuera por el efecto de los tres o cuatro vasos de vino que se había engullido con el estomago vacío. No estaba acostumbrada al alcohol. Su mente no estaba clara.

Sin decir nada, se dio vuelta, apoyó su copa sobre la mesa y caminó hacia la puerta. Tomó su abrigo y la cartera del perchero y, sin saludar a nadie, salió.

Había estado apenas una hora en la reunión. Nunca tenía actitudes tan impulsivas. Se sentía contrariada, furiosa y un poco obnubilada. De repente, sintió la imperiosa necesidad de salir de allí. Una sensación nueva la había invadido, como si no perteneciera a ese grupo de gente, como si de un momento a otro los que durante años habían sido su familia se hubieran transformado en extraños.

¿Cómo podía alguien hablar de la tarea médica de esa manera, con esa frialdad? Era claro que lo que antes no le molestaba ahora le resultaba intolerable: la indiferencia de los colegas frente al estado de las cosas. Ella parecía haber despertado de un sueño pero los demás, era evidente, seguían durmiendo.

Apenas salió, el cielo se iluminó con un rayo de plata que atravesó el espacio oscuro de un extremo al otro en una fracción de segundo. Un instante después sonó, como una explosión, el trueno y a continuación comenzó a caer una lluvia torrencial, como si estuviesen echando baldes de agua desde arriba.

Por un instante, consideró regresar a la fiesta de su amigo, pero ahora se sentía un poco avergonzada de su reacción impulsiva y decidió volver a casa. Con el abrigo en la mano, Laura corrió hasta su auto, que estaba estacionado a unos diez metros de la puerta. Empapada de pies a cabeza, ocupó el asiento del conductor.

No estaba conciente del embotamiento que el vino le había producido. Puso el auto en marcha y arrancó rumbo a su casa. La visibilidad no era buena; una densa cortina de agua enturbiaba el parabrisas. Cuando había hecho unas veinte cuadras, cruzó una bocacalle oscura, sin ver una camioneta que se desplazaba a toda velocidad por la transversal. Quiso frenar. Pisó el pedal del freno con demasiada fuerza y, sobre el pavimento mojado, el auto patinó. Ambos vehículos chocaron con violencia. Por el cambio brusco de dirección que le imprimió el impacto, el auto de Laura giró en dos vueltas sobre sí mismo, hasta chocar contra un poste de luz y generó un segundo impacto aún mayor que el primero. La enorme bolsa blanca de seguridad se desplegó en sus narices y la alarma comenzó a sonar en forma intermitente con un sonido semejante al de una sirena. La borrachera se le pasó de golpe. Se quedó quieta, tratando de registrar si tenía alguna lesión. Nada le dolía, pero aún no lograba entender lo sucedido.

¿En qué había estado pensando? Afortunadamente, había tenido la lucidez suficiente como para conducir con su cinturón puesto.

Sintió que alguien abría la puerta de su auto, que no ofreció resistencia.

—¿Está bien? ¿Le pasó algo? —le preguntó una trémula voz masculina. Un hombre de pequeña estatura y cabeza calva se restregaba con nerviosismo las manos bajo la intensa lluvia.

—Sí, sí, estoy bien —contestó, aturdida— ¿Alguien se lastimó?

—No —contestó el hombre —. Yo manejaba la camioneta y estaba solo. La calle, por suerte, está desierta. Además, su auto se llevó la peor parte... ¡mi camioneta está indemne!

Laura salió del auto con cierta dificultad. Vio los daños en la chapa y empezó a llorisquear, no por el auto en sí, sino por pensar en lo que podría haber pasado.

De pronto, sintió a su espalda los pasos de una persona que se acercaba. La sobresaltó un poco que alguien apareciese de golpe en la calle desierta y se dio vuelta para ver al desconocido. Entonces, en la oscuridad y bajo la lluvia, descubrió que el hombre detrás de ella era Ángel.

—¡Ángel! —exclamó, casi gritando—, ¿qué hacés acá? — En el juego de sus emociones el desconcierto por la presencia de Ángel superó la conmoción producida por el choque, mientras pensaba si estaría alucinando—. ¡Este encuentro me da miedo! ¿Acaso me estuviste siguiendo?

A pesar de su preocupación, Ángel esbozó una sonrisa.

—Con todo el escándalo del choque, no es raro que yo esté acá. Vivo enfrente y vine a ver si había algún herido que necesitara ayuda. ¿Estás bien, Laura? Lo que menos me imaginé fue encontrarte aquí, siendo protagonista del accidente.

La realidad era que Laura sabia muy poco de Ángel y no tenía ni idea de que él viviera en ese barrio. ¡Le resultaba casi imposible imaginar que el choque se había producido justo frente a la casa de su nuevo amigo!

Sin saber bien por qué, Laura empezó a llorar de nuevo.

La lluvia había aumentado de intensidad y los tres personajes, parados en la esquina, parecían náufragos solitarios en la calle desierta y oscura. Entonces Ángel propuso, también casi gritando para que su voz se escuchara por encima del chasquido de la lluvia y de la alarma del coche de Laura, que seguía sonando:

—¿Por qué no vamos a seguir conversando a mi casa y, de paso, los reviso para asegurarnos de que no estén lastimados?

Laura y el señor de la cabeza calva asintieron; los dos lo siguieron hasta el interior del edificio, que se encontraba a escasos pasos del lugar del choque.

Apenas entraron, la alarma dejó de sonar.

Laura, tiritando, se quitó el abrigo empapado.

El hombre que los acompañaba le tendió con cordialidad la mano a manera de presentación, mientras exhibía una tenue sonrisa.

—Me llamo Edgardo Mateos. Lamento mucho

lo que pasó, señora. La visibilidad era muy mala. Probablemente, ambos somos un poco culpables por la colisión.

El hombre parecía amable, tímido y demasiado formal, al punto de parecer casi ridículo en medio de esa situación. Su voz sonaba entrecortada. Todavía estaba agitado por el susto.

Ángel prendió todas las luces y los invitó a sentarse.

Laura se sentía un poco inhibida. Tenía la sensación de estar mojando todo lo que tocaba, y así era. Pero Ángel estaba preocupado por cosas más importantes, y salió a buscar su maletín para tener instrumentos con los cuales revisarlos.

Mientras examinaba al señor Mateos con un oftalmoscopio y controlaba sus reflejos, Laura, que se había desparramado en el sofá, permanecía con los ojos cerrados, intentando relajarse. Todavía no podía creer lo que había sucedido. Ahora con la mente más clara, todo lo sucedido esa noche le parecía una alucinación. ¿Cómo pudo haberse ido de la reunión sin saludar a Leandro? ¿Cómo pudo ser tan descortés e impulsiva? ¿Acaso había tenido un ataque de locura? No se reconocía a sí misma en esa actitud desproporcionada. A medida que se serenaba, se iba sintiendo cada vez más avergonzada por su conducta, y, además, ¿cómo había ido a parar a la casa de este compañero de hospital que apenas estaba comenzando a conocer?

Cuando Ángel terminó de revisar al hombre, le prestó un paraguas para que saliera a verificar si podía poner en marcha su camioneta. Luego, se dirigió a Laura con suavidad:

—Laura..., ¿te quedaste dormida?

—No —se apuró a contestar ella, abriendo los ojos—, sólo intentaba relajarme y entender lo que pasó.

—¿Puedo ver si estás lastimada?

Sin esperar una respuesta, Ángel se inclinó para mirar de cerca la cara de Laura. Con las manos, le abrió los cabellos para ver si tenía alguna lesión en el cuero cabelludo, le tocó la nuca, la frente y tomó su oftalmoscopio para examinarle los ojos.

—Estoy bien, Ángel, no me duele nada —dijo Laura, un poco incómoda con la situación.

—Sí, ya veo. De todos modos, quería asegurarme de que no se nos pasara nada por alto, pero lo que pude constatar es que ...¡estás empapada! —Ambos sonrieron—. Voy a buscar una toalla y un par de medias secas. Mientras tanto, sacate los zapatos, que no hay nada peor que tener los pies mojados.

No bien dijo esto, Ángel se dio vuelta y, con toda tranquilidad, se fue rumbo a su cuarto a buscar lo prometido.

Laura se sacó los zapatos y las medias en un santiamén, y se puso de pie para examinar el ambiente. Desde que había entrado, no le había prestado atención al entorno y ahora, ya más tranquila, estaba curiosa por ver cómo vivía su amigo.

El ambiente era amplio y cálido. Estaba decorado con sencillez y un buen gusto fuera de lo común para un hombre solo. Laura se preguntó si viviría con una mujer, y se dio cuenta de que no sabía nada de la vida de él. ¿Tenía novia? ¿Era casado? ¿Vivía solo? Sobre un amplio hogar de leños, que estaba apagado y limpio, había varios portarretratos. Las fotografías no se podían ver bien de lejos, así que se acercó, descalza como estaba, para examinarlas.

Un gran marco de madera brillante rodeaba el retrato desgastado en blanco y negro de una joven pareja. Vestían a la moda de los años cincuenta y pico y sonreían, un poco tiesos, a la cámara; sonrisas rígidas que, sin duda, habían estado sosteniendo durante varios segundos para la toma. "Los padres", pensó Laura. La miró más de cerca. El hombre era alto y desgarbado, como Ángel; la mujer, de cabello claro y ojos dulces, tenía, a pesar de la sonrisa, un dejo de tristeza en la mirada. "Sí, sin duda, los padres". La foto siguiente pertenecía a tres muchachos adolescentes, altos y desaliñados; el del centro era Ángel. "Los hermanos", pensó Laura. Un tercer retrato mostraba a una pareja formada por un hombre mayor junto a un muchacho. Reconoció, sin lugar a dudas, el rostro de Ángel. Se lo veía aún más juvenil, con unos diez años menos; en el fondo se desplegaba un hermoso paisaje de montaña. Se acercó, la tomó en sus manos, colocándose bajo los haces de luz de una lámpara de pie, con el entrecejo fruncido. Sí, no cabía duda, el hombre a su lado, sin posibilidad de error, era Nahuel Curia. Más alto que Ángel, su mirada parecía salir del papel directo hacia los ojos de quien observaba. ¿Cómo podía ser que Ángel tuviera una foto junto a Nahuel Curia? Esto significaba que Ángel lo había conocido previamente. Sin embargo, cuando ella lo había mencionado y relatado su experiencia, él no le había dicho ni una palabra al respecto ¡La había dejado hablar del "manosanta" mientras se hacía el distraído! De pronto, sintió una oleada de indignación. Se sentía traicionada, defraudada. ¿Por qué él le había mentido? ¿Por qué había sido ella tan cándida? Tenía la vaga impresión de haber merecido el desprecio de Rafael durante la reunión, cuando la había tratado de ingenua, con su tono despectivo. ¡Sin duda, ella era una ingenua! ¡Cualquiera podía engañarla!

Cuando Ángel apareció, la encontró visiblemente disgustada. Estaba poniéndose a toda prisa los zapatos mojados.

—¡No, Laura, no te los pongas! Te traje medias de lana secas! —Se lo advirtió con auténtica preocupación, mientras agitaba un par de medias blancas en su mano derecha.

Laura le echó una mirada furibunda.

—¿Por qué me mentiste? ¿Me viste cara de estúpida?

—No entiendo. ¿Qué pasó? —preguntó, sorprendido, mientras fruncía el entrecejo—. ¿Hice algo mal?

Laura caminó hacia el hogar y, tomando la foto, dijo:

—¿Qué es esta foto? —su tono de voz era acusador y parecía decir: "¡Te descubrí!".

—Sí, es Nahuel Curia, me crié con él —confesó Ángel con total naturalidad—. Pero los que conocemos bien a Nahuel no hablamos de él con personas desconocidas. Es una especie de código que tiene que ver con el respeto que le tenemos. No fue una cosa personal con vos.

—¡Entonces significa que no confiaste en mí!

—contestó ella con tono dolido.

—Bueno, todavía no te conocía lo suficiente. Tenés que reconocer que hablamos sólo dos veces en nuestra vida. Si no hubieses caído en mi casa como un meteorito, me hubieras dado un poco más de tiempo y pronto te lo hubiera dicho. ¿Por qué habría confiado en vos más que en los otros colegas? Quizás ahora te resulte difícil de entender, pero con el tiempo vas a reconocer que tiene su lógica.

—Ahora me siento mal. Creí que eras una persona diferente y resultaste ser un mentiroso.

—¡Yo no te mentí! ¡En ningún momento dije que no lo conocía!

—Pero ponías cara de sorpresa...

—Esa es tu interpretación. La verdad es que estaba conmovido por el relato y... sí, un poco sorprendido por la extraña manera en que te iban sucediendo las cosas.

Laura se tranquilizó. De pronto, todo el asunto dejó de parecerle tan grave. "Bueno, parece tener sus motivos", pensó. Parecía sincero. Ella había pasado del asombro al enojo y ahora, al asombro de nuevo.

Lo que venía sucediendo en los últimos días era increíble.

La vida parecía llevarla de la mano hacia algún lugar. No terminaba de captar hacia dónde ni el sentido de los acontecimientos.

Bajó la cabeza y volvió al sillón. Tenía un gesto como de derrota, como si acabara de perder una contienda. Se sacó otra vez los zapatos mojados, con resignación. Empezaba a sentir los pies helados y un escalofrío le recorrió el cuerpo.

—Explícame todo —ordenó en voz baja, mientras le sacaba de un manotazo las medias blancas de las manos.

Ángel se sentó a su lado y empezó a hablar.

—Yo nací a mil quinientos kilómetros de acá. Mi padre murió cuando yo tenía quince años. Mi mamá conocía a Nahuel Curia desde que era una niña. El verdadero nombre de Curia es René Belt; vino de Europa a los once años. Estudió Medicina casi hasta recibirse pero, como siempre fue muy especial, nunca llegó a comulgar con la medicina tradicional. Sus dotes particulares lo transformaron en un sanador, un "manosanta", tal como vos lo conociste. Desde muy joven tuvo el don de leer en el alma de la gente. Sabe decir las palabras adecuadas que, como una fórmula mágica, desencadenan el cambio que los pacientes necesitan para sanar. Al principio se resistía a reconocerlo, a ser diferente. Al fin, aceptó que ese era su propósito en la vida: ayudar a la gente a sanar, pero de una manera no convencional. Nahuel era el amigo inseparable de mi abuelo. Como yo desde muy pequeño quería ser médico, al morir mi padre mi mamá decidió mandarme a estudiar bajo su tutela. Mientras yo estudiaba en la universidad, él me enseñó muchas cosas relacionadas con la medicina que no se aprenden en los libros. Me transmitió su conocimiento pero, lamentablemente, sus cualidades personales son intransferibles. Viví en su casa hasta que me recibí. No hablo de él por respeto a su voluntad. Como te dije antes, los que lo queremos y respetamos, cuanto más lo conocemos, menos lo mencionamos. Digamos que su forma no tradicional de tratar a los enfermos puede acarrearle problemas en un ámbito como el del hospital. También soy conciente de que puede traerme problemas a mí, si me relacionan con él. Ya bastante diferente me siento del resto de mis colegas como para agregar otro motivo de recelo.

Laura suspiró, se reclinó contra el respaldo del sillón y cerró los ojos por unos segundos. La explicación le pareció razonable. La furia se había evaporado y, de pronto, sentía un gran cansancio. Había sido una noche de acontecimientos vertiginosos y su cuerpo no daba más.

—Acepto que reaccioné en forma desproporcionada. Algo me está pasando; hoy tuve dos episodios de furia, ninguno de los dos fue justificado Te pido disculpas —fue lo que atinó a decir apenas abrió los ojos.

De pronto, sonó el timbre y se escucharon unos tímidos golpes provenientes de la puerta principal. Ángel se levantó para abrir.

Era el hombrecito amable de la cabeza calva, empapado de pies a cabeza.

—Mi camioneta arrancó. Quiero saber si me puedo ir o si necesitan ayuda para mover el coche.

Ángel miró hacia atrás, donde estaba Laura, y contestó:

—No, no necesitamos ayuda. Déjeme sus datos por cualquier cosa.

El hombre extrajo con dificultad una tarjeta arrugada del bolsillo interno de su abrigo.

—Ahí los tiene —y levantado la voz, se asomó por encima del hombro de Ángel para saludar—. Adiós, señora, espero que esté bien. Si necesita algo, llámeme.

Ángel y Laura quedaron largo tiempo en silencio, mientras bebían una infusión caliente que él había traído de la cocina. Ella se miraba los pies, mientras sus manos abrazaban la taza de porcelana.

Él la observaba con intensidad.

—Contame algo más de Nahuel —dijo Laura por fin, tomando pequeños sorbos de su té.

Sentada en ese mullido sillón y tratando de entrar en calor, Laura sentía cada vez con más fuerza los efectos del cansancio, de las emociones y de la mojadura.

—No puedo. Lo que quieras saber tendrás que preguntárselo a él —contestó Ángel con suavidad—. De todas formas, lo que yo pudiera decirte acerca de Nahuel sería desde una perspectiva muy personal. Cada uno puede ver algo diferente.

—¿Y no es así con todas las personas?

—Sí, claro, pero Nahuel es una persona muy fuera de lo común, con aspectos que se prestan a malos entendidos o a controversias, como quieras llamarlo.

—¡Me intriga tanto ese hombre! Estuve quince años en el hospital sin saber que él existía, y ahora todo parece conectarme con su persona...

—Quizás no estabas lo suficientemente atenta. ¿Vos creés que gente como Gustavo o Daniel le prestarían mucha atención, aun si les explicaras quién es?

Laura reflexionó algunos minutos. Ángel tenía mucha razón; Gustavo y Daniel no le prestarían la mínima atención al asunto.

—Es cierto. Ellos no estarían en absoluto interesados en Nahuel. A lo sumo buscarían la manera de hacer algún chiste al respecto —reconoció Laura, un poco sorprendida de que el halo de irreverente frivolidad que rodeaba a sus residentes hubiera trascendido los límites del servicio de cirugía—. Pero me gustaría, al menos, que me contaras algo de tu relación con él, cómo fue convivir, estar a su lado...

—Nahuel es una persona excepcional. Conmigo fue cariñoso, protector y amigo. Nunca pretendió sustituir a mi padre pero en la práctica, fue como un padre. Me enseñó muchas cosas, pero más que nada me ayudó a descubrirlas por mí mismo. Fue un verdadero guía. Yo le agradezco a mi madre que me haya enviado a su lado. Nahuel tiene la llave que abre la puerta que conecta con el mundo espiritual, ese mundo secreto que está presente en todo pero no todos pueden percibir. Lo vi hacer cosas increíbles con la gente.

Laura se maravilló de la ternura con la que Ángel hablaba de su tutor. El rostro se le transformaba, llenándose de nostalgia. De pronto, su curiosidad cambió de objetivo.

—¿Y cómo es tu vida ahora? ¿Te diste cuenta de que no hablamos ni una palabra de vos hasta hoy?

—No hay mucho para contar. Mi vida es el hospital y mis pacientes. Un poco como la tuya... —resumió Ángel.

—Y... —Laura titubeó antes de hacer esta pregunta; era muy personal y no quería que fuera mal interpretada—, ¿sos casado, tenés novia...?

—Sí, tengo una novia a la que amo; vive en mi pueblo natal. Está esperando que termine mi formación para casarnos y establecernos allá.

Si bien Ángel le había contestado con total naturalidad mientras sonreía, a Laura le hizo el mismo efecto que un balde de agua fría. De pronto se percató de que, sin saberlo, sin darse cuenta, en algún lugar profundo de ella había comenzado a crecer un interés por Ángel que trascendía la amistad. Como estaba bien entrenada en estas situaciones, tardó apenas unos segundos en recomponerse.

Miró el reloj con el rostro inmutable. Eran las tres de la madrugada. Se sentía extenuada, y sintió urgencia por irse a casa.

—Ángel, ¿no me llamás un taxi? Mañana mando a buscar el auto con un remolque. No creo que esté en condiciones de ser conducido... ni yo, de conducir.

Por la calle solitaria, ella y Ángel caminaron hasta el auto y entre ambos lo empujaron, hasta dejarlo razonablemente bien estacionado.

Se despidieron frente a la puerta del taxi, que partió a toda velocidad bajo una suave y persistente llovizna.

Una vez en su casa, Laura se desplomó en la cama. Su ropa estaba todavía húmeda y el corazón, extrañamente acongojado. Sintió que su vida, su existencia tal como había transcurrido hasta ese día, se había rasgado. Mientras tanto, por la fisura, podía entrever el resplandor de una nueva realidad. Sin duda, había sido una noche excepcional, llena de extraños episodios e inusuales reacciones por parte de ella, reacciones que, por otra parte, auguraban el nacimiento de otra Laura.

Con esta conciencia, se quedó dormida. Afuera, el canto de los pájaros le daba la bienvenida al amanecer.

25

La práctica de la meditación resultó ser algo diferente de lo que había imaginado. Solía pensar en ella como una disciplina exótica, misteriosa y compleja. En cambio, el libro que ahora estaba leyendo la presentaba como ordinaria, accesible y sencilla. Escrito con simpleza y maestría, había logrado atraparla por completo desde la primera página. Sin proponérselo, había pasado más de la mitad del día sentada en el living, leyendo con atención tanto los fundamentos teóricos como las indicaciones referentes a la práctica.

Habían transcurrido tres meses desde el incidente de la fiesta, del choque y del encuentro con Ángel. Desde entonces, no había vuelto a verlo. Se había limitado a enviar un servicio de remolques para que llevara su auto desde el lugar del accidente hasta el taller mecánico. Ella ni siquiera había regresado a la esquina de la casa de Ángel, donde un extraño azar los había juntado.

Era domingo. El invierno ya se había instalado en su jardín y regaba el paisaje con una lluvia suave y helada.

Recostada en un sillón de su casa y sumergida en las profundidades del libro, Laura sentía una extraña excitación, como si estuviese incursionando en un mundo lejano que, de manera inexplicable, estaba ahora al alcance de su mano. Había magia y belleza en las palabras del Dr. Metha, autor del libro.

Algunas frases la intrigaban mucho como: "Meditar es dominar la mente, llevarla hacia donde deseamos sin distracciones y sin esfuerzo". "Quien domine su mente, dominará sus pensamientos; quien domine sus pensamientos, dominará sus acciones; quien domine sus acciones, dominará su realidad".

En la parte práctica, el libro aconsejaba cultivar la simpleza, despojándose de toda expectativa: "Una forma sencilla de comenzar con la meditación consiste en encontrar un lugar tranquilo, lo más silencioso posible, donde podamos permanecer al menos quince minutos sin ser interrumpidos".

"No importa la posición que adoptemos, siempre que nos sintamos cómodos y relajados, sin apoyar la cabeza para no vernos inducidos al sueño".

"Podemos comenzar centrándonos en nuestra respiración, sintiendo como el aire entra y sale por la punta de la nariz".

"Observamos primero inspiración y espiración, para luego afinar aun más nuestra atención y fijarla en el pequeño espacio vacío que existe entre ambos movimientos".

"A partir de ese momento, permanecemos centrados en ese espacio, dejando que nuestra conciencia se sumerja en el vacío".

"Dejamos que los pensamientos que aparecen sigan de largo, cuidándonos de no fijar nuestra atención en ellos".

"Es muy posible que los pensamientos continúen presentándose de manera involuntaria e inesperada. En ese caso, solo los apartamos con suavidad, dejándolos de lado".

"La experiencia se asemeja a fijar nuestra atención en el cielo. No podemos evitar que las nubes pasen, pero sí podemos evitar prestarles atención y así, permanecer con nuestra conciencia centrada en el azul vacío".

En ese párrafo, Laura puso de lado el libro y se acomodó, tal como le indicaba el autor, intentando recrear la experiencia, guiada por las instrucciones.

Comenzó a inspirar con lentitud y suavidad, concentrando su atención en la respiración. Tuvo que atravesar la dificultad inicial que le planteaba su cabeza inquieta, rebelde, habituada a producir pensamientos con la frecuencia de una luz estroboscopica. Luego, de a poco, fue logrando ese estado de vacío desconocido para su mente. De pronto abrió los ojos, sobresaltada. Había tenido la impresión de hundirse en un abismo sin fin. Esto le produjo inseguridad, una especie de vértigo que nunca había experimentado. Se tranquilizó, mirando a su alrededor, y volvió a intentarlo. Esta vez se sintió más cómoda. Miró el reloj para controlar el tiempo. Perpleja, corroboró que ya habían pasado treinta minutos, mientras sentía como si hubieran transcurrido tan sólo unos pocos segundos.

Estaba feliz, casi eufórica. ¿Sería a causa del pequeño ejercicio que había realizado?

Mientras leía el libro, la tarde voló. No lo siguió de manera ordenada, sino saltando de un capítulo a otro en forma errática. La ansiedad por saber más le impedía llevar un orden.

De "Técnicas de meditación" saltó a "Objetivos de la meditación", "La meditación y el stress", "La meditación y la salud". Cuando anochecía, ya casi había terminado de leerlo. Tuvo la firme intención de practicar todos los días.

La lectura de los efectos de la meditación en la salud le hizo tener esperanza en que esta disciplina podría ayudarla a aliviar el dolor en su pierna. Eventualmente, tenía poco que perder.

Releyó la breve biografía del autor que figuraba en las primeras páginas. Otra vez le llamó la atención la casualidad de que fuera cirujano, tal como ella. Si bien se había establecido en los Estados Unidos cuando era muy joven y se había dedicado de lleno a la ciencia, el llamado de su tradición lo había llevado a cultivar la práctica de la meditación y se había propuesto combinar espíritu y ciencia.

"Extraña misión", pensó Laura. ¿Cómo podían unirse materias tan opuestas como la fe y la ciencia, lo real y tangible con lo imaginario y lo especulativo?

Laura transitaba una etapa especial. Estaba predispuesta a utilizar todo lo que se cruzara en el camino y que pudiera serle útil para resolver el enigma de su propia vida. Quizás por esa razón consideró la meditación como una posible herramienta. Por algo, después de todo, se había topado con ese libro. En las entrevistas con el Dr. Bolker, había surgido como tema prioritario su necesidad de practicar la medicina desde el corazón. Todavía no vislumbraba ni remotamente cómo hacerlo. ¿Sería la meditación la llave que abriría su corazón? ¿Qué podría decir el Dr. Metha respecto de eso?

¡No podía vivir su profesión desde el corazón cuando aún no sentía que vivía su propia vida desde el corazón! ¿Y qué significaba, después de todo, vivir las cosas desde el corazón? Sabía que se trataba de algo que debía ser experimentado y sentido, en lugar de pensado. Tenía la sensación de que ella sólo sabía pensar. Su tendencia a hacer de todas las cuestiones un ejercicio intelectual no la ayudaba a reconocer o a cultivar sentimientos, emociones nuevas.

Se paró frente a la ventana. Anochecía, y el jardín se escondía bajo la creciente penumbra. De pronto, tomó una decisión. Buscó en su agenda un número de teléfono y lo marcó.

—¿Carmen? ¡Ah! ¿Está Carmen, por favor?—Una voz femenina la había atendido del otro lado de la línea.

—Hola, Carmen, habla Laura Fontana. Lamento interrumpir tu descanso del domingo, pero ¿podrías arreglarme otra entrevista con Nahuel Curia?

26

Habían pasado algunos meses desde su primera visita a Nahuel Curia. Sin embargo, a Laura le parecía que hacía una eternidad que había pisado por primera vez ese parque.

Las hojas doradas del otoño ya no estaban allí, pero la magia del lugar permanecía.

La misma mujer con rasgos indígenas abrió la puerta con suave cortesía y la hizo pasar al hall de espera y, casi sin intervalo, al salón donde Nahuel atendía a los visitantes. Como había sucedido la vez anterior, él no estaba presente cuando ella entró en la sala inundada de luz. Permaneció sentada mientras él se acercaba sonriendo.

Su aspecto era impecable, tal como la vez anterior. Incluso, le pareció más joven que antes. Sonreía.

—¿Cómo está, mi querida doctora? —Su voz encerraba una invitación a sentirse bienvenida.

Laura estaba mucho más distendida que la vez anterior. Ya no sentía la incertidumbre de lo desconocido y tenía la mente más clara. Sabía lo que iba a buscar.

—¡Gracias por haberme atendido tan pronto! Estoy bien, mucho mejor que la última vez que nos vimos —contestó con timidez.

—Pero querés estar mejor, por eso estás aquí —agregó él sentándose a su lado, en el pequeño sillón.

—Sí, así es... —Laura hizo una pausa; pensaba la mejor manera de expresar lo que sentía—. Reconozco que estoy avanzando en muchos aspectos de mi vida, pero ¡tengo tantas dudas acerca de cómo seguir!

Otra vez el silencio. Había, en los ojos de Nahuel, interés y compasión. Parecía preguntarse qué era lo que se esperaba de él. Al cabo de unos instantes habló. Su tono de voz de había transformado. Ya no era jovial sino neutro, como si leyera en las páginas de un libro poco interesante.

—Sentís como si hubiera puertas dentro tuyo, que te cierran el paso. Presentís que detrás de esas puertas hay un mundo entero de emociones, una riqueza desconocida. El problema es que no sabes cómo acceder a ella. Puedo imaginar cómo te sientes. El primer paso es tomar conciencia de que este presentimiento se origina en que, alguna vez, tuviste contacto con esas emociones; es por eso que sabés de su existencia. Pero ¿qué pasó? ¿Cómo las perdiste? ¿Dónde está la llave que abre esas puertas? —Se hizo otra pausa, como si él esperase a que ella procesara, digiriera sus palabras. Luego continuó—: Te entiendo. Esto le sucede a todos los buscadores, a todos los aventureros del alma. Las puertas son infinitas, la riqueza es infinita, podrías pasarte toda la vida abriendo puertas y descubriendo tesoros insospechados. Esa es la belleza de la vida, esa es la recompensa del buscador.

—Pero ¿cómo se hace... para abrir esas puertas? —preguntó Laura con voz suplicante.
Nahuel rió y la miró con ternura paternal.

—Caminando tu camino, viviendo tu vida mientras pones atención a lo que sucede dentro tuyo. El obstáculo es el miedo. Lo que nos impide ver detrás de la puerta es el miedo. ¿Qué hay allí detrás? Quizás los tesoros estén custodiados por un monstruo, quizás encuentres luz o tal vez absoluta oscuridad, dolor o dicha. La clave es que allí habrá lo que tú hayas creado, porque sea lo que fuera que encuentres, tú misma lo pusiste donde está, y lo encerraste. Si no abrís esas puertas, tu vida será incompleta, llena de espacios vacíos por donde se escapa tu ansiada integridad. La solución es la confianza... y el amor, que disuelve todos los miedos. Cuando hay confianza y amor, todo fluye, los fantasmas se evaporan, los monstruos desaparecen. Todo se transforma en lo que es.

Hizo una pausa y tomó una de las manos de Laura entre las suyas.

—Las nubes que enturbiaban tu corazón se van disipando de a poco. Es un proceso lento, ¡no te impacientes! No se puede apurar el reloj. Una vez en el mundo, estamos obligados a vivir con intensidad cada momento, cada etapa. Ese es el mayor compromiso que tenemos con nuestro creador. A su vez, cada una de esas etapas conlleva una enseñanza y es una parte fundamental del rompecabezas de tu vida. Incluso los momentos más difíciles sirven para completar nuestra existencia. La trama de la vida se asemeja a un precioso tapiz.

Laura quería decir algo, pero no podía. Cuando él estaba en esa especie de trance, le parecía inapropiado interrumpirlo.

—Descubrir cuál es tu verdadera naturaleza, su esencia amorosa, es a la vez tu tarea y la responsabilidad que debes asumir contigo misma. Nadie puede hacer eso por vos, sólo vos tenés la llave que abre tu corazón. Cuando dejes que los otros entren en él, cuando sea el momento de entrar, y salgan cuando llegue el momento de partir, sin apego..., entonces estarás totalmente sanada... y completa.

Laura pensó en su deseo de vivir cada momento con plena conciencia y en las dificultades que estaba encontrando para lograrlo.

Nahuel sonrió, como si estuviese escuchando sus pensamientos.

—Lo mejor que podemos hacer es sumergir- nos en la corriente de la vida y abrazar lo nuevo.

Su mirada se conectó en ese instante con la presencia de Laura. Ella se dio cuenta de que la con- sulta había terminado. Parecía como si ya no tuvie- se nada más que decirle.

Curia se puso de pie y quedó parado frente a ella. Luego, le apoyó su mano derecha sobre la cabe- za. Laura cerró los ojos, sintió la poderosa energía de Nahuel fluyendo a través de su cuerpo, energi- zante como una bocanada de aire fresco.

Se quedaron en silencio un minuto entero. Por fin, él retiró la mano y la saludó con la acostum- brada calidez.

—Gracias por haberme visitado; podés volver cuando quieras. No necesitas venir con Carmen. Aylén te dará mi número de teléfono.

Nahuel desapareció por la misma puerta por la que había entrado.

Laura volvió a sentir esa sensación de insatis- facción que había experimentado en la primera visita. Las reuniones con Nahuel Curia parecían durar apenas unos segundos. Sin embargo, al lle- gar a su casa, se sintió tan conmocionada como la vez anterior. Había algo en lo que él decía que tras- cendía las palabras. Su sola presencia emanaba una especie de energía que la movilizaba profunda- mente. A pesar de todo, esta vez decidió no anali- zar la situación ni tratar de comprenderla ni hacer preguntas o especulaciones, sino fluir con ella en forma espontánea. Cuando tomó esta decisión des- cubrió que, en parte, esa era una manera de vivir las cosas desde el corazón.

27

Durante los meses siguientes, Laura experimentó cambios significativos, profundos. Como si el curso de la vida hubiera desviado bruscamente el rumbo, como si hubiera tomado un atajo hacia su crecimiento y su desarrollo personal.

Practicó la meditación cada día desde su primera experiencia. El libro de Govinda Metha se transformó de inmediato en su libro de cabecera y, a pesar de que otros enriquecieron su conocimiento sobre el tema, éste quedó para siempre como el preferido.

Leía y releía los capítulos y reflexionaba mucho sobre sus palabras. Cada vez encontraba en ellas cosas nuevas, profunda sabiduría que la elevaba. De a poco, muy de a poco, comenzaba a experimentar sensaciones y emociones hasta ahora desconocidas. A medida que practicaba y leía, su existencia entera se transformaba: dormía mejor y despertaba de mejor humor. Ya no llegaba tarde al hospital. Estaba más descansada y rendía mejor en las tareas. Se dio cuenta de que su actitud plácida y relajada con los pacientes hacía que ellos respondieran mejor. Por primera vez en su carrera, lograba llegar al corazón de los enfermos, leer en él y detectar sus necesidades. Todo parecía estar cambiando de manera sorprendente.

Meditar implicaba mirar hacia adentro, en silencio, permitir que su esencia se manifestara. Con ella, afloraba una nueva sabiduría.

Por otra parte, la terapia con el Dr. Bolker superó sus expectativas iniciales. El psicoanalista resultó ser un hombre dulce y compasivo, inteligente y claro. Había captado lo que ella buscaba y la estaba ayudando a encontrarlo.

Se habían propuesto rever la infancia de Laura. Una etapa que ella había ocultado en algún lugar de su conciencia y que, de a poco, iba saliendo a la luz, en medio de recuerdos borrosos, muchas veces llenos de tristeza y soledad. Al mismo tiempo, volver sobre su infancia la ayudó a encontrarse con una Laura llena de vida y de entusiasmo, que era capaz de sentir en profundidad y de disfrutar la vida intensamente.

—Estamos desenterrando a Laurita —le dijo una vez al Dr. Bolker, un poco bromeando y otro poco en serio.

—Cuando la enterró —contestó Bolker—, quedaron con ella los malos recuerdos, el dolor de una infancia solitaria. Al mismo tiempo, se llevó algunos de sus atributos más vitales: la capacidad de disfrutar y de vivir con el corazón, ¡y esto es lo que ahora está añorando! En su esfuerzo por evitar el dolor, desterró también la alegría.

Por primera vez en su vida, se enfrentó cara a cara con el dolor... y lloró. El llanto lavó su corazón afligido, arrastrando las viejas penas que lo cubrían.

Al mismo tiempo que brotaban las emociones, Laura comprendía y juntaba partes dispersas de su historia: la relación con su madre viva y con su madre muerta, la persona y su fantasma; la relación con su padre; la elección de la profesión y la forma en que se había dedicado a ella; el fracaso de su matrimonio.

Todo estaba entretejido como un rompecabezas. Se daba cuenta de que nada de lo que había vivido estaba suelto o era casual y alcanzaba, por fin, una visión más integrada de su propia vida.

Sin embargo, a pesar de los progresos que estaba haciendo en su terapia, sentía que algo le faltaba, algo que no podía precisar, pero que intuía.

El Dr. Bolker no podía ayudarla a resolver ese algo, porque no era una cuestión intelectual sino de un orden aún más profundo.

En la relación con los pacientes, también había logrado enormes progresos. Estar más conectada con ellos le había permitido captar situaciones que antes le pasaban desapercibidas por completo, y su actitud cambió. Suspendía cirugías que en otras ocasiones hubiese realizado automáticamente, cuando percibía que los pacientes no estaban en condiciones emocionales de ser operados. Nunca dejaba de hacer la visita preoperatoria inmediata, y ponía mucho tacto en la forma en que se vinculaba con el enfermo. Había aprendido a dejarlos hablar y expresar sus temores y expectativas. Lo que escuchaba no dejaba de sorprenderla. Sus pacientes se habían transformado en sus maestros. De cada uno tenía algo que aprender y, gracias a ello, el trabajo se transformó en una experiencia enriquecedora y perdió el tono monótono que había tomado en los últimos tiempos. Su interés científico se enriqueció con el interés humano. Ya no veía "casos" sino personas. Entendió lo que Ángel le quiso decir cuando le había hablado de desarrollar un estilo personal en el vínculo con los pacientes. Por primera vez en su carrera, pudo reconocerse a sí misma como hábil para leer en las miradas. Mirando a los ojos del enfermo descubría el velo de la tristeza, la sombra del miedo o el brillo de la esperanza, y se arriesgaba a formular pronósticos que la mayoría de las veces se cumplían.

Aprendió a estar al lado de los moribundos y captó la infinita riqueza de esas experiencias al límite de la vida en las que, a punto de partir, los pacientes compartían sus reflexiones y sus temores. Poco a poco supo como acercarse a ellos y brindarles calidez, consuelo y esperanza. El muro que la separaba de sus pacientes al fin se había derrumbado.

Sin embargo, no todo era favorable. Estos avances en su relación con los pacientes le crearon, de manera inesperada, problemas con los colegas.

Sus colaboradores más cercanos, Gustavo y Daniel, pensaban que, lisa y llanamente, se había vuelto loca. A pesar de todo, su categoría dentro de la organización del servicio los tornaba inofensivos. El problema mayor lo tenía con sus pares. Al principio la miraban de una manera extraña, pero con cierta simpatía. Toleraban lo que consideraban una conducta excéntrica y hasta un poco pintoresca. Con el tiempo, empezó a tener serios enfrentamientos con algunos de ellos, y cualquier observador externo hubiera notado que desentonaba con el resto de sus colegas. Nadie estaba dispuesto a aceptar los cambios que proponía Laura con su nueva forma de encarar a los pacientes, como si sus acciones desenmascararan el aspecto desalmado del sistema hospitalario, como si pusieran en evidencia una inercia de la cual sus colegas no eran capaces de escapar.

El dolor en la pierna, si bien no había desaparecido por completo, había mejorado en forma notable. A veces se sorprendía al darse cuenta de que no le había molestado durante muchos días.

28

A simple vista, era difícil calcular su edad. Podría tener entre sesenta y ochenta años. "Un rango muy amplio", pensó Laura cuando la vio.

Se retorcía en la camilla del consultorio tres de emergencias, mientras el residente novato de primer año la miraba inerme, con ojos despavoridos.

A Laura le costó sacarle la historia clínica de las manos. El residente parecía aferrarse a ella como si fuese un talismán.

Ojeó rápidamente los datos más importantes: setenta y un años, tres hijos, no había antecedentes patológicos de importancia. Signos vitales, pulso, respiración, temperatura, todo estaba mal.

La paciente, cuya piel muy blanca parecía cubrir toda la superficie de la camilla, tomaba su abdomen voluminoso con las dos manos crispadas por el dolor y murmuraba algo que Laura no alcanzaba a comprender.

Acercó su oreja a los labios de la mujer y la escuchó decir: "Me muero, me muero, me muero" de manera ininterrumpida, como una letanía.

Tocó su abdomen: estaba duro como una roca.

"Abdomen agudo" era el diagnóstico genérico que, en realidad, decía mucho y nada al mismo tiempo.

—¿Hablaste con ella? —le preguntó en voz baja al asustado residente.

—No pude, no me contesta.

Laura tomó una silla de un lado del escritorio y la ubicó cerca de la cabecera de la paciente.

Abrió la historia clínica, buscando un dato, y luego la llamó por su nombre:

—Sofía..., Sofía...,¿puede escucharme?

—Dra. Fontana —la interrumpió el residente—, ¿quiere que vaya pidiendo que preparen el quirófano?

Parecía ansioso por salir del pequeño consultorio. Seguramente, prefería estar en cualquier otro sitio.

—¡No! —exclamó Laura un poco contrariada—. ¡No salgas de acá! Tu lugar está al lado de tu paciente.

—Pensé que podía ser más útil... —se excusó el residente.

—Si no podés hacer nada por ella ahora, por lo menos podés aprender de la situación —contestó Laura con firmeza.

—Sofía..., Sofía..., —repitió con tono suave y firme al mismo tiempo.

Al cabo de unos instantes, la paciente le contestó.

—Doctora, me muero... deme algo para el dolor.

—Primero, tengo que saber qué le pasa. El dolor es una llamada de atención de su cuerpo, es la señal de que algo anda mal. Si cortamos la alarma, no nos vamos a enterar de lo que pasa, por qué se activó. Resista un poco más y trate de contarme qué le pasó.

—Usted no entiende, doctora, no se puede resistir esto.

—Sí, la entiendo. Yo no siento lo mismo que usted, eso es imposible, pero comprendo su dolor. Trate de apartar su mente del dolor y concéntrese en contarme qué le pasa. De todos modos, no podemos implementar ningún tratamiento hasta que no lleguen las demás pruebas de laboratorio... faltan pocos minutos. Respire hondo y concéntrese en su respiración.

La paciente comenzó a respirar de manera rítmica, conteniendo el aire lo más posible y soltándolo de a poco, mientras seguía las instrucciones de Laura.

Al cabo de unas cuantas respiraciones, pareció sentirse algo más aliviada. Se la notaba menos tensa y Laura aprovechó para interrogarla otra vez.

—Ahora, ¿me puede contar qué le pasó?

—Estaba en mi casa y de pronto sentí una puntada muy fuerte en la boca del estómago, como si me hubieran clavado un puñal... Entonces llamé a mi vecina, Lea. Ella me trajo al hospital.

—En el día de hoy, ¿pasó algo fuera de lo habitual?

—No, me levanté como siempre, tomé mi desayuno liviano de siempre... bueno, quizás me comí una tostadita de más, pero no hice nada anormal.

—Y ayer, ¿qué pasó?

—Ayer comí carne asada durante la cena... ¿Piensa que la carne pudo encontrarse en mal estado?

—No, Sofía. Lo que comió es importante, pero también es muy importante saber qué le pasó a usted. ¿Tuvo algún disgusto, alguna mala noticia?

La paciente la miró en silencio; se hizo una pausa tensa. En los ojos de Sofía había mucha tristeza. De pronto, su barbilla comenzó a temblar como si estuviera sollozando.

—Mis hijos...

—Sí, dígame, ¿qué les pasó a sus hijos? —Laura la alentó a seguir hablando.

—A ellos nada. Ellos no viven conmigo desde hace muchos años... Ayer, mi hija mayor me llamó... Ellos... ¡decidieron ponerme en un hogar para ancianos! —No bien terminó la frase, Sofía comenzó a llorar de forma desconsolada.

—Y entonces... —Laura la invitó a continuar.

—Entonces, en un hogar de ancianos.... ¡yo no quiero vivir! —exclamó mientras las lágrimas corrían por sus redondas mejillas.

—Entonces, ¿usted decidió que es mejor no vivir más?

Sofía inspiró con profundidad y dejó de llorar tan de repente como había comenzado. Laura notó que, internamente, había conectado el llamado de su hija de ayer con su dolor abdominal de hoy. La mujer la miraba fijo. Sus ojos parecían ahora más grandes.

—Se ve que usted es una mujer inteligente, Sofía... ¿Se da cuenta de que hay mucho por conversar todavía antes de que la envíen a una institución para ancianos? ¿Usted va a permitir que ellos resuelvan su futuro por usted, sin defenderse?

—¡Yo no soy una anciana! —protestó la paciente, como si la hubieran insultado.

—Se ve a simple vista —acotó Laura—. Usted es una mujer fuerte y muy valiente, que no se puede dejar vencer ni por un llamado telefónico ni por un simple dolor de estómago... Todavía tiene mucho por hacer en su vida... ¿Qué pasa con los nietos? ¿Todavía no los tiene?

—No, todavía no tengo ninguno.

—Pero cuando lleguen, usted querrá ser una abuela joven y llena de vida, capaz de hablar con ellos y de contarles sus historias, historias que, de otra manera, se perderían. Usted tiene todavía mucho para dar, Sofía.

El residente no podía creer lo que veían sus ojos. El rostro de Sofía se había distendido visiblemente. Hasta se le había dibujado una leve sonrisa ante la perspectiva de los nietos. Parecía estar olvidando el dolor. Laura tomaba su mano con dulzura y se la acariciaba con suavidad. Era como si se hubiese establecido una especie de complicidad de mujer a mujer.

—¿Cómo se siente ahora? ¿Quizás el dolor aflojó un poco? —preguntó Laura al cabo de unos instantes.

—Me siento un poco mejor.... ¿Podría tomar un vasito con agua? Tengo la boca muy seca.

Laura la dejó en manos del residente, con la indicación de observarla de cerca durante, por lo menos, doce horas. Mientras caminaba con lentitud rumbo a los consultorios externos, meditaba acerca de la extraña manera en que había cambiado su vida. Recordó su asombro el día en que vio a Ángel hablar con tanta dulzura con la joven paciente del dolor abdominal, mientras su cuadro clínico se iba transformando ante sus ojos. Se preguntó qué pasaría por la mente del joven residente que la había acompañado hoy.

29

Era martes y Leandro estaba de guardia en la terapia intensiva.

Laura pasó por la cafetería y compró un par de cafés, junto con una bolsa de los bizcochos favoritos de su amigo, avellanas y chocolate. Casi nadie los pedía, quizás por ser los más caros.

Había terminado de atender en el consultorio y no estaba de ánimo para volver a la soledad de su casa.

Subió hasta el piso de terapia y entró con sigilo, saludando a algunas enfermeras y colegas a su paso. Atardecía y el hospital estaba tranquilo, envuelto en la luz tenue de la tarde. Era el momento justo en el cual declinaba la luz natural y todavía no se habían encendido las bombillas eléctricas de los pasillos. La suave penumbra cubría todas las cosas y las teñía de gris, como si el interior del hospital fuese una fotografía en blanco y negro. Al ingresar en la sala de terapia, vio la espalda de Leandro, que estaba escribiendo informes mientras examinaba pruebas de laboratorio y radiografías de los pacientes internados.

Su amigo no había notado la llegada de Laura hasta que ella le puso las manos sobre los ojos, tapándoselos desde atrás.

—¡No, Laura! No estoy de humor —fue la reacción poco amistosa de Leandro que, sin dudar, había reconocido las manos de ella.

—¿Qué te pasa, tonto? Te traje café y tus bizcochos preferidos y... ¿así me recibís?

—Perdón, perdón —se disculpó Leandro como si se sintiera culpable de su brusca reacción—, es que estoy a full con los informes. ¡Mirá cómo está la terapia! Todas las camas ocupadas. Hoy se me murieron dos pacientes y tengo otro que creo que no pasa de esta noche —Se reclinó hacia atrás con su silla y respiró hondo. Se lo veía agotado. Los familiares de uno de los pacientes que murió hoy hicieron una escena terrible, fue un descontrol. ¡Gasté más energía tratando de tranquilizarlos que atendiendo a los quince pacientes juntos!

Laura reflexionó en silencio acerca de las palabras de Leandro: "Se me murieron". Como si los pacientes fueran algo personal. Algo que él poseía y que ahora había perdido.

—¿Puedo ayudarte?

—Sí, fuguémonos de acá y vámonos en un crucero por la Polinesia —bromeó él, ahora más distendido.

Laura se sentó a su lado y lo miró de frente.

Leandro no era muy lindo, pero su rostro solía tener algo atractivo que hoy no estaba allí. Se veía muy pálido, con la barba crecida en manchones desprolijos y dos círculos de color azul oscuro que rodeaban sus ojos.

—Se te ve exhausto —comentó ella, sin poder disimular su preocupación.

—Así me siento —Dejó lo que estaba haciendo—. ¡Bueno! —exclamó—, ¡que se vayan a freír churros!, un "break" no me va a venir mal —Y con una sonrisa cómplice, tomó el vaso de café y el paquete de bizcochos, dispuesto a disfrutar de un modesto descanso—. Hacía mucho que no venías a visitarme. Contame cómo estás.

—Yo estoy muy bien —el tono de voz de Laura era jovial, pero trataba de no mostrarse muy alegre para no contrastar demasiado con el cansancio y la preocupación de su amigo—. Me siento mejor que nunca, estoy haciendo algunos cambios muy significativos en... no diría mi vida, sino más bien diría en mi manera de vivir.

—Y eso, ¿qué significa? —preguntó Leandro frunciendo el entrecejo, mientras masticaba ruidosamente un bizcocho.

—Significa que hago lo mismo que antes, pero lo hago distinto.

—¿Te referís a todo ese asunto del trato con los pacientes?

A Laura le pareció sentir un tono despectivo en la pregunta.

—Sí. ¿Algún problema con eso?

—No, para mí no, pero parece que para algunos de tus compañeros, sí.

—¿Sí qué?

—Sí, tienen problema, dicen que te ven rara... que hacés cosas raras.

Laura levantó las cejas, haciendo un gesto exagerado de sorpresa.

—¡Mirá vos! ¡La gente invierte su tiempo en decir boludeces sobre mí! Y esas boludeces dan la vuelta por todo el hospital, traspasando los límites del servicio de cirugía y...

—¡Bueno, bueno, bueno, no le des tanta importancia! —la interrumpió él con la boca llena de bizcocho crujiente—. Vos sabés que en el hospital se habla de todo y que todo circula por todas partes.

Ambos se quedaron en silencio. Leandro seguía masticando, un poco incómodo. Laura tomó unos sorbos de café; su mente parecía dar vueltas, buscando algo.

De pronto, sonaron las alarmas de la cama dos. Leandro revoleó los ojos con expresión de hartazgo.

—¡Clarita!! —gritó a la enfermera a cargo.

—Sí, doctor —se presentó la joven al llamado. Se la veía fresca y dispuesta a actuar. Su turno recién había comenzado.

—Andá a ver qué pasa en la cama dos.

Clarita corrió hacia allá con estudiada

eficiencia. A los pocos segundos, ella gritaba pidiendo ayuda.

—¡Paro! ¡Paro!

El paciente era un hombre todavía joven, víctima de un accidente cerebrovascular. Leandro constató en el monitor central que su corazón acababa de detenerse. Se levantó como expulsado de la silla y tomó el mando de la situación en pocos segundos, haciendo maniobras de resucitación mientras daba indicaciones a las enfermeras.

Laura se acercó, dispuesta a ayudar, pero no había lugar para ella en torno a la cama, por lo que se quedó unos pasos atrás observando la situación. En ese instante, se le ocurrió pensar qué estaría sintiendo el paciente. Pensó que quizás desearía estar con algún ser querido que sostuviera su mano, y no rodeado de esas personas extrañas que trataban desesperadamente de reanimarlo. Por otro lado se dijo a sí misma que, si había alguna chance de sobrevida, era a través de estas maniobras, en el marco de esta situación. ¿Qué elegiría el paciente si hubiera alguna posibilidad de preguntarle? Observaba el rostro de Leandro, la frente perlada de fina transpiración, el ceño fruncido y la mirada intensa, mientras la vida del paciente se escurría entre sus manos.

¿Qué extraña relación había entre ellos? Dos desconocidos, uno muriendo, el otro tratando de retenerlo, de anclarlo a la vida un poco más... un poco más.

¿Podía decirse que Leandro era sólo un técnico? ¿No había algo sagrado en eso que estaba haciendo? ¿Era el médico un instrumento del destino, de una entidad superior? ¿O era solo un suceso azaroso el que lo transformaba en un factor capaz de determinar si ese hombre viviría un tiempo más o no? ¿Qué consecuencias tendría para su entorno y, más aún, para el universo entero, que este hombre viva o muera? ¿Hasta qué punto un ser humano podía tolerar la carga de semejante responsabilidad?

Observó al paciente. Su cuerpo blando se movía al ritmo del masaje cardiaco sin ofrecer ninguna resistencia. Un segundo atrás las moléculas, las proteínas, las células que componían ese cuerpo, estaban habitadas por una conciencia llena de sueños, de esperanza, de recuerdos. Al instante siguiente todo había cambiado, la carne aún estaba allí, pero los sueños y la esperanza la habían abandonado. Cuando los sueños y la esperanza abandonan la carne, esta entra en descomposición. Así obra la muerte.

¿Y dónde estaría la mente del paciente en ese momento: en la oscuridad más absoluta, camino a la luz eterna, en un limbo indiferente? Y si no lograban resucitarlo ¿Adónde irían a parar sus deseos, sus ilusiones... el amor? ¿Serian los atributos de la conciencia capaces de desprenderse de la carne y tomar su propio camino? ¿O todo se habría apagado como las luces de un escenario al fin de la función, de una vez y para siempre?

Al cabo de unos cuarenta y cinco minutos de maniobras, Leandro se dio por derrotado y lo declaró muerto.

Se dio media vuelta para volver a la estación de control y Laura vio su rostro de lleno. Parecía haber envejecido diez años en cuarenta y cinco minutos.

Ambos se sentaron tal como estaban un rato antes, pero ya no tenían ganas de comer bizcochos.

Laura suspiró y quedaron un rato largo en silencio, mientras Leandro se recuperaba.

Por fin, ella habló:

—Lean..., vos, ¿qué sentís cuando ves morir a uno de tus pacientes? —lo preguntó suavemente, casi con timidez.

—¡Qué sé yo! ¡Qué pregunta me hacés!—contesto el disgustado.

Leandro tomo una carpeta y comenzó a escribir el informe de lo sucedido. De un instante a otro el episodio con el paciente recién muerto había pasado a ser un problema administrativo.

—¿Nunca pensás en eso? —insistió ella.

—Los pacientes son personas que vienen a la sala de terapia intensiva muy enfermas, y a veces, se mueren... Mi función es hacer todo lo posible para que vivan. Yo dedico todo mi conocimiento, mi esfuerzo y mi energía al servicio de eso. Lo demás es para Dios, el psicoanalista o el consejero espiritual, no para mí.

—¿Vos no pensás en tu propia muerte?

—No, nunca. Hay un dicho que expresa que cuando la vida es, la muerte no es; por lo tanto, no nos incumbe. Yo adhiero a ese dicho.

—Si fuera así, no estarías acá luchando contra ella.

—Yo no pienso que esté luchando contra la muerte, sino a favor de la vida.

—Sí, pero convengamos que ves morir gente todos los días y no dedicás mucho tiempo a pensar en eso. ¿No te parece raro?

—No tengo más remedio que estar ahí cuando mueren, Laura; ese es mi trabajo.

—Todos los días estás acompañando a la gente que da ese paso tan trascendente de la vida a la muerte, ¡y nunca te planteaste el tema!

Leandro se sentía visiblemente incómodo con la conversación y con la insistencia de Laura. Ella se dio cuenta de que le contestaba de mala gana, para sacársela de encima como a una mosca fastidiosa. Sin embargo, sentía el impulso incontenible de continuar.

—Ese momento, ese momento en el cual uno muere, ¿nunca te imaginás cómo será, qué se sentirá?

—¡Mirá que sos insistente! No, yo no pienso en mi muerte, y mucho menos en la de los pacientes. Veo morir entre uno y tres pacientes por día de guardia... me estallaría el cerebro si me dedicara a pensar en eso.

Se quedaron un momento en silencio, hasta que la expresión de Leandro cambió. De pronto su rostro se distendió, como si se diera por vencido y, por fin, estuviera dispuesto a hablar del tema.

—A veces, pero no muchas veces, se me da por pensar que existe un alma inmortal. Algo que perdura más allá de la vida material, del cuerpo físico. Te voy a contar algo que nunca le conté a nadie. Tal como te dije, no me gusta hablar de este tema.

—Dale, contame —lo alentó ella, acercando un poco la silla y abriendo bien los ojos, en actitud de escuchar algo importante.

—Una vez un paciente, no me acuerdo qué patología tenía, creo que era un coronario, esto fue hace unos años, quizás seis o siete. El paciente tenía unos cincuenta años y...

—Bueno, Leandro, ¡no des más vueltas, dale! —se impacientó ella.

—Bueno, la cuestión es que hizo un paro y estuvimos un montón de tiempo para reanimarlo. Cuando salió del paro, enseguida recuperó la conciencia, muy conectado, como si no hubiese pasado nada. Se lamentó de que lo hubiéramos reanimado diciendo que, mientras estaba inconsciente, había tenido la sensación más hermosa que jamás hubiera experimentado. Me dijo que había visto cómo lo reanimábamos. Estuvo flotando por encima de su cuerpo y vio todo. Yo sabía que era imposible, porque había estado inconsciente, con los ojos cerrados y en paro. Él insistía en que era así y que la sensación había sido muy placentera. Entonces, le pedí que me contara algo que hubiera visto durante la reanimación, que hubiera llamado su atención. Cuando se lo pedí, yo sabía qué era lo que estaba buscando. Pasaron un par de cosas fuera de lo común. Lo más llamativo había sido que la enfermera que había entrado corriendo a asistirme en la reanimación resbaló en el piso mojado con suero y voló por el aire, cayendo con violencia sobre su coxis. Gracias a Dios no le pasó nada, pero pensé que íbamos a tener que asistirla a ella. Bueno, ¡el paciente me contó con lujo de detalles lo que había pasado con la enfermera! Yo te digo que no había forma de que lo supiera. ¡Él estaba inconsciente y con los ojos cerrados! Muchas veces escuché el cuento del túnel, la luz, etcétera. Pero esto fue distinto. Ningún paciente había relatado tan certeramente lo sucedido dentro de la sala. Esa experiencia movió todas mis creencias acerca de la muerte. Desde entonces, algunas veces se me da por imaginar que el paciente que estoy tratando de resucitar me observa. Por alguna razón, eso no me tranquiliza sino que me pone todavía más nervioso.

—¿Y por qué nunca se lo contaste a nadie?

—Quizás porque esas cosas me asustan, me inquietan un poco. Además, siempre pensás que no te van a creer, que van a dudar de tu propia cordura. ¿Desde cuándo te preocupa tanto la muerte?

Leandro hizo una pausa y tomó un sorbo de agua mientras esperaba la respuesta.

—Hace un tiempo me di cuenta que, a pesar de estar en contacto con ella de manera cotidiana tendemos a ignorarla. Es cierto que lo hacemos para protegernos del miedo y el dolor, pero ¿nos sirve esa actitud? Empecé a leer, a estudiar, a investigar el tema desde un punto de vista distinto del de los médicos. La ciencia termina donde termina la vida; de allí en más, es todo especulación. En nuestro medio, el científico, tendemos a creer que no hay nada más: morís y se termina todo. Lo único que hay sobre la muerte está enfocado desde un punto de vista espiritual, religioso o místico. Pero ¡si supieras cuánto hay escrito al respecto! Te sorprendería como me sorprendió a mí. Los médicos tampoco nos cuestionamos el fenómeno de la vida, no tenemos una filosofía que sustente, que respalde nuestra misión. A excepción de algunos que tienen una visión justificada desde su religión (que son los menos), los demás no pueden contestar preguntas tan simples como la que te acabo de hacer. Es como si la visión científica de las cosas hubiera esterilizado nuestras emociones, nuestra alma. Nosotros adherimos a ello ciegamente y escondemos o negamos todo lo que contradiga ese estado de las cosas, como tu episodio con ese paciente que acabás de contarme. Yo pienso, por ejemplo: ese paciente que acaba de morir, ¿no hubiera preferido estar de la mano de uno de sus seres queridos, antes que en la frialdad de esta terapia intensiva?

Leandro no contestó.

Ambos volvieron a quedar en silencio. Esta vez, su amigo miraba con la mirada vacía el escritorio frente a él. Laura pensó que la conversación que estaban manteniendo, lejos de animarlo, lo agotaba aún más, y se sintió vagamente culpable. Por fin, él le dijo:

—Me parece que estoy muy cansado. Esto que me decís me excede en este momento. No sé qué contestar.

—No contestes nada. Pensalo. Me vendría muy bien tener a alguien dispuesto a discutir este tema —Laura se levantó y le dio un beso afectuoso

en la frente. Se sentía conmovida por el tono inge-
nuo con el que su amigo le había hablado—. Me voy.

Tratá de descansar un rato, te espera una
noche muy larga.

Laura salió de la terapia intensiva rumbo a la
salida del hospital. En el camino, reflexionó acerca
de lo extraña que era la tarea de Leandro: al lado de
pacientes tan graves, atento a rescatarlos de la
muerte a cada instante y, sin embargo, incapaz de
analizar en profundidad su tarea o de imaginar las
vivencias que debían atravesar sus enfermos en esos
momentos cruciales de la existencia. El hospital le
pareció más triste y sombrío que nunca y se compa-
deció de todos esos pacientes que debían acabar sus
días allí, en soledad, sin una mano afectuosa que los
acompañara en la partida.

30

Una mañana, mientras recorría la sala de internación para mujeres buscando a sus ayudantes, Laura encontró en una habitación a Dorita.

Dorita era una paciente de veintiocho años, delgada como un junco, pálida como una luna y con un rostro tan dulce, que se había ganado el corazón de todo el hospital. Su caso era, aún para los más insensibles, muy duro de digerir.

Había consultado en un principio al servicio de ginecología por un cáncer de ovario. A medida que su enfermedad avanzaba, pasó por cirugía, donde se la intervino varias veces, alternando con el servicio de oncología, donde se sometía a penosas sesiones de quimioterapia.

Laura la había operado una vez, hacía ya casi un año, cuando la enfermedad llevaba ya casi dos de evolución.

Lamentablemente, desde aquel entonces, lejos de mejorar, estaba cada vez más débil y los tratamientos no estaban logrando ninguna mejoría.

En otro tiempo, Laura hubiera seguido de largo sin siquiera saludarla. Ya no era su paciente. Pero ahora, la nueva Laura veía a los pacientes de otra manera. Su corazón, lleno de compasión, entendía que eran seres necesitados de ayuda, que sufrían, que anhelaban el calor de los demás, que se nutrían de cada sonrisa y de cada aliento que se les pudiera dar. Y ella se sentía ahora en condiciones de brindarles ese calor y la atención que ellos necesitaban. Después de que lo hacía, sentía una plenitud como nunca había experimentado antes, y su profesión tomaba otra dimensión, más elevada.

—¡Dorita! —exclamó Laura a modo de saludo—. ¿Desde cuándo estás aquí, que no te vi antes?

—Desde toda la vida —contestó ella con tono de disgusto. Se la veía de muy mal humor. Sus ojos enormes, hundidos en el otrora hermoso rostro, rodeados de unos círculos oscuros y velados por una sombra de enojo y tristeza—. ¿No sabe, doctora, que yo ya no tengo casa, que mi casa es el hospital?

—Pero ¿por qué te trajeron esta vez?

—No sé, doctora, a mí nadie me dice nada. Me llevan, me traen, me operan, pero no me consultan. Nadie me pregunta qué es lo que yo quiero. Entre mi familia y los médicos me manejan como si yo fuera una cosa, como si yo no fuera capaz de decidir por mí misma. ¡Tengo veintiocho años! ¡No soy una niña! Pero me tratan como si tuviera cinco.

—Su voz se quebró como si fuera a llorar, pero no lo hizo. En cierta manera, el dolor la había endurecido, el enojo parecía haberle ganado a la tristeza.

—Y vos, ¿qué querés? —le preguntó Laura con dulzura.

—¡Quiero irme a mi casa! De todas las veces que estuve internada acá, tengo esa imagen horrorosa de morirme en el hospital. En una oportunidad, la paciente de la cama de al lado se murió. La noche anterior habíamos estado conversando hasta muy tarde, haciendo planes para el futuro, para cuando estuviéramos fuera del hospital... Corrieron una cortina para que yo no viera, pero escuché todo. Escuché cómo trataban de reanimarla. Estuvieron como una hora. Era un montón de médicos y enfermeras. La familia estaba afuera. Ningún rostro conocido a su alrededor. Los enfermos como yo pensamos mucho en la muerte. Yo quiero morir en mi cama, rodeada de mis seres queridos, de mis cosas queridas. Lo último que quiero ver es la luz que entra por la ventana de mi cuarto. Sé que allí están esperándome los ángeles que acompañaron mis sueños desde que nací. No quiero morir acá ni en el quirófano —Su rostro se contrajo en un gesto de dolor. Eso me da más miedo que la muerte misma. Pero como estoy enferma, piensan que soy incapaz de decidir. Me traen a la fuerza, y yo no me animo a contradecir a mis padres porque sé que ya están soportando mucho dolor. Siento que si les quito la esperanza, los lastimo aún más... Más de lo que podrían soportar.

Su tono era suave, entre suplicante y resignado.

Laura se sintió triste y conmovida por el reclamo de Dorita. Era el reclamo de muchos enfermos. A veces sentía que los pacientes habían llegado a un extremo en el cual se había agotado su energía vital, y que estaban más resignados que los médicos a perder la batalla. Era evidente que Dorita estaba allí, en ese lugar, en ese límite.

—Dejame ver qué puedo averiguar y después te veo —dijo, sintiéndose comprometida a ayudarla. Había escuchado la historia y ahora no podía ignorarla. Debía hacer algo al respecto, debía ser la voz del enfermo que no puede decir lo que siente.

De la habitación de la joven se fue directamente a la oficina de enfermería y buscó la historia clínica de Dorita. Leyó las últimas anotaciones. Tenía una metástasis de su tumor en el cerebro, una metástasis única, solitaria, resistente a la radioterapia.

Si bien la estaba atendiendo un ayudante del doctor Sanz, Tomás Lenada, la indicación quirúrgica estaba firmada por el mismo Sanz. Laura apenas conocía a Lenada, pero conocía muy bien a Sanz.

La cirugía de Dorita estaba programada para la tarde. Iban a tratar de extraerle el tumor, y si bien Laura no era neurocirujano, se daba cuenta de que, por la localización de éste, no sería una cirugía sencilla.

—¿ Está el doctor Lenada? —preguntó a las enfermeras.

—Ahora está atendiendo en el consultorio; hoy operan a la tarde.

—¿Y el doctor Sanz?

—Está en la jefatura del servicio, cuarto piso —le informó de manera lacónica y aburrida la enfermera de turno.

Laura partió rumbo al cuarto piso. La puerta de la jefatura estaba custodiada por la secretaria del servicio, una señora de la misma edad de Sanz, que estaba allí sentada desde el comienzo de los tiempos. Parecía cuidar la entrada de un santuario.

—Buen día... —saludó Laura sonriendo—, ¿puedo ver al jefe?

—¿Quién lo busca? —Era el tono de voz de un guardián de templo. No contestó el saludo ni levantó la vista de sus papeles.

—La doctora Laura Fontana, de cirugía.

—A ver, ¿me espera un minuto, doctora?

Y con una eficiencia de la que se sentía muy orgullosa, se levantó para desaparecer tras la puerta que comunicaba con el despacho del doctor Sanz.

A los pocos minutos, volvió.

—Pase, doctora, el doctor Sanz la va a recibir.

Laura entró en el imponente despacho que, a pesar de tener una gran ventana hacia el exterior, se veía oscuro gracias al decorado de muebles antiguos y paredes revestidas con madera. Signos vetustos de una opulencia de otros tiempos en el hospital público.

—Pase, pase, doctorcita, ¿qué la trae por acá? —le preguntó, haciendo un gesto con la mano mientras desplegaba su aire paternalista de jefe, sin levantarse de su gran sillón de madera tallada.

Laura nunca sabía si el "doctorcita" era cariñoso o despectivo, pero se inclinaba por lo segundo.

—¿Cómo le va, doctor? Disculpe que lo moleste de manera imprevista, pero hay un asunto que quisiera hablar con usted.

—Cuénteme, doctora...

—Doctora Fontana, Laura Fontana, por si no se acuerda del todo de mi nombre, ya que, si bien hace años que nos vemos en el hospital, hemos compartido pocas conversaciones.

—No, no, si me acuerdo bien de usted. ¡Una de las pocas cirujanas que tenemos en el hospital!

Él no se levantó de su asiento y tampoco la invitó a sentarse. Ella prefería permanecer de pie, así se sentía más alta. Estaba incómoda, un poco nerviosa por la situación, y se le había secado la boca. Decidida a hablar y sin preámbulos, encaró el tema.

—Bueno, el motivo de mi visita es el siguiente: hay una enferma, Dora Calvo, que fue mi paciente hace ya un tiempo. Es una jovencita muy castigada por la enfermedad, que pasó por varios servicios y muchas cirugías. Ahora está internada en neurocirugía con una metástasis cerebral de un tumor originario de ovario. Supongo que recuerda el caso. Tengo entendido que usted le indicó la cirugía.

—En efecto —afirmó Sanz de manera escueta, con una expresión inconmovible. Por su mirada, Laura pudo reconocer que se ponía ligeramente en actitud defensiva.

Continuó hablando:

—Me gustaría saber qué posibilidades de sobrevida o de curación posterior tiene a través de esta cirugía.

Sanz la miró sorprendido. Su mirada dejaba traslucir la desconfianza propia de un viejo zorro que ha visto todo en la vida.

—¿Puedo preguntarle yo a usted a qué viene su interés?

—Es el interés que tengo en todos mis pacientes... o —se rectificó— ex pacientes.

Sanz parecía impacientarse. Era obvio que no le gustaba y no estaba acostumbrado a que le pidieran explicaciones. La situación era, por otra parte, más que inusual. Laura lo sabía.

—¡Ah! ¿Y usted anda por todo el hospital persiguiendo y monitoreando a sus ex pacientes? —Ella detectó el ligero tono de burla con el que fue formulada la pregunta. Empezó a sentirse molesta. No sería fácil, ya lo sabía, pero no lo había imaginado tan difícil.

—Esta es una paciente muy especial. Llegué a apreciarla mucho mientras la tuve a mi cargo... Digamos que estoy encariñada con ella de una manera especial.

—Hace mal, doctora, no se encariñe con los pacientes. ¡Es el consejo de un viejo lobo de mar! —y largó una risotada falsa, exagerada, festejando sus palabras—. Los pacientes tienen la mala costumbre de morirse y dejarnos solos, hagamos lo que hagamos.

—Vayamos al grano, doctor. ¿Qué me dice del pronóstico de esta paciente? —insistió ella, que no estaba dispuesta a aflojar la presión.

—¡Doctora! Usted parece conocer el caso mejor que yo. Sabe que es de extrema gravedad y que el pronóstico no es muy favorable.

—Sí, pero me gustaría que fuera más específico. ¿Me puede dar un porcentaje, una estadística? ¿Qué posibilidades tiene de mejorar o curar o, incluso, de salir viva de la cirugía? ¿Se le informó a la familia de esas cifras? ¿Saben ellos que Dora tiene pocas posibilidades, incluso, de salir con vida del quirófano?

Sanz había perdido totalmente la paciencia. Se incorporó en su silla y desplegó su gran estatura. Así, erguido, su figura era imponente. Y él lo sabía.

—¡Por mínima que sea, ni usted, ni yo, ni nadie tiene el derecho de robársela al paciente! —lo dijo como una declamación y con una firmeza que no aceptaba objeciones.

—Pero ¿alguien le preguntó a ella qué quiere? —Laura habló con una voz dulce, que contrastaba con el vozarrón de Sanz.

—¡Ella está muy enferma! ¡Por Dios! ¡Tiene un tumor en la cabeza!

—Es cierto, pero está lúcida por completo, ¡y le tiene más miedo a la cirugía y a los médicos que a la misma muerte! Entonces, yo me pregunto: si de todos modos va a morir, ¿por qué no darle el privilegio de decidir cómo desea hacerlo? Usted, ¿habló con ella? ¿Sabe que ella desea más que nada, en este momento, morir en su casa, en su cama?

—¡Doctorcita! —exclamó Sanz, pasando del enojo a la actitud despectiva otra vez—. ¡Usted tiene todavía mucho que aprender! Nadie en este servicio se atrevería a robarle un solo día de vida a un paciente. ¿Usted sabe lo que es un día de vida? ¡Un don precioso! ¡Nosotros no bajamos los brazos! No dejamos morir a los pacientes así como así, ¡luchamos por la vida!

Parecía querer seguir hablando. Laura lo interrumpió:

—¿Qué me dice de la calidad de vida? ¿Y qué me dice de la calidad de muerte? ¿Acaso no es la muerte un momento de terrible importancia donde debe respetarse la voluntad del paciente, ya se trate de un niño, un anciano o cualquier persona?

Sanz perdió la compostura. Después de todo, ¿quién era esta doctorcita para venir a cuestionarlo?

Una cirujana del montón, que estaba en el servicio para ser la excepción que confirma la regla.

—Hágame un favor, doctora, dedíquese a sus asuntos y a sus pacientes. Yo soy un hombre muy ocupado.

—Considerar el futuro de sus pacientes y lo que es mejor para ellos ¡es parte de sus ocupaciones! Laura pensó que quizás iba a golpearla. Por eso, instintivamente dio un paso hacia atrás. Él la miró, furioso. Acercó su carota roja a la de ella y dijo, lleno de rabia contenida, como escupiendo las palabras:

—¡No se atreva! ¡No se atreva a volver a cuestionarme! —volvió a su lugar y, mirando hacia otro lado, mientras recuperaba la calma, siguió—: Buenas tardes, doctora. Le ruego que se retire, tengo mucho que hacer.

Laura sabía reconocer cuando una batalla estaba perdida. Se dio vuelta y, sin saludar, salió con un nudo en la garganta.

Ese día pensó que la entristecía más la actitud de algunos de sus colegas, la incomprensión y la frialdad del sistema, que la misma muerte de los pacientes, la cual estaba aprendiendo a aceptar como un acontecimiento inexorable, parte de una voluntad superior.

31

La primavera estaba empezando y una brisa fresca entraba por las ventanas del despacho de la secretaria del servicio. Laura llenaba historias clínicas mientras revolvía una taza de café con leche humeante, apoyada sobre el escritorio desordenado con pilas de carpetas, las típicas carpetas amarillas en las que el personal del hospital San Antonio archivaba los datos referidos a la enfermedad de los pacientes. Datos y más datos que resumían con números, informes, pruebas de laboratorio, opiniones, etcétera, la conducta médica, las indicaciones, la internación o el alta. En definitiva, decidían el destino de los pacientes. Estaba poniéndose al día con una serie de tareas atrasadas y su cabeza saltaba de un caso a otro, pasando de actualizar indicaciones a firmar altas. De pronto, se asomó la secretaria del jefe de servicio con una pila de carpetas en las manos y el rostro muy circunspecto.

—¿Doctora Fontana?

—Sí... —contestó sin levantar la vista.

—El jefe quiere verla.

—Dígale que voy cuando termine de actualizar las historias —contestó, sin dejar de hacer lo que estaba haciendo.

—Doctora, me parece que es urgente. Me pidió que le diga que vaya ahora —remarcó la palabra "ahora", tal como lo debía haber hecho su jefe.

Al fin, Laura levantó la vista y, bufando, dejó de escribir. Se levantó con lentitud.

—¿Puedo dejar todo esto acá, así como está, así después vuelvo y lo termino? —preguntó, molesta por la urgencia del llamado. Mientras tanto, se preguntaba qué querría su jefe que fuera tan urgente. El doctor Victorica era un hombre amable, muy cuidadoso de las formas, que difícilmente deseaba interrumpir el trabajo de sus colaboradores si no era por algo importante.

—Sí, déjelo, yo se lo cuido —le contestó la secretaria con un tono un poco cómplice.

Laura recorrió los veinte metros que la separaban de la oficina del jefe de cirugía, con la cabeza aún en las historia clínicas que había estado actualizando. "¿El paciente de la habitación 231 no se había ido de alta ayer?", se preguntaba dubitativa, mientras golpeaba la puerta de la jefatura.

El jefe mismo le abrió.

Se lo veía serio, con cara de pocos amigos. Laura tenía muy buena relación con él, lo apreciaba como persona y lo respetaba como maestro. Por su parte, él siempre le había correspondido. El respeto era mutuo.

—Doctor Victorica, ¿me llamó?

—Sí, Laura, sentate... —Usó un tono imperativo, solemne, nada habitual en él.

—¡Qué serio está, doctor! —dijo ella mientras se sentaba, hablando de manera jovial para distender el ambiente que se sentía denso, demasiado formal para el trato que solía tener con su jefe.

—Laura, vayamos al grano. Tengo un paciente esperándome en el quirófano y no tengo tiempo que perder.

—Sí —contestó Laura—, vi que tiene anotada una resección de cáncer de esófago...

—Bueno, Laura, vos sabés cómo te aprecio... Casi como a una hija.

A Laura no le gustó mucho la introducción. Dejaba entrever problemas.

—Sí, doctor. Siempre le digo que pude desarrollar mi carrera gracias a usted, a su apoyo...

—Y no me arrepiento. Fuiste siempre una cirujana modelo, mejor que muchos mequetrefes de sexo masculino que se creen la gran cosa —exclamó, categórico.

—Pero... —dijo Laura, tratando de adelantarse a las objeciones que vendrían a continuación.

—Pero en los últimos tiempos estoy teniendo muchas quejas de tu comportamiento. Todos coinciden en que algo raro te pasa. Antes se quejaban sólo los residentes y tus compañeros de planta, pero ahora... ¡estoy recibiendo quejas de los jefes de otros servicios!

—¿Y de qué se quejan? —preguntó ella sorprendida.

—Muchas quejas —Hizo una pausa que Laura no se atrevió a interrumpir—. Los residentes dicen que ellos anotan las cirugías y vos se las cancelás. ¿Cómo van a aprender a operar si no los dejás hacerlo? Me trajeron estadísticas. En los últimos tres meses, los residentes que están bajo tu dirección operaron un cuarenta por ciento menos ¿Qué significa esto? —Sin esperar la respuesta, continuó—: Y eso no es todo; te quedás horas hablando con los pacientes, perdiendo un tiempo precioso de quirófano, atrasás todas las cirugías, los residentes que te ayudan se están yendo del hospital un promedio de dos horas más tarde que de costumbre. ¡También se quejan de que les sacás pacientes! Que los pacientes a los cuales ellos les hacen la admisión no quieren operarse si no es con vos. ¿Desde cuándo robas pacientes? Además, y esto es lo más grave, recibí una queja formal del doctor Sanz muy desagradable, donde dice que le faltaste al respeto y cuestionaste su indicación de una cirugía... ¡Me estás creando un problema institucional! ¡No podés meterte en el territorio de otro a cuestionarle lo que hace, así nomás!

Laura no aguantó más y lo interrumpió, indignada:

—¡No lo puedo creer! ¡Estas son las acusaciones más absurdas que escuché en mi vida! —Su cara se había puesto roja de furia y apenas podía hablar, ya que el reclamo la había tomado tan de sorpresa que no atinaba a darle coherencia a los pensamientos. Al fin pudo decir:

—¡Por primera vez en mi vida estoy haciendo las cosas bien y me acusan por estupideces! ¿Qué son? ¿Ciegos? A los residentes trato de enseñarles lo mejor: a ser considerados con los pacientes, a respetarlos, a hablar con ellos, a suspender una cirugía si hay dudas acerca de la indicación, a buscar alternativas clínicas. ¿Y a ellos qué les interesa? ¿Solamente operar como si fueran máquinas? ¿Y Sanz? ¿De qué se queja? ¿No puede tolerar que un ser humano disienta de él? ¿Hay que decirle a todo que sí, como si fuera un dios del Olimpo? Sí, es cierto, yo me metí de abogada de una paciente tratando de ayudarla y me salió mal. Pero no me arrepiento; hice lo que me dictaba la conciencia.

A su jefe lo tomó por sorpresa la reacción de Laura; estaba acostumbrado a verla sumisa y tolerante. No estaba familiarizado con esta Laura enojada y combativa.

—¡Laura, tranquilizate! Esto te lo digo de manera informal, como se lo diría un padre a una hija. Pero te advierto... ¡no quiero más quejas! —Su tono era terminante.

Laura sintió que se le llenaban los ojos de lágrimas. "¡No seas tonta!", pensó. "No podés llorar ahora". Se tragó las lágrimas y abrió la boca para continuar con su defensa, pero él la interrumpió.

—Laura, no digas nada. No quiero más problemas y punto. ¿Entendiste?

Ella asintió y, sin decir nada más, se dio vuelta y salió de la oficina. Pasó por el vestuario, tomó sus cosas y se encaminó hacia la calle.

Una vez afuera del edificio, se sentó en un banco del parque, frente a un gran árbol que, con timidez, estaba recuperando el follaje.

En medio de su arrebato, comenzó a comprender la naturaleza profunda de lo que estaba sucediendo. Ella había experimentado un cambio. No era la misma Laura de un tiempo atrás. En poco tiempo, y por diferentes razones, tal como lo describía Govinda en el libro, su conciencia había evolucionado del nivel de la mente al de las emociones y de allí, al del espíritu. Había vivido gran parte de su existencia consciente como desterrada de su verdadero hogar y, de pronto, la vida o las circunstancias la estaban guiando de vuelta a casa. Le habían dado la llave para abrir la puerta y entrar en su propio corazón. Ahora estaba explorando los recovecos de su ser y allí encontraba tesoros, tal como le había descripto Nahuel.

Debía reconocer que ese proceso personal, íntimo, no podía transmitirse con facilidad a los demás.

La furia se evaporó en un instante y dio lugar a una profunda reflexión.

Su jefe tenía razón. Ella había descubierto algo y pensaba que iba a cambiar el mundo. No era así. Los demás no estaban preparados para ese cambio. Era víctima de la incomprensión de sus colegas, no porque sus colegas no tuvieran buenas intenciones, sino porque tenían una visión distinta de lo que era mejor para los pacientes. Debía actuar con más tacto si quería seguir en el servicio, si quería seguir siendo cirujana, cosa que, pensó, decidiría más adelante.

32

El acto de meditar tomaba protagonismo en la vida de Laura.

Había elegido un rincón de su casa como santuario y allí, en su pequeño sillón, practicaba cada día.

El simple hecho de sentarse en silencio y de dirigir la conciencia hacia el interior de su ser estaba teniendo un efecto poderoso sobre su vida. En algunas oportunidades podía quedarse así, flotando en el vacío, por largos períodos mientras perdía la noción del paso del tiempo. Emergía con una sensación de felicidad hasta ahora desconocida. Aún le resultaba curioso que ese estado de vacío y de silencio de la mente resultara el de mayor creatividad y que fuera allí donde podía sentir cómo su ser se expandía y su conciencia se elevaba.

Esa mañana, mientras meditaba, la imagen de Gina se cruzó por su mente en un par de ocasiones. Por ello, no se sorprendió cuando, minutos después, la voz de su amiga aparecía en el teléfono para invitarla a comer a su casa.

—Compramos muebles nuevos y te los quiero mostrar. Además, hace muchos meses que no nos vemos y quisiera saber cómo siguen tus cosas —le dijo Gina con su voz entusiasta—. Vení el domingo, que voy a estar sola. Juan y los chicos se van a visitar a mi suegra.

Laura aceptó, feliz. ¡Tenían tanto para hablar!

Después de una semana extenuante y de un sábado lleno de tareas domésticas, llegó por fin el domingo. A pesar de que la primavera apenas se insinuaba, las mañanas ya se veían más luminosas. Los árboles de su jardín comenzaban a mostrar pequeños brotes color verde claro, que salpicaban las ramas que el invierno había dejado desnudas y grises.

Laura se asomó por la ventana que daba a su pequeño parque para respirar el aire cálido, aunque sin verlo realmente. Estaba ensimismada, pensando en la conversación con su jefe. Repasaba una y cien veces sus palabras, tratando de imaginar respuestas más adecuadas que las que había dado en su momento. ¿Por qué todas las respuestas inteligentes se le ocurrían ahora, cuando ya no había nada que decir?

Se vistió con ropa deportiva y ligera. Bajó las escaleras saltando los escalones, entusiasmada por la perspectiva de visitar a su amiga, que la estaría esperando con un buen plato de comida casera.

Apenas entró en la casa de Gina, su amiga se apresuró a mostrarle los muebles que acababa de adquirir. Sillones de gabardina gris con rayas muy finas para el living y una mesa de roble con seis sillas para el comedor.

Laura se sorprendió. Sabía que la situación económica de su amiga estaba pasando por un momento poco favorable y, mirándola en forma inquisidora, le preguntó:

—¿Cómo lo pagaste?

—Muy fácil... en cuotas —Sonrió y acarició el sillón como quien acaricia a un niño, con expresión de satisfacción y con la mirada perdida—. Me hacía falta un cambio, una renovación en la casa.

Laura la miró, preocupada. Así como había aprendido a leer en los ojos de sus pacientes, estaba leyendo ahora en los de su amiga. Lo que veía no le gustaba.

Detrás de su sonrisa vacía, se agazapaba la tristeza.

Gina había logrado muchas cosas en la vida: un matrimonio estable, hijos hermosos pero, pese a que siempre parecía de buen humor, se podía sentir la superficialidad y la inconsistencia de esa aparente alegría. En los últimos tiempos, cada vez que hablaba con su amiga tenía la sensación de que Gina ocultaba algo o, al menos, que había ciertos temas que no compartía con ella. Había notado que el estilo de vida que estaba viviendo la hacía sentir incompleta, como si una parte de ella no se sintiera plenamente realizada. ¿Qué era lo que no andaba bien en el mundo de Gina?

Laura no podía saber qué era lo que le faltaba, cuál era el vacío en el alma de su amiga. Gina no lo revelaría. Ella misma lo ignoraba. Laura pensó en la compra de muebles como una compensación. Trataba de llenar su vida con cosas materiales y, para colmo, con cosas que no podía pagar.

—Gina, ¿sos feliz? –le pregunto frunciendo el entrecejo, dándole a entender que no confiaba en su sonrisa.

—Por supuesto – contesto Gina sin convicción.

—¿Por qué tengo la sensación que ocultas algo?

La expresión de su amiga cambió, era evidente que no estaba dispuesta a hablar de ella.

—No te pongas pesada, la que tiene los problemas sos vos, no yo—dijo en forma categórica y un poco brusca. Luego agregó – acompañame a la cocina que se me quema la comida.

Laura la siguió sin decir nada para ayudarla a terminar las exquisiteces que, con tanto amor, había estado elaborando. Se sentía un poco incomoda, Gina había levantado una barrera entre las dos y no la dejaría entrar en su mundo personal. Decidió respetar la intimidad de su amiga y no insistió.

Había preparado comida como para diez personas. Acomodó infinidad de platitos sobre un mantel de lino blanco. Laura se sintió halagada y feliz.

—Sabés que yo no como tanto, ¿cómo se te ocurrió preparar semejante cantidad? —bromeó, con una sonrisa.

—Bueno, lo que sobre se lo comen los chicos a la noche —le contestó su anfitriona encogiéndose de hombros, al tiempo que terminaba de poner la mesa para el inesperado festín.

Se sentaron en el comedor de diario. Laura se sentía como una niña en un pic-nic. No bien se acomodaron, y mientras abordaba los platos con fruición, comenzó a hablar del tema que la llenaba de ansiedad, relatándole a su amiga, con lujo de detalles, la conversación con su jefe de servicio, así como todos los acontecimientos previos.

Gina la escuchaba con atención. Su rostro se iba transfigurando a medida que avanzaba el relato.

—Laura —le dijo cuando hubo terminado su historia—, ¡tenés que tener más cuidado con lo que hacés! Durante quince años estuviste calladita, haciendo tu camino ahí dentro. Sobreviviste en ese lugar hostil (convengamos que peor especialidad no podías haber elegido), hasta que lograste que te respetaran, te ganaste un lugar, armaste una reputación. Trabajaste, ¡Dios sabe cuánto! Te comiste mil situaciones adversas y ahora, en cuestión de meses, ¡te ponés a todo el mundo en contra! —Gina daba rienda suelta a su furia—. ¿No ves que son unos cabrones machistas? ¡Y que todo va bien mientras no los molestes, mientras no te hagas notar! Bueno, pero la culpa es tuya. Retomá el bajo perfil, como hiciste siempre, y en poco tiempo todo se olvida y vuelve a la normalidad.

Laura la miro incrédula, con los ojos muy abiertos por el asombro.

—Pero, Gina, ¿qué es la normalidad? Ahora es cuando me estoy sintiendo mejor. Por primera vez en quince años, estoy siendo yo misma. No sé quién era antes, quizás el producto de circunstancias adversas, como vos bien dijiste.... Yo vivía exclusivamente para hacer, no para ser... No me conocía, no miraba para adentro, estaba por completo centrada en el afuera, en satisfacer las expectativas de mis jefes y de mis colegas. Ahora, a medida que me descubro a mí misma, me siento más honesta. Inicié una búsqueda y no pienso abandonarla... Además, ¿no fuiste vos la que me dijo que era un robot en el trato con mis pacientes? ¿Que era una roca? Y ahora que estoy cambiando, ¿me criticás porque provoco un revuelo? —El disgusto de Laura era auténtico y hablaba como escupiendo las palabras. Había esperado con ansias compartir sus sentimientos con su amiga y esperaba un poco de comprensión.

—Bueno, no, no te critico por la dirección que tomó tu vida —Gina se quedó unos instantes en silencio, reflexionando. Tenía razón; a pesar de todo lo provocador que era este cambio para su entorno, a ella se la veía mucho mejor ahora, más comprometida y dueña de sí misma que antes. En un instante, el rostro de Gina se suavizó y sus ojos se llenaron de dulzura y afecto—. Sólo te estoy pidiendo que tengas cuidado... no me gustaría que te lastimaran, vos ya sabes cómo es el hospital...

Permanecieron en silencio mientras terminaban de comer, cada una de ellas ensimismada en sus pensamientos.

Después de acomodar la mesa y lavar los platos, se sentaron a conversar en el living.

—Sos la primera invitada que se sienta en ellos —dijo Gina con una sonrisa, refiriéndose a los sillones.

Esta vez, siguiendo con la femenina tradición que tanto las divertía, comenzaron un análisis minucioso de cada amigo en común que tenían en el hospital. Laura la ponía al día de la vida de cada uno de ellos y la informaba acerca de "los nuevos", que Gina no había llegado a conocer. Bromearon y rieron, y Laura se sintió de mejor humor, contenta, como en los viejos tiempos de su amistad, de compartir su vida con su amiga del alma.

33

Llegó al hospital muy temprano. Tenía que realizar una cirugía muy compleja y quería tener el tiempo suficiente para prepararse y preparar al paciente. El hospital estaba casi desierto; aún no había entrado en plena actividad. Ella entró distraída, repasando mentalmente la técnica de abordaje para un quiste pulmonar, cuando se topó con él. Hacía mucho que no se veían y se sintió inundada por una oleada de alegría por el encuentro.

Ángel tenía, como siempre, el aspecto de un adolescente despreocupado. Caminaba portando un pequeño electrocardiógrafo en su mano derecha.

— ¡Laura! —exclamó con una sonrisa—, ¡qué bueno verte!

—Ángel..., ¿qué hacés tan temprano deambulando por el hospital con ese aparato en la mano? —preguntó ella mitad seria, mitad bromeando.

—Ah... ¿esto? Lo llevo para estudiar a un pacientito. Descubrimos que el electro de la guardia no funciona. ¿Y vos? ¿Qué hacés tan temprano acá?

—Una cirugía de quiste hidatídico. Un paciente muy mayor. Vine con tiempo suficiente para organizar todo —Laura hizo una pausa, se miraron por un instante. Él parecía esperar a que ella dijera algo. Al fin, se decidió—: Ángel..., yo termino en el quirófano al mediodía. ¿Podremos tomar un café y charlar?

—¡Claro! ¿Te parece en la cafetería a las doce? —contestó él sin dudar.

—Perfecto.

—Entonces, nos vemos.

Cada uno siguió su camino. Laura se sintió contenta. ¡Había deseado tanto compartir sus preocupaciones con él!

La conversación con Gina le había dejado, como de costumbre, una sensación de insatisfacción, de vacío. No sólo había vislumbrado el malestar en la vida de su amiga, lo cual la preocupaba, sino que además se había mostrado muy poco comprensiva con sus asuntos. Estaban en sintonías distintas. Sintió que el encuentro con Ángel, después de tantos meses, no era casual. Era justo lo que estaba necesitando.

Pasó por la habitación de su paciente y estuvo casi una hora hablando con él. El hombre, de sonrisa tímida, había cumplido ochenta años el día anterior y había ingresado por consultorios externos. El tratamiento de su patología, un quiste hidatídico en el pulmón izquierdo, había sido discutido en el ateneo. Entre todos decidieron la cirugía y Laura fue la señalada para realizarla. A pesar de no estar muy convencida de la indicación, ella había aceptado. Sintió que no le quedaba otra opción. Hubiera sido muy violento rechazar la responsabilidad de realizar la operación ante la mirada de todos, sobre todo después de la escena con su jefe.

El paciente estaba confiado y de buen humor. A pesar de sus dudas previas, Laura se sintió más tranquila. Todo estaría bien.

Volvió a verlo justo antes de entrarlo en la sala de operaciones. Él le sonrió, confiado. Ella tomó su mano arrugada y tibia para darle ánimo.

—En un rato nos volvemos a ver en su habitación —le dijo para infundirle ánimo.

Tres horas después, terminaban de suturar la piel y los asistentes quedaban a cargo del paciente, colocando vendajes y acomodando los drenajes. Tal como le había anticipado al enfermo, la cirugía transcurrió sin ninguna complicación, rápida y precisa.

Laura salió de la sala de operaciones, se quitó el barbijo en el pasillo que conectaba los quirófanos y miró la hora. Eran las once treinta. Estaba relajada y la perspectiva de la reunión con Ángel la ponía contenta. Llegaría justo a tiempo.

No bien entró en el vestuario para mujeres, y cuando se disponía a sacarse la ropa de cirugía, aflojando el lazo que sostenía su pantalón, Carmen entró sin golpear, con la respiración entrecortada por la urgencia.

—Doctora, doctora, el doctor Alver la necesita en el quirófano—declaró con premura

Sin preguntar nada, salió detrás de Carmen a toda velocidad, de vuelta a la sala de operaciones.

El doctor Alver, bajito y delgado, de unos cincuenta años era, sin duda, el más experto de los anestesiólogos del hospital. Había sido el encargado de anestesiar al paciente y se encontraba a un costado de la camilla, inyectando medicación en la guía de suero. El anciano aún estaba inconsciente e intubado. Esto no era lo normal, lo esperado. Algo andaba muy mal.

—Francis, ¿qué pasa? ¿Por qué está todavía dormido?

—Está saturando mal —le contestó él, mientras hacía un gesto con la cabeza indicando el oxímetro—. No lo puedo extubar en estas condiciones.

—Pero... ¿qué puede haber pasado? La operación fue impecable —preguntó ella, mientras constataba la baja saturación de oxígeno que marcaba el aparato.

—No lo sé, yo tampoco me lo explico. Estoy casi seguro que estamos ante un pulmón de shock —Laura se sintió consternada por la noticia. Era un cuadro grave e inesperado—. Deberías hablar con su familia —sugirió Alver—. Lo vamos a llevar a terapia intensiva.

Laura se calzó un delantal blanco sobre el ambo y salió en busca de los familiares del paciente.

La pequeña sala de espera de quirófanos se encontraba colmada de gente que aguardaba las novedades de sus seres queridos. Mientras buscaba a la familia de su paciente, Laura pensó cuán cerca había estado de darles la buena noticia, de decirles que todo había andado bien y como, en solo un segundo, las cosas se habían dado vuelta para transformarla en mensajera de la desesperanza y del dolor. En medio de ese grupo de gente cargado de expectativas, Laura identificó a la mujer de Juan, una anciana muy pequeña y humilde que le sonrió esperanzada apenas la vio. A Laura se le estrujó el corazón. Tomó a la mujer de la mano y, seguida por sus dos hijos varones, rudos y desaliñados, los condujo hasta una sala privada donde les dio la noticia.

—Surgió una complicación inesperada —explicó, escrutando en los rostros de sus interlocutores—. La cirugía fue rápida y todo parecía estar bien. Sin embargo, hubo un imprevisto y Juan no reaccionó como esperábamos. No pudimos despertarlo. Deberá permanecer dormido y asistido por un respirador en la sala de terapia intensiva hasta que la situación de sus pulmones se normalice. Si bien su condición es delicada, confiamos que se podrá revertir con el tratamiento adecuado.

Los familiares de Juan no dijeron una palabra. La miraban con ojos mansos, mientras asentían con humildad y resignación. Confiaban plenamente en ella. Nadie derramó una lágrima, no hubo protestas ni cuestionamientos. Esta reacción serena le dolía a Laura más que cuando la familia manifestaba su dolor. Sentía la pesada carga de esa enorme confianza depositada en ella.

Luego marchó rumbo a la terapia. Las posibilidades de sobrevida de Juan se habían reducido en forma considerable. A pesar de todo, el grupo de médicos de terapia se mostraba optimista. Estuvo casi dos horas discutiendo las indicaciones y observando la evolución del paciente.

Sólo entonces, cuando sintió que todo estaba encaminado, volvió a pensar en la cita con Ángel. Estaba segura de que él se habría marchado. A pesar de todo decidió pasar por el bar, sólo para verificar que él ya no estaría.

Se dirigió a la cafetería y, al entrar, miró el reloj. Faltaban cinco minutos para las tres. Él permanecía allí, con su gran cuerpo desparramado en una silla demasiado pequeña, en medio del salón solitario. Vestía el ambo azul de guardia y tenía varios vasos de café vacíos sobre su mesa.

Laura sonrió, incrédula. ¡Él la había esperado por tres horas!

—¿Qué paso? —le preguntó al verla—. ¿Se complicó la cirugía?

No se veía en absoluto molesto y ella se sintió emocionada por su comprensión. Laura se sentó frente a él y, llena de ansiedad, le relató todo lo sucedido con su paciente.

—¿Debía haberme negado a operarlo? Yo no estaba del todo segura de que la cirugía fuera la mejor opción. Es un paciente muy añoso y, es casi seguro que había vivido muchos años con su quiste. Sin embargo, accedí para no contrariar a mi jefe. ¿Es que puse en peligro su vida por cobarde? —le preguntó con expresión de culpabilidad.

—¿Qué hubieras logrado negándote? —preguntó él—. Alguien más lo hubiera hecho y vos habrías tenido un problema con tus colegas del servicio. Probablemente, nadie lo hubiera operado con el grado de compromiso y de cuidado con que vos lo hiciste. Además, si como vos decís, la operación fue impecable, esta complicación escapa a las variables que podemos controlar. Laura..., hace muchos años que sos cirujana, no vas a empezar ahora a pensar que sos omnipotente.

Ella lo miró, resignada. Él tenía razón; no todos eran éxitos, pero hacía mucho que Laura no experimentaba una derrota en el quirófano y a eso, todos se acostumbran con facilidad.

—¿Te traigo un café? —le preguntó él, servicial.

Se dirigió al mostrador a ordenar los cafés. Ella se quedo observándolo, mientras recordaba la última noche que se vieron, cuando ella había chocado. Por alguna razón, se sentía avergonzada por toda la situación. Se había comportado como una chiquilina imprudente. Quizás por esa causa no lo había vuelto a llamar.

Él regreso con los vasos en la mano y se sentó frente a ella.

—Quería hablar con vos porque necesito comentarte algo —empezó a decir ella, mientras miraba su café.

—Sí, ya sé lo que te pasó con tu jefe.

Laura lo enfocó con ojos de sorpresa y se disponía a protestar cuando él la interrumpió.

—Me lo dijo la secretaria del servicio de cirugía...Yo atiendo a sus hijos y, bueno, ya sabés, ¡los chismes vuelan ahí adentro!

Ella sonrió, un poco incómoda.

—¡Ah! Bueno, ¡por lo menos eso me ahorra el trabajo de contarte!, porque necesito saber tu opinión, necesito tu consejo.

—Sí, pero contame cómo te sentís. Sé lo que pasó con tu jefe, pero me interesa saber qué pasa dentro de vos.

—¡Hace un montón que no nos vemos! —reflexionó Laura a modo de introducción—. Pasaron muchas cosas.

—Bueno... soy todo oídos.

—Aunque te parezca mentira, cambié mucho en estos meses...

—Se ve con sólo mirarte —observó él.

—Y lo que se ve, ¿es malo o bueno?

—Muy, pero muy bueno. —Ángel sonrió complacido y ella le devolvió la sonrisa.

—Todo comenzó cuando opere al anciano de la doble amputación. Ese día, cuando lo miré a los ojos, comenzó en mí un proceso que tomó forma al encontrar a Nahuel. Ese poder de él del cual me hablaste, de transformar a las personas, de moverlas del lugar de comodidad en el que se encuentran, se puso en marcha dentro de mí. Tal como me dijiste una vez me abrió la puerta a ese mundo secreto que él conoce tan bien.

Después de la noche del accidente, fui a verlo por segunda vez. Yo estaba muy movilizada... y confundida. Me aseguró que iba a encontrar un camino. El camino que conducía hacia mí misma —Hizo una pequeña pausa, eligiendo las palabras para expresarse mejor—. Bueno, creo que encontré varios... Podría decir que el primero fue la psicoterapia, de la cual estaba bastante desencantada. Encontré a la persona adecuada, un terapeuta comprensivo, abierto y bondadoso. Fui a consultar por el dolor en la pierna y me ayudó, entre otras cosas, a darme cuenta de la relación que ese dolor tenía con mi problemática profesional. Me di cuenta de que mi pierna me quería decir algo. Entenderme a mí misma, comprender el lenguaje del síntoma, me sirvió también para entender mejor a mis pacientes. Comprendí que la enfermedad, todas las enfermedades, nos dan una información que viene de lo profundo de nuestro ser y a la que no podemos acceder fácilmente. Es como una pista, un acertijo. Ahora cuando encaro a un paciente, trato de comprenderlo desde este punto de vista y... ¡descubro cosas increíbles! A veces entiendo que, al operarse, el paciente está evitando darse cuenta de algo y que muchas veces ese algo seguirá buscando los medios para hacerse entender, para darse a conocer. Imaginate, como cirujana, ¡en qué posición me pone esto!

Laura hizo un pequeña pausa, tomó un sorbo de su café y, con el vaso caliente aún envuelto con sus dos manos, continuó:

—Otro camino que encontré es la meditación. Es increíble lo que me está pasando desde que medito. Di con un libro, que encontré de forma casual, y resulta que me lo devoré o mejor dicho, ¡el libro me devoró! —Laura, celebrando su propio chiste, rió por primera vez, y luego continuó, con sus ojos brillantes por el entusiasmo que le producía hablar del tema—. ¡Todo lo que dice el libro es tan increíble para mi mente científica y, a la vez, tan real, tan tangible! Empecé a mirar hacia adentro, a buscar mi silencio interior y a reposar en ese silencio. Ese simple ejercicio, realizado como una disciplina, me abrió la cabeza, me catapultó hacia un estado de conciencia diferente.

Hizo otra pausa. Encontraba difícil explicar esta experiencia. Era como probar una comida nueva y tratar de describir su sabor. Luego continuó:

—¿Alguna vez intentaste meditar? —sin esperar la respuesta, prosiguió—:El hecho es que experimenté estos cambios, que dieron vuelta mi vida profesional y mi relación con los demás. Experimenté la sensación de plenitud en el ser médica, en acercarme a la gente, en poder dar cosas de mí. Fue como si se hubiese descorrido un velo que me enturbiaba la vista, que me impedía ver las cosas con claridad. ¿Cómo no me di cuenta antes? No se trata bien a los enfermos en el ámbito hospitalario. El trato va de lo poco amable a lo indiferente, a lo inhumano. Son muy pocos los colegas que tienen una verdadera conexión con los pacientes. No sé la causa; quizás la costumbre o el temor a sufrir. Quizás la rutina nos hace perder el rumbo, el propósito de nuestra tarea.

Una vez le pregunté a un colega oncólogo si no notaba mayor incidencia de enfermedad en gente que había tenido traumas emocionales durante los tiempos previos a la enfermedad. Me contestó que no quería enterarse nada de la vida de sus pacientes, que no lo podría soportar. Yo lo entiendo, porque durante quince años fui como él o quizás, a juzgar por lo que dice mi amiga Gina, peor. Por supuesto, hay excepciones, pero lo que debería ser la norma es la excepción... Ahora estoy chocando todo el tiempo con mis compañeros del servicio. Me enojo con los demás cirujanos cuando piden un paciente al quirófano y lo dejan dos horas en la camilla, esperando para entrar en la sala de operaciones. Me peleo cuando no se le explica bien a los pacientes lo que se les va a hacer, cuando considero que no están anímicamente preparados para la cirugía y los veo entrar al quirófano hechos un manojo de ansiedad. Trato de enseñarle a los residentes a conectarse con ellos... a verlos desde una óptica más humana. Pero siento que estoy tratando de atravesar un desierto. Camino por un terreno inhóspito, sin nadie que me acompañe —Hizo otra pausa. "¡Qué bien le hacía poder hablar esto con alguien que la escuchara con respeto!", pensó—. Cuando iniciás un cambio de este tipo, te quedás sola... no tengo con quien hablarlo. Al principio intenté, quise compartir con los demás, pero me miraban como si estuviese loca, así que decidí callarme. ¡Pensá en Gustavo y Daniel oyéndome hablar de meditación o de una dimensión espiritual del ser! ¿Qué es esa boludez? Viven escondidos detrás de sus chistes, de su permanente negación de la realidad. Ahora sé que no fue casualidad que te haya buscado para hablar aquel día en tu servicio, cuando me fui a presentar. Pero ahora pasó algo que cambió mi visión de las cosas: Cuando el jefe me llamó para quejarse de mi actitud, tomé conciencia de golpe... No puedo cambiar el mundo, no puedo cambiar a la gente; sólo puedo hacer mi parte, cambiar yo.

—Entonces —la interrumpió Ángel—, ya tenés la respuesta.

—Creo que sí, y ahora, hablando con vos, lo veo todavía más claro. Pero ¿cómo hago para soportar estas situaciones que se me plantean cada día en el hospital? ¿Cómo puedo conciliar mis sentimientos con la actitud de los demás? Las creencias de los otros son tan respetables como las mías. Mis compañeros de servicio hacen las cosas con la convicción de que es lo mejor para ellos y para los pacientes. Mi discusión con Sanz me dio la clave. Él está convencido de lo que hace y no puede aceptar otro punto de vista. Su educación, sus valores, su estado de conciencia lo condicionan de esta manera. Pero ahora tengo esa extraña sensación de no pertenecer, de ser una visitante en mi lugar de trabajo. Últimamente, no dejo de pensar en Alex, el jefe de residentes que renunció al hospital y se marchó con la ilusión de encontrar una forma diferente de hacer medicina. Por fin entiendo de qué me hablaba. ¿Habrá encontrado lo que buscaba? —Recordó la situación en la que Alex, tiempo atrás, le había explicado sus sentimientos. Había sido una especie de catarsis, como la que ella tenía ahora frente a Ángel.

Tomaron el café sin mirarse. Ella se sintió muy presente, y aliviada. Sabía que nadie la entendería como él, ni siquiera el Dr. Bolker quien, por otra parte, frente a su relato estaría haciendo una interpretación. En este momento, ella necesitaba otra cosa. Necesitaba la presencia de Ángel... y su silencio. En ese silencio, Laura podía sentir su comprensión.

Se escuchó el ruido de la cafetera, las tazas del mostrador chocando. Ángel jugaba con una servilleta de papel entre sus dedos. Parecía muy concentrado, haciendo bolitas que pasaba de una mano a otra.

Al cabo de unos minutos, él hablo, mirándola a los ojos.

—Es maravilloso lo que me contás. Nahuel abrió una puerta, es cierto; pero fuiste vos quien traspasó el umbral. Para eso hace falta coraje. Coraje para rever aquello en lo que creíste toda la vida. Para enfrentar una nueva visión de tu profesión y de tu mundo. Después de quince años haciendo las cosas de una determinada manera, tenías la alternativa de seguir haciendo lo mismo por el resto de tu vida o...cambiar, pero no en lo exterior, en lo aparente, sino en lo profundo. Y, tal como te dijo Nahuel, los caminos se te presentaron, se abrieron o mejor dicho, los abriste para transitarlos. Fuiste muy valiente. Y ahora, ¿cómo sigue?

—Buena pregunta. Decime vos cómo sigue...

—Como te diga tu corazón, que sabe más que tu mente.

—Mi corazón me dice que necesito unas vacaciones... Estoy pensando cada vez con más fuerza en juntar todas las vacaciones que no me tomé en los últimos quince años y partir a hacer experiencias nuevas. Sería por un tiempo; puedo tomarme hasta diez meses, tal vez un año... Pero no creo que necesite tanto tiempo ni que aguante tanto lejos de mi trabajo.

—¿Y adónde irías?

—Bueno, también lo pensé. El Dr. Govinda Metha, el autor del libro sobre meditación, tiene un centro en Estados Unidos, un lugar llamado Green Leaves, al norte de la ciudad de Nueva York. Allí da cursos y seminarios. ¿Sabías que además es médico y que, al inicio de su carrera, era cirujano? Ahora es algo así como un maestro espiritual. Me siento muy intrigada por su personalidad. Estoy ansiosa por profundizar en las enseñanzas que recibí a través de su libro y me encantaría conocerlo. Su forma de escribir es clara y profunda. Quisiera saber cómo fue su transformación personal de cirujano a maestro espiritual y corroborar personalmente si vive de acuerdo con lo que predica. Tanto me impactó su libro y me sigue impactando que..., en realidad... ¡muero de ganas de conocerlo! Con seguridad tengo mucho que aprender de él.

Ángel observó cómo la voz de Laura se volvía entusiasta y sus ojos brillaban como los de una niña.

—Es evidente que la perspectiva te entusiasma.

—Es mucho más que entusiasmo. En los últimos años, mis vacaciones fueron cada vez más cortas, hasta que ya ni me las tomaba. No había nada fuera del hospital que me interesara. Desde que empezó a crecer en mi mente esta idea del viaje, no puedo dejar de pensar en ello. Siento que será una aventura, una experiencia trascendente. ¡Mi vida ha tenido tan poco de aventura!

—Estoy de acuerdo, Laura. Es hora de que te desintoxiques un poco del quirófano, de los jefes, de los ateneos y las recorridas de sala, de la guardia, ¡y hasta de los pacientes!

—Sí, sí —afirmó Laura con fuerza, mientras cerraba los ojos como si estuviera soñando con un viaje imaginario.

34

Los preparativos del viaje fueron extenuantes. Parecía que se marchaba para siempre. Buscar a alguien que se quedara cuidando de la casa parecía lo más difícil. Pero la suerte la acompañaba. Una prima del sur viajaba a la ciudad a estudiar y no tenía dónde alojarse. Arreglaron que se haría cargo de la casa a cambio de vivir en ella gratis. Debía regar, pagar los impuestos, hacer la limpieza... todo el tiempo que fuese necesario.

Laura había viajado varias veces a Estados Unidos en los últimos años. Casi siempre en ocasión de algún congreso de cirugía, y por períodos cortos. El hecho de que hablara perfectamente el inglés y de que tuviera holgura económica para costearse los gastos le había valido que sus compañeros en la elaboración de trabajos científicos la designaran a menudo como la encargada de leerlos en los eventos internacionales.

El centro del doctor Govinda Metha se encontraba en las afueras de Nueva York, a menos de doscientos kilómetros hacia el noreste, en una zona de profusa vegetación y pequeñas cascadas. Laura había visto las fotografías en Internet que, junto con la descripción del lugar, pintaban un panorama más que prometedor.

Le costó hacer que el doctor Bolker entendiera que esto era mucho más que unas vacaciones. Se trataba de su aventura personal, un viaje hacia una nueva forma de ser. Su cambio interior necesitaba sustentarse en un cambio de escenario. Salir de la seguridad de la rutina para lanzarse a lo desconocido era una forma de explorarse, de conocerse más, de sacudir su estructura interna.

Después de pedir sus vacaciones, organizar el consultorio y la derivación de pacientes, con todas las recomendaciones del caso, dejó de concurrir al hospital una semana antes de la fecha de viaje, a fin de disponer de esos días para sus asuntos personales.

En el hospital le armaron una despedida, con pequeños bocaditos y champaña. Si bien dijo que se iba a un largo viaje, no especificó mucho ni adónde se dirigía ni el motivo de éste. Todos pensaban que serían unas vacaciones prolongadas.

Algunos la saludaron con afecto y calidez, sobre todo las enfermeras y los colaboradores del servicio. Otros no podían disimular cierto alivio al verla irse. Su jefe la miraba con ojos de preocupación. Mientras brindaban por el viaje, le dijo:

—Espero, Laura, que este merecido descanso te vuelva a tu cauce normal y que cuando regreses, podamos estar como en los viejos tiempos.

Laura sonrió, sin decir nada.

En pocos minutos, las bandejas repletas de canapés y de bocadillos comenzaron a mermar hasta esfumarse, las copas se vaciaron y los invitados fueron desapareciendo detrás de diversas excusas. Unos tenían pacientes esperando en consultorios externos, otros marcharon rumbo al quirófano. Al final quedaron sólo la secretaria de Victorica, Carmen y Laura, acomodando los restos del modesto festín.

En ese momento, la figura de Ángel se asomó por la puerta del salón, un poco agitado. Se notaba que había corrido, intentando llegar a tiempo.

—¡Ángel! Gracias por venir. Lamento que no hayas estado para el brindis. No quedó nada para ofrecerte —dijo Laura, señalando las bandejas vacías y sintiéndose un poco culpable por no poder agasajar a su amigo preferido.

—No tiene ninguna importancia. Solo quería saludarte y darte esto — contestó él, tendiéndole un sobre del tamaño de una carta pequeña.

—Gracias. ¿Qué es? —sonrió, intrigada.

—Algo que quiero que leas cuando despegue tu avión —contestó Ángel.

—Bueno, me encantan las sorpresas —dijo, guardando el pequeño sobre en el bolsillo de su guardapolvo blanco—. Y, sea lo que fuera, muchas gracias por haberte acordado de mí.

—Tengo que irme —declaró él sonriendo—. Veo que después de todo, tu gente se reunió para despedirte. Quizás te quieren más de lo que vos pensabas...

—Claro, claro... Que no compartan mis ideas no quiere decir que no me aprecien.

Ángel tomó la mano de Laura entre las suyas, a modo de despedida y la sostuvo un instante. Laura disimuló el estremecimiento que le produjo el contacto con su piel.

—Bueno, quizás podamos volver a hablar antes de que te vayas.

Se miraron a los ojos un instante y Laura pudo sentir la amistad y los buenos deseos de Ángel. Suspiró y, con una suave sonrisa, le dijo:

—Espero que nos volvamos a ver... algún día.

—El rió y la besó levemente en la mejilla.

—Sí, espero verte a la vuelta. En realidad, espero ver a otra Laura, renovada y llena de experiencias para contar.

—Gracias, gracias por tus buenos deseos.

Laura buscó su mirada tratando de leer qué había en el alma de su amigo pero, sin decir nada más, Ángel se dio vuelta y desapareció tan rápido como había aparecido, dejándola pensativa, mientras acariciaba el pequeño sobre que se arrugaba en su bolsillo.

Armó y desarmó una gran valija decenas de veces. Nada le parecía lo suficientemente adecuado para llevar. Ponía ropa de invierno y luego también de verano. Después sacaba parte de la de verano y ponía más de invierno, y después sacaba todo y empezaba de nuevo.

Al fin, decidió que deseaba viajar liviana, y tomó un pequeño bolso de mano donde puso lo mínimo e indispensable. Como un aventurero experto en supervivencia, se cuidó muy bien de no llevar nada que pudiera resultar superfluo.

El día anterior a su partida, llamó a Gina para despedirse.

—¡Te voy a extrañar! —le dijo su amiga—. ¿No se te ocurrirá quedarte a vivir?

—¡Claro que no! No puse fecha de vuelta porque todo va a depender de lo que encuentre allí. Por una vez en la vida, quiero no tener planes. Pero no te preocupes. Mi casa es acá; es más, no sé cuánto tiempo pueda aguantar lejos de todo.

—Espero recibir muchos *e-mails*. ¿Tendrás forma de conectarte en ese remoto lugar al que vas?

Laura rió, divertida.

—¡Gina! Voy a Estados Unidos, el paraíso de la tecnología, no voy a la cima del Himalaya. ¡Aunque sin duda me gustaría!

Después de muchas recomendaciones a su prima, le entregó, no sin cierta ansiedad, las llaves de su casa, y traspasó la puerta principal rumbo al taxi que la llevaría al aeropuerto. Desde la ventanilla del auto, miró su parque y su calle, pero sin verlas en verdad. En ese momento sólo veía su futuro, un futuro que encaraba con la duda de estar haciendo lo correcto.

El viaje en avión transcurrió como un sube y baja emocional.

Durante el despegue estaba feliz, como un escalador que inicia el cruce de los Andes: llena de excitación y de expectativa por esta nueva etapa en su vida. Un par de horas después, su entusiasmo comenzó a declinar y empezó a pensar que estaba cometiendo un terrible error: había dejado el hospital, su guarida, su refugio, sus compañeros y su rutina ¿Para qué? ¿Qué buscaba? ¿Qué iba a descubrir allí que no pudiera encontrar en la tranquilidad de su casa? ¿Y si al volver descubría que había perdido su puesto para siempre? "No", se decía. Sabía que eso no era posible. Además, siempre podía volver.

Claro que no podía volver tres días después de haber partido. ¿Qué pensarían en el hospital después de que la habían despedido como si no fuese a regresar jamás? Sería una situación difícil de explicar.

Decidió no seguir pensando, y se sumergió en la lectura de un libro.

Sólo después de varias horas de viaje, recordó el pequeño sobre que Ángel le había entregado la última vez que se vieron. Puso a un costado el libro y revolvió el bolsillo externo de la mochila para extraer la nota. Era una tira de papel donde él había garabateado, con su letra de médico, una poesía.

"Cuando emprendas tu viaje a Itaca
pide que el camino sea largo,
lleno de aventuras, lleno de experiencias.

No temas a los lestrigones ni a los cíclopes
ni al colérico Poseidón.
Seres tales jamás hallaras en tu camino,
si tu pensar es elevado, si selecta
es la emoción que toca tu espíritu y tu cuerpo,
ni a los lestrigones ni a los cíclopes
ni al salvaje Poseidón encontrarás
si no los llevas dentro de tu alma,
si no los yergue tu alma ante ti.

Pide que el camino sea largo,
que sean muchas las mañanas de verano
en las que llegues, ¡con qué placer y alegría!,
a puertos antes nunca vistos.
Detente en los emporios de Fenicia
y hazte con hermosas mercancías,
nácar, coral, ámbar y ébano
y toda suerte de perfumes voluptuosos
cuantos más perfumes voluptuosos puedas,
ve a muchas ciudades egipcias
a aprender de sus sabios

Ten a Itaca siempre en tu mente,
tu llegada allí es tu destino,
mas no apresures nunca el viaje,
mejor que dure muchos años
y atracar, viejo ya, en la isla,
enriquecido de cuanto ganaste en el camino,
sin aguardar a que Itaca te enriquezca.
Itaca te brindó tan hermoso viaje,
sin ella no habrías emprendido el camino,
pero no tiene nada ya que darte;
aunque la halles pobre, Itaca no te ha engañado,
así, sabio como te has vuelto,
con tanta experiencia,
entenderás ya qué significan las Itacas".

Al final había escrito: "Elegí esta poesía de Cavafis para que te acompañe en tu búsqueda. Feliz viaje. Ángel".

Laura suspiró, emocionada. Esa poesía le decía todo lo que necesitaba escuchar. Cerró los ojos y le pareció sentir la brisa fresca del Mediterráneo acariciando su rostro. "Que sean muchas las mañanas de verano...". Visualizó sus pies pisando la tierra firme después de la travesía. Tuvo la emoción de pensar en cada día como un puerto nunca visto, una oportunidad de explorar nuevos territorios, de aprender nuevas lecciones. Se percibió a sí misma como la protagonista de una aventura, una aventura continua que se inicia con cada día: su propia vida. Las dudas se disiparon. El regalo de Ángel le había revelado que estaba en el camino correcto, y su corazón se llenó de gratitud. A partir de allí, cerró los ojos y, con su espíritu en paz, intentó dormir.

Al salir del aeropuerto Kennedy, una ráfaga de viento helado le congeló la cara. El cálido verano había quedado atrás, acariciando los árboles y las flores de su jardín.

El intenso frío la obligó a ponerse, además de su abrigo impermeable, casi todo lo que tenía en el pequeño bolso, una prenda sobre otra, como las capas de una cebolla.

Rápidamente encontró al chofer que, con un pequeño cartel donde se leía su nombre, la esperaba en la terminal de llegada.

El personal de Green Leaves había organizado su traslado desde el aeropuerto al centro con notable eficiencia.

El chofer, moreno, jovial, hablaba un perfecto español, y una sonrisa amigable iluminaba su cara redonda.

—¿Viajó bien, señorita? —fue lo único que le preguntó camino al automóvil.

—Por supuesto que no —replicó Laura, que había dormido apenas un par de horas, ya que el resto del tiempo había estado tratando de sacarse de encima a su compañero de asiento que, dormido como un tronco, caía sobre ella. Además, tenía los pies hinchados y la cena del avión en el estómago, aún sin digerir.

El trayecto en auto duró más de tres horas. Laura miraba somnolienta cada detalle del paisaje y, a pesar del cansancio, luchaba por tener los ojos bien abiertos para no perderse nada. A medida que se alejaban de la zona urbana, podían verse árboles coronados por los copos de una reciente nevada, algún que otro arroyo congelado, pequeñas casas y paradores sobre la ruta con la arquitectura típica de la zona.

El centro del doctor Metha, Green Leaves, estaba escondido tras un camino angosto y zigzagueante, en un lugar bendecido por la naturaleza.

Rodeado de árboles de hojas perennes de infinitos tonos de verde, con un enorme parque de suave desnivel y su propio arroyo, había sido en el pasado un hotel de vacaciones para la gente de la ciudad, reciclado luego como centro de seminarios y conferencias, además de enseñanza y práctica de la meditación.

La recepción estaba muy calefaccionada, silenciosa y desierta, salvo por una mujer rubia de cabello corto que le dio la bienvenida detrás del mostrador. Estaba vestida de manera sencilla, con ropa informal, y se la veía muy atareada, escribiendo en su computadora con la dedicación digna de la secretaria de una gran empresa.

A la derecha de la entrada principal, había unos estantes de madera oscura, diseñados para acomodar los zapatos de todos los que ingresaran al recinto. Por los espacios cerrados de Green Leaves se circulaba descalzo.

Laura acomodó allí los zapatos, feliz de liberar sus pies cansados, y se dirigió hacia el mostrador caminando sobre una mullida alfombra color beige arena.

—¡Bienvenida, Laura! —exclamó la mujer rubia, que la había estado esperando, en un inglés claramente articulado y con una sonrisa bien estudiada—. ¿Cómo fue tu viaje?

—Muy bien —contestó ella. No le parecía pertinente darle explicaciones acerca de su cansancio a una desconocida, por más amable que fuera su bienvenida. Entonces, se limitó a sonreír.

—Mi nombre es Katy. Esta es tu ficha de admisión.

De manera mecánica, extendió un formulario de cartulina.

—Una vez que la llenes, te voy a conducir a tu cuarto, donde descansarás todo lo que necesites. Puedes comenzar con las actividades a la tarde o mañana, luego de que te hayas repuesto del viaje. Si deseas bajar a almorzar, el almuerzo se servirá en dos horas o, si estás muy cansada, puedo separarte una ración para más tarde.

—No, no es necesario. Voy a descansar ahora y luego me gustaría bajar a almorzar para incorporarme a las actividades lo antes posible.

Tomó su ficha y se sentó a llenarla, mientras Katy volvía al frenético tecleo en su computadora.

Cada tanto, Laura levantaba la vista y examinaba el lugar.

Se respiraba un clima de paz y de silencio. El decorado, austero como el de una casa de campo, era confortable pero simple. Más que al lobby de un hotel, se asemejaba al estar de una gran casa.

A pesar de su ansiedad, Laura se dejó impregnar por la calma del lugar, y sus dudas e inquietud se disiparon.

Se detuvo largo tiempo en las preguntas impresas en la ficha de admisión, sobre todo en una que se refería al motivo de su retiro. El cansancio le impedía pensar con claridad. ¿Por qué estaba allí? ¿Es que no lo sabía o, simplemente, no podía recordarlo?

Se decidió por una sola palabra: introspección.

El cuarto que le asignaron era cómodo y estaba decorado con sencillez, como el resto del edificio. Olía a limpio, a sahumerio y a flores. Era bello y acogedor. El baño era la parte más suntuosa de la estancia, resabio de las épocas en las que el edificio era un hotel cinco estrellas.

Acomodó sus escasas pertenencias en pocos minutos y se desplomó sobre la cama, sin desvestirse.

Durmió un sueño pesado, oscuro y sin sueños, del que le costó despertar. Luego de darse una ducha, y vivificada por el agua caliente, se vistió con una ropa deportiva y se dirigió al comedor.

Apenas ingresó, le llamó la atención la ausencia de ruidos. En el centro del comedor se alineaban varias mesas de madera brillante, muy largas, donde unas treinta personas comían en absoluto silencio. La gente que se desplazaba por el lugar lo hacía casi en puntas de pie y sólo se escuchaba algún que otro golpeteo de los cubiertos contra la loza de los platos.

De inmediato, entendió la consigna: se comía en silencio. Sintió un ligero temor. ¿Se habría equivocado al venir a este lugar? ¿Soportaría ella un régimen de vida tan sereno y silencioso? Acostumbrada como estaba a vivir en el bullicio y en la actividad permanente, tanto silencio le parecía inquietante.

Decidió que no debía basarse en la primera impresión para sacar conclusiones, que debía tomar las cosas tal como vinieran, fluir a la par de las circunstancias sin oponer resistencia ni juicios. Este pensamiento la serenó y, tomando coraje, con un suspiro se sentó frente a un plato vacío. A los pocos minutos, se acercó una mujer joven, peinada con una trenza rubia que recorría su espalda como una serpiente dorada para terminar en la cintura, pequeños anteojos de marco negro y un suéter amplio, blanco y un poco desgastado. Portaba una bandeja con comida y, sin decir una palabra ni esbozar una sonrisa, llenó su plato de una especie de guiso de verduras, colorido y humeante.

Laura comió en silencio, mientras miraba de reojo a los demás comensales. Temía que se sintieran intimidados o molestos con su curiosidad de recién llegada.

Calculó que habría unas veinte mujeres y unos diez hombres. Las edades eran variadas. Algunas mujeres se veían muy jóvenes, de veinte y pico, la mayoría, eran ya maduras, quizás mayores que ella, y un par, ancianas. En promedio, los hombres parecían ser mayores; muchos tenían más o menos canas. Algunos lucían sus cabezas calvas.

Todos comían mirando la comida con atención, sin siquiera levantar la vista. Laura intentaba hacer lo mismo, pero sus ojos se rebelaban y corrían hacia los demás comensales de manera irresistible.

Si bien no tenía mucha hambre, comió todo lo que había en el plato, como si temiera quedarse en silencio y sin nada para hacer. Observó que los demás, a medida que terminaban, se retiraban con discreción hacia un salón contiguo.

Una vez que su plato estuvo vacío, hizo lo mismo.

El salón era un lugar de estar con amplios ventanales que conectaban con el paisaje invernal. La calidez interior contrastaba con el clima del parque, ventoso y helado. Si Laura hubiera querido imaginar un lugar más hermoso que ese jardín nevado, con sus árboles adornados con copos de nieve fresca, movidos por el viento, quizás no lo hubiera logrado.

Algunos de los huéspedes que la rodeaban se encontraban sentados en grandes sillones enfundados con lona blanca, conversando en voz muy baja, como en un susurro. Otros permanecían en silencio, mirando hacia fuera, tal como ella lo hacía. Dos mujeres que habían estado un poco alejadas de los demás, cuchicheando entre sí, se le acercaron sonriendo.

—¡Hola! Somos Jane y Lyla —dijeron sonriendo, mientras le extendían sus manos en son de amistad—. Bienvenida a Green Leaves.

Laura sonrió, aliviada de que alguien se le acercara a darle la bienvenida. De pronto, se hizo conciente de su necesidad de una palabra amable.

—Mi nombre es Laura, soy "recién llegada". No se imaginan qué gusto me da conocerlas.

—Nosotras vinimos juntas, somos vecinas y amigas. Vivimos en Colorado y estamos aquí desde hace quince días —dijo Jane, mirándola a los ojos. Sus ojitos azules muy brillantes tenían una chispa luminosa. Las mejillas eran muy redondas y rosadas. Su cuerpo, bastante voluminoso, contrastaba con la delgadez y con la altura de su compañera, que parecía una caña de bambú. Conformaban un dúo bastante curioso.

—Entonces, voy a aprovechar la experiencia que han hecho en estos días y a pedirles que me ayuden a conocer un poco más el lugar y sus costumbres —expresó Laura en un tono deliberadamente jovial.

—Sí, claro —contestó Lyla muy solícita—, estaremos encantadas de poder ayudarte. ¿Ya tuviste la entrevista con el Maestro?

—No. ¿A qué entrevista se refieren?

—A todos los que recién llegan a Green Leaves, el maestro Govinda les concede una entrevista privada, para conocerlos y para que lo conozcan —continuó Lyla—. A partir de entonces, tendrás una entrevista individual una vez por semana para evaluar tus progresos. Pero si aún no lo viste, no te preocupes; te puedo asegurar que lo vas a ver hoy mismo.

Lyla hablaba del "maestro" Govinda con un respeto reverencial que tomó por sorpresa a Laura. Nunca había imaginado al Dr. Metha como objeto de adoración de sus discípulos. Sonrió mientras manifestaba que quería saberlo todo acerca de Green Leaves.

—¿Siempre comen en silencio? —preguntó, ansiosa por comentar su primera experiencia.

—Sí, es una muy buena costumbre. Al principio puede que te sientas un poco incómoda, pero cuando te acostumbras, te das cuenta de que es mucho mejor. La finalidad es que comamos a conciencia. Se trata de que todos tus actos sean realizados con plena conciencia, y el acto de comer es muy importante, no debe tomarse a la ligera. Dice el maestro Govinda que alimentar el cuerpo es tan importante como alimentar el alma, ya que cada bocado pasará a formar parte del cuerpo físico, de la estructura misma de nuestro ser.

Laura asentía con la cabeza. Se sentía aliviada de haber encontrado a alguien amigable que le brindara información. Los demás parecían no prestarle mucha atención.

—Además —comenzó a decirle Jane—, no es la única actividad que hacemos en silencio —Jane miró su reloj y calculó algo mentalmente—: Cuando suene una campanilla, será el momento de la caminata de la tarde. Recorremos un circuito de más o menos una hora, dentro del bosque. —Hizo una pequeña pausa y miró hacia fuera, sonriendo—. Espero que hayas traído un buen abrigo, no se suspende por mal tiempo. —Su sonrisa se hizo más amplia—. Al volver, tenemos un par de horas libres para descansar en la habitación.

Lyla agregó:

—Te sentirás muy cómoda aquí; quizás los primeros días te encuentres un poco extraña o confundida, pero luego, cuando entres en el ritmo de actividades, verás que todo está pensado para nuestro bienestar.

Las tres se quedaron en silencio. Sus nuevas amigas parecían no tener nada más para decir y Laura no quiso incomodarlas con preguntas, si bien tenía muchas. Ellas parecían haber dado por finalizada la conversación. Ambas mujeres le sonrieron, su sentido de la discreción les indicaba que habían hablado lo suficiente, y se apartaron un poco, para seguir conversando entre ellas.

Laura se sentó en un sillón a observar lo que sucedía a su alrededor, mientras su mente vagaba. ¿Qué tipo de gente sería esa, que había dejado su hogar, sus ocupaciones, para pasar un tiempo en un lugar apartado y extraño como ese? Jane, por ejemplo, tenía aspecto de ama de casa. Laura se la imaginaba con varios niños de la mano, llevándolos al colegio y cocinando, mientras les sonreía con su rostro rosado y sus ojitos brillantes.

Lyla podría ser una enfermera de hospital, casi podía verla con sus zuecos blancos y el cuerpo largo y delgado, caminando por los pasillos con pasos presurosos. Laura tenía la costumbre de juzgar a la gente desconocida basándose en su aspecto y en su actitud. De manera inconciente, estaba idealizando a ese grupo de personas. Pensaba que estaban allí porque habían logrado trascender muchos aspectos de la vida material, adquiriendo cualidades espirituales extraordinarias. Sin embargo, al hablar con Jane y con Lyla, no había notado nada especial en ellas.

Nadie más se le había acercado. Parecían poco curiosos. De pronto se asomó por la puerta un hombre joven, con la cabeza rapada, vestido con un pesado abrigo y, sin decir nada, tocó una campanilla.

Los integrantes del grupo comenzaron a levantarse, sin apuro, para seguirlo hasta la puerta de entrada y Laura hizo lo mismo. Tal como le habían advertido, era la hora de la caminata. Pero cuando se encaminaba hacia la puerta, Katy, con su actitud de secretaria ejecutiva, apareció en el salón caminando hacia ella.

—Vos no, Laura —le dijo en voz muy baja, casi como si fuera un secreto—, tenés una entrevista con el maestro Metha. Te voy a guiar hasta su despacho.

Govinda Metha tenía setenta años (Laura lo sabía porque había leído su biografía), pero aparentaba tener muchos menos. Su rostro era color canela con grandes ojeras oscuras, la nariz un poco ancha y una mirada dulce e intensa. Parecía ver desde lejos, como si su cuerpo estuviese allí y su alma en otra parte, como un viajero cuyo barco ha partido y saluda desde el mar o como alguien que aun cuando está presente, pertenece a otro lugar.

Había mucha suavidad en su persona. Sus gestos, delicados y lentos, eran bien definidos. No hacía nada al azar.

La saludó juntando las manos a la usanza india y luego la invitó a sentarse a su lado, en un pequeño sillón rojo.

—Ya he leído tu ficha de admisión, y sé algunas cosas de vos, pero no las suficientes. Sos médica cirujana, tal como lo fui hace mucho tiempo. ¿Qué te trae a Green Leaves, nuestra humilde casa?

—Su inglés era muy claro y su acento indio, notable.

—Aprendí a meditar con su libro —contestó Laura—, y me transformé de inmediato en una admiradora suya. Estaba ansiosa por conocerlo y por profundizar en sus enseñanzas.

—Entiendo, pero no todos los que leen mi libro vienen hasta acá. Debe haber algo más... —contestó él, como si hablara consigo mismo.

—Todavía no lo tengo muy claro. Estoy en una búsqueda, pero creo que no sabré qué estoy buscando hasta que lo encuentre. Digamos que sentí un fuerte impulso por venir —dijo Laura—.

Estoy viviendo un período de grandes cambios. Es algo así como estar experimentando una revolución interior. Como si el mundo siguiera siendo el mismo, pero hubiese cambiado mi manera de mirarlo, de descubrirlo.

Laura hizo una pausa, esperando que él le hiciera algún comentario. De pronto, Govinda cambió de tema, pasando de lo particular a lo general.

—Me gusta darle la bienvenida en forma personal a cada uno de los que participan en mis seminarios. Me gusta saber qué esperan de su estadía aquí, porqué vienen, qué grado de compromiso tienen con las actividades que van a desarrollar durante su visita a Green Leaves. Todo nuestro programa está diseñado para mirar hacia adentro y ver qué descubrimos allí. La meditación no es más que una herramienta para conocernos y así, conociéndonos a nosotros mismos, conocemos el universo entero. Quizás esta propuesta te parezca un poco pretenciosa, pero si reflexionás con más profundidad, te darás cuenta de que no te es posible conocer otro mundo más que aquél que percibes dentro tuyo. Incluso los otros, aquéllos que están de acuerdo contigo en que el mundo es como tú lo ves, están dentro de ti. —Hizo una pequeña pausa; parecía observar su reacción. Laura permaneció en silencio—. La tradición occidental busca el conocimiento afuera del ser, usa el microscopio y el telescopio para explorar el universo, elementos que no son más que amplificadores de los sentidos. En cambio, cada individuo dedica poco tiempo a conocer su propia esencia, y desconoce que es su esencia la que define su realidad. El mundo científico parece ignorar que no es posible escapar de la subjetividad. Aquí creamos un ambiente de silencio y de contacto con la naturaleza para la práctica de la meditación. No es un lugar de descanso, como creen algunos.

Trabajamos de manera intensa con la pretensión de vivir cada momento y cada experiencia de la manera más presente, transformando en precioso cada minuto de existencia.

Govinda hizo una pausa. Su persona emanaba poder. Laura lo comparó con Nahuel Curia, cuya presencia también estaba rodeada de un clima intenso, pero se sentía más sólido, más terrenal. El poder de Govinda era sutil, espiritual, y aun así, fácilmente palpable, como oleadas de calidez que penetraban el alma de quien se acercaba a él. Su manera de hablar creaba fascinación en quien lo escuchaba.

—Gran parte de las rutinas que se desarrollan aquí se llevan a cabo en silencio — continuó diciendo el Maestro—. Es bueno acostumbrarse al silencio, porque nos permite escuchar, en primer término, a nosotros mismos y luego, la voz de nuestro Creador. Katy te dará un programa de actividades. Mientras tanto, hasta nuestra próxima reunión, quiero que medites acerca de la belleza... Piensa qué sería de este mundo sin ella y la próxima semana lo discutiremos. —Govinda hizo una pausa. Laura se dio cuenta de que la entrevista estaba por terminar.

—Nos volveremos a ver mañana en mi seminario. Te deseo una feliz estadía. Govinda se levantó y le indicó el camino hacia la puerta. Ella lo siguió hasta la salida sin decir nada. Ambos se despidieron juntando las manos a la altura del pecho.

Laura se sintió atrapada por la personalidad de Govinda. No había esperado verlo tan pronto.

Katy la esperaba a la salida. Le dio una hoja impresa con el programa diario de actividades y se lo explicó en voz alta, por si tenía alguna duda que consultarle. La monotonía en su tono de voz revelaba el hartazgo de repetirlo tantas veces.

—Todas las mañanas a las cinco, comenzamos el día con una meditación de una hora y luego salimos a caminar por los alrededores. Después se desayuna en el comedor. Sólo después del desayuno podemos hablar. A continuación, tenemos una reunión con el Maestro en la que discutimos temas espirituales. Hasta el mediodía las actividades son libres; muchos aprovechan para lavar su ropa, escribir, enviar correspondencia, etcétera. Los que quieren hacerlo tienen entonces la posibilidad de participar en una clase de Hata Yoga. Almorzamos en el comedor a las doce y media y, después de un breve intervalo, se hace la caminata de la tarde. En esta ocasión está permitido hablar. Hay otro intervalo libre hasta la meditación de la tarde; después, una merienda ligera y nuevamente reunión. Esta vez no con el Maestro, sino con alguno de sus alumnos avanzados. La cena es muy ligera y muy temprana, seis y media. Allí terminan las actividades del día. ¿Alguna pregunta?

—¿Puedo mandar *e-mails*?

—No desde aquí. Algunas personas van hasta el pueblo y allí pueden hacerlo. Además, en el centro comercial hay lavandería, así que siempre hay algún grupo que aprovecha para llevar su ropa sucia. No tenemos servicio de habitación; cada uno es responsable de la limpieza de su cuarto y de su baño.

Tal como lo predijo al llegar, los primeros días de su estadía en Green Leaves fueron de adaptación a una intensa rutina de trabajo espiritual. Estar tanto tiempo inmóvil y en silencio era algo que iba en contra de su naturaleza activa e inquieta. Las larguísimas meditaciones se hacían al principio, en extremo, tediosas e incómodas. Las horas parecían eternidades y su mente era un potro salvaje difícil de domar, que la asediaba con pensamientos banales e inútiles. Con el paso de los días, se dio cuenta de que era una cuestión de hábito y fue descubriendo que estos ejercicios le permitían observar de manera renovada la naturaleza de su mente y sus contenidos. Empezaba a entender, a través de esta práctica intensa, muchas de las enseñanzas de su preciado libro. El concepto de búsqueda interior parecía desplegarse frente a ella con todo su significado. La meditación, realizada con tal profundidad, le enseñaba a mirar hacia adentro, a observar por un lado las imágenes e ideas como lo manifiesto de la conciencia, y al silencio como un océano inconciente sin manifestar, que lo contiene todo en potencial, como matriz de toda realidad.

Las reuniones diarias con el doctor Metha eran de una enorme riqueza y le daban aún mayor sentido al resto de las actividades.

Govinda se sentaba en el centro de un semicírculo, en posición de flor de loto, al igual que sus alumnos, sobre un taburete que se elevaba pocos centímetros del piso.

Envuelto en una gran "pashmina" blanca con los bordes bordados por manos de su lejana tierra original, su imagen era, en todo sentido, imponente. Había ciertas reglas que debían respetarse durante las reuniones con el Maestro como, por ejemplo, no mostrar jamás las plantas de los pies, no hablarle a menos que él se dirigiese a uno y no hacer comentarios a los compañeros. El Maestro debía ser el último en ingresar en la sala; por lo tanto, no se podía llegar tarde. Durante los primeros instantes, se quedaban todos en silencio, en actitud meditativa, recibiendo la calidez que emanaba de su persona. Luego se entonaba algún mantra que, por lo general, Laura desconocía, para que sus palabras en sánscrito, lenguaje sagrado, protegieran e iluminaran a los asistentes.

Ese era un momento mágico. La voz de Govinda era profunda, armoniosa y grave. Cuando Laura lo escuchaba con los ojos cerrados su alma se entrelazaba con los tonos que brotaban de la garganta del Maestro. Experimentaba la sensación de elevarse en un espacio infinito en el que su espíritu danzaba al son de la música y sentía tanto placer en ello como para desear que él nunca dejara de cantar.

Cuando el cantico cesaba y sin abrir los ojos, se meditaba durante unos treinta minutos, antes de que Govinda comenzara a hablar.

Con el tiempo llegó a comprender la veneración que se tiene por un guía espiritual y a experimentar la corriente de afecto que se establece con él. Comprendió de qué se trata ese amor sutil hacia el gurú que emana compasión y sabiduría. Comenzó a sentir una profunda gratitud por las enseñanzas que con tanta generosidad compartía con ellos. A veces, el rostro de Govinda era dulce y cándido como el de un niño. Otras veces, se lo veía poderoso e imponente como un padre, pero siempre desplegaba una sorprendente claridad acerca de la naturaleza de las cosas. Él la atribuía no a la experiencia de la vida o al estudio de los libros, sino al conocimiento que había alcanzado de sí mismo. El lugar de reunión era pequeño, despojado, cálido, sereno, y Laura llegó a esperar con ansiedad ese momento de quietud y bendición, bajo el aura de Govinda.

Poco a poco su mente se fue aquietando, y en la quietud se estableció una lucidez inédita. La rutina le hizo perder la noción del tiempo y los días pasaban ni lentos ni apurados, en un fluir de la vida como nunca antes había experimentado. Comenzó a entender por qué algunas personas eligen ese estilo de vida y abandonan todo para quedar bajo el amparo del Maestro. En cuanto a ella, debía reconocerlo, le producía una enorme atracción todo lo mundano, por lo cual, a pesar de no dedicarle mucho tiempo a pensar en el hospital y en su vida fuera de allí, ni siquiera consideraba la idea de quedarse en Green Leaves en forma permanente.

Aprendió que los seres humanos despliegan su existencia entre dos planos. Uno sutil, inmaterial, y otro terrenal y denso, imprescindible para la evolución del espíritu. Aprendió que la conciencia es fuertemente atraída por lo material, a tal punto que, a partir de esa irresistible atracción, la mayoría de la gente vive ignorando su esencia espiritual. Esto lo sabía muy bien por su experiencia personal. Hasta el encuentro con su interioridad, había estado sumergida en un mundo materialista, en la total ignorancia de sus propias emociones y de su capacidad espiritual. Había vivido con la atención sólo puesta en el afuera, sin mirar hacia adentro; por lo tanto, sin conocerse.

La práctica espiritual le había enseñado que su naturaleza era serena y luminosa, tal como es la de los niños. Aprendió que esas cualidades nunca se pierden, aun cuando se vean opacadas por las experiencias traumáticas de la vida, y que había una alegría natural escondida dentro de cada ser. También entendió que siempre es posible volver allí y que, en ese retorno, se recuperan la energía, la felicidad y el entusiasmo propios de la niñez.

Govinda disertaba sobre diferentes temas y el círculo de alumnos que lo rodeaba escuchaba con una actitud relajada y serena. Muchos permanecían con los ojos cerrados durante toda la sesión.

La naturaleza de la conciencia, el camino interior, el significado de la iluminación, la noción del tiempo en ámbito de la espiritualidad, la importancia de vivir en el presente, eran algunos de los temas trascendentes que desarrollaba.

La primera semana, tal como le había indicado Govinda, Laura se dedicó a meditar sobre la belleza. Lo primero que observó fue cómo sus ideas acerca de lo que es bello fueron evolucionando a medida que pasaban los días. Llegó a pensar que el motivo de la consigna era ese: observar la evolución de sus pensamientos a partir de una idea sencilla. Ese tema de meditación la obligó a focalizarse en todo aquello que le parecía bello a su alrededor, los objetos, los paisajes, las personas, y a mirar todo lo que la rodeaba con otros ojos. Reparar en la belleza le producía alegría y, sin querer, su humor fue mejorando.

Llego a la conclusión de que la vida sería incompleta sin la existencia del concepto de belleza.

También comprendió que la belleza no está en las cosas, sino en aquel que las observa. No puede verla aquel que no la posee.

Por fin arribó a una clara conclusión: la belleza no es un atributo de las cosas, sino un atributo del ser, y esa es una de la causas por las cuales la capacidad de admirarla difiere de una persona a otra.

Pensó que Govinda ni se acordaría, al cabo de una semana, de que le había dado esa consigna. Sin embargo, en la segunda entrevista, lo primero que le pregunto fue acerca de ella.

—¡Haz hecho bien tu tarea! — le dijo satisfecho cuando ella le relató sus conclusiones—. Ahora quisiera que meditaras acerca de la naturaleza de las relaciones entre los seres humanos.

39

A medida que fue conociendo a sus compañeros de grupo, Laura experimentó distintas emociones.

Los "santos", idealizados el primer día como
seres iluminados, resultaron ser tanto o más humanos que ella. Su primera reacción fue de decepción.
Nada de iluminación a su alrededor, sólo personas
luchando contra sus debilidades terrenas y en la
búsqueda de una conciencia expandida que les per-
mitiera vivir una vida mejor. A algunos llegó a conocerlos más a fondo, interiorizándose de sus virtudes
y debilidades, sus luces y sombras.

Mike, un comerciante de San Francisco, simpático, curioso, siempre parecía estar de buen
humor. Pero era mezquino y cuando iba al pueblo,
lo hacía subrepticiamente para que, dado que era
uno de los pocos que contaba con vehículo, nadie
intentara colarse en su auto.

Jane y Lyla eran cálidas y sociables, pero no
podían evitar husmear en la vida de los demás y
comentar acerca de sus defectos.

Bob era un joven ex gerente de una empresa
informática que, al borde de un colapso emocional
ocasionado por las exigencias de su trabajo, decidió
un día abandonar todo y dedicarse a vagabundear
por el mundo. Era bohemio, taciturno y servicial.
Laura nunca lo vio sonreír.

Marianne, una joven abogada de Nueva York,
había iniciado su búsqueda espiritual desde pequeña. "Es un alma muy vieja", decían de ella, lo que
significaba que había pasado por innumerables
reencarnaciones. Laura tardó un tiempo en comprender a qué se referían, ya que ese tema de las

reencarnaciones le sonaba tan extraño y ajeno como la mitología hindú en general. Marianne era dulce y cálida. Parecía vivir en otro mundo; daba la sensación de que flotaba entre la gente, desconectada la mayor parte del tiempo de lo que pasaba a su alrededor. Cuando Laura logró que le prestara atención y tuvo la oportunidad de tener una conversación con ella, descubrió que su profundidad no tenía límites.

Poseía el don de observar la vida desde una perspectiva diferente del resto de las personas, con una comprensión aguda de la naturaleza de la realidad muy llamativa para alguien tan joven.

Maya había nacido en la India. Tenía unos cuarenta años y no recordaba su tierra natal, ya que su familia había emigrado a Canadá cuando ella tenía apenas dos. Lucía una trenza negra, larga y lustrosa, y sus ojos enormes parpadeaban a menudo. Para el gusto de Laura, hablaba demasiado, saltando de un tema a otro de manera irritante. "Compensa los silencios que le impone la meditación", solía pensar.

Steve era un empresario de Nueva York, apenas un poco más grande que ella. Lo que sabía de él lo había escuchado de Jane y Lyla quienes, sin perder tiempo, le habían informado que dirigía una prospera empresa familiar; era soltero y meditaba desde hacía veinte años. Hacía seis que concurría con regularidad al Centro del Dr. Metha, donde permanecía durante todo un mes para profundizar su trabajo espiritual. Así como muchas personas dejan entrever su espíritu en la mirada, Steve lo hacía en la sonrisa. Cuando la miró y le sonrió, Laura sintió una oleada de calidez y tuvo la sensación de conocerlo desde siempre. Pensó que quizás estuviera demasiado sensible por la distancia y el aislamiento o por la nostalgia por su país, pero el tipo de atracción instantánea que sintió por él no lo había sentido por nadie en toda su vida. No era especialmente bien parecido, ni siquiera demasiado simpático; incluso tenía un ligero aire de superioridad que, por momentos, la irritaba. Aún así, entre meditación y meditación, ocupaba gran parte de sus pensamientos. Esto la hacía sentir a disgusto, incómoda. No quería que ese tipo de sentimientos interfiriera con su experiencia de búsqueda espiritual; por esta razón, luchaba contra ellos mientras trataba de cruzarse con el lo menos posible.

La segunda consigna de su maestro fue más difícil de componer en su mente que la primera. El tema le parecía de una infinita complejidad y, cuando trataba de meditar al respecto, se perdía en un laberinto de ideas que no conducían a nada. La naturaleza de las relaciones le parecía tan difícil de definir como las personas que la rodeaban, tan llenas de contradicciones y de sorpresas, herméticas y cambiantes.

40

Habían transcurrido cinco días desde su última reunión individual con Metha. El día estaba claro y soleado. La nieve se había derretido, dejando el suelo mojado con pequeños charcos en los que se reflejaba el cielo. La temperatura seguía siendo baja y la caminata de la tarde se desarrollaba en medio de senderos que nunca había recorrido hasta ahora.

El aliento se condensaba en vapor mientras resoplaban, subiendo las pendientes. Maya estaba a su lado, hablando casi sin parar con Lyla acerca de la vida en la ciudad y de su trabajo en un laboratorio. Laura prestaba atención de manera intermitente, más interesada en admirar el paisaje que en oír a su compañera. El martilleo de su voz le hacía pensar que las caminatas silenciosas de la mañana eran una verdadera bendición. Se quedó atrás del grupo de manera deliberada, para observar la quietud del bosque. El sol se filtraba entre el follaje, creando un caleidoscopio de luz y sombra. Detuvo su marcha con el rostro elevado hacia la copa de los árboles y, extasiada, se quedó observando el juego de luces. Sus sentidos estaban alertas y abiertos como nunca lo habían estado en toda su vida. Las copas de los árboles perennes, que se recortaban sobre un cielo azul pálido y se mecían suavemente con la brisa, le parecían el cuadro más hermoso que había visto. Habían recorrido, durante más de media hora, senderos dentro de la espesura de una arboleda invernal sombreada y fría, bordeando por momentos pequeños arroyos y desniveles rocosos.

Al detener su marcha para observar el entorno, perdió un poco la noción del tiempo, y cuando volvió de su ensoñación, se percató de que los demás se habían alejado hasta perderse de vista. Ya ni siquiera escuchaba la voz de Maya. Apuró la marcha con el fin de alcanzarlos y, después de avanzar unos cincuenta metros por una parte ascendente del sendero, vio con preocupación que éste se dividía en tres direcciones distintas y no sabía cuál había que tomar. Su sentido de la orientación no solía ser muy bueno y se decidió por el camino del centro, pero sólo por azar. Cuando hubo avanzado unos ciento cincuenta metros, vio que terminaba en una pendiente escarpada y se dio cuenta de que había equivocado el rumbo. Se inquietó, pensando en el tiempo que había perdido, y volvió sobre sus pasos, hasta llegar a la bifurcación otra vez y con la esperanza de que alguien hubiera vuelto a buscarla, pero el silencio le anticipó que su esperanza no se había cumplido. ¿Alguien se daría cuenta de su ausencia?

Su corazón empezó a latir más rápido. Tomó el sendero de la derecha y apuró el paso. El camino se hacía más angosto y, después de haber marchado por unos cinco minutos, se volvió a bifurcar en dos. Volvió a tomar por la derecha y caminó entre los pinos durante unos veinte minutos más, sin llegar a ningún lado. No escuchaba sonidos humanos, salvo su propia respiración que, por cierto, estaba bastante agitada, más como consecuencia de su nerviosismo que de la actividad física. Decidió volver hacia atrás. Definitivamente, estaba perdida. Ya no sabía ni siquiera volver al punto donde se había quedado sola. Tomar conciencia de esto la hizo entrar en pánico. No conocía el lugar, no tenía idea si estaba a uno o a diez kilómetros de una calle o de alguna edificación. Recordando las caminatas anteriores, se percató de que en general caminaban durante una hora sin ver nada más que árboles y rocas, pero ignoraba si esto tenía que ver con la realidad del terreno o con el trayecto que solían recorrer. Se reprochó haber sido tan distraída y haberse dejado llevar por el guía sin prestar atención al rumbo que se tomaba, y no haber reconocido puntos de referencia que le permitieran ubicarse en el bosque.

Miró su reloj. A juzgar por la hora, el grupo ya debía haber llegado a Green Leaves. Se serenó. Pensó que apenas se percataran de su ausencia, vendrían a buscarla y razonó que, si seguía caminando, si se alejaba mucho, no la encontrarían. Entonces decidió sentarse a esperar y buscó un lugar saliente para hacerlo, una gran roca junto a un mínimo curso de agua. A esta altura, no sentía temor. Se había serenado, convencida de que pronto la encontrarían. Cuando había pasado una media hora, la inquietud comenzó a crecer otra vez en ella.

¿Por qué tardaban tanto en llegar? Miró el reloj una vez más. Era invierno y en media hora más, comenzaría a anochecer.

El bosque helado, que durante el día le brindaba esa experiencia paradisíaca, podía transformarse en una trampa sin salida en la oscuridad de la noche. Decidió tomar una dirección y seguirla hasta encontrar algún camino formal, alguna edificación, algo que la guiara de vuelta al Centro. Caminó por el sendero mientras la luz se lo permitió.

Cuando la oscuridad le impidió seguir avanzando, convencida de que no llegaría a ningún lado, entró en un auténtico estado de desesperación. Junto con la caída del sol, el frío se intensificó rápidamente, hasta hacerse insoportable.

Todo su cuerpo temblaba de pies a cabeza y, a pesar de estar muy abrigada, sentía como si agujas heladas penetraran en su carne. Incapaz de seguir avanzando a causa de la oscuridad, se sentó en el suelo y comenzó a llorar.

Sus pensamientos estaban desordenados. Sabía que iba a morir allí, congelada, y tenía la vaga sensación de que no estaba preparada para ello: ¡había aún tanto por hacer! ¡Tanto por descubrir y sentir! Se lamentaba de una manera visceral, casi sin palabras. Era presa de un terror paralizante y sentía el pecho a punto de estallar por la taquicardia. Cuando el terror llegó a un punto máximo, se fue extinguiendo como una llamarada que consumiera el combustible que la alimenta, dejando paso a una sorda angustia.

De pronto, recordó una historia que había leído en el libro de Metha.

Para ejemplificar la forma en que la meditación disminuía el metabolismo del que la practica, contaba como algunos yoguis permanecían horas, incluso días, en condiciones físicas o climáticas extremadamente adversas: enterrados bajo tierra, en la nieve, sin alimento y, muchas veces, con escaso oxígeno.

Estas historias habían despertado su interés desde el punto de vista médico y, leyéndolas, Laura había llegado a la conclusión de que el descenso del metabolismo experimentado durante la meditación profunda disminuia las necesidades del organismo y le permitía sobrevivir en esas condiciones extremas sin registrar mayores daños.

Decidió serenarse y tratar de meditar con la mayor profundidad posible. Sabía que era difícil, pero también sabía que era la única chance que tenía de sobrevivir. Había perdido por completo las esperanzas de que la encontraran en la oscuridad.

Ante todo, debía serenarse, porque la meditación es un estado de la mente contrario a la ansiedad. Para lograrlo concentro su conciencia, en primer término, en la respiración. Cuando logró bajar su frecuencia hasta transformarla en un movimiento apenas perceptible, visualizó en la mente un punto luminoso y cálido que desde allí le entibiaba todo el cuerpo. Se centró en ese punto, apartando cualquier pensamiento que asomara en su cabeza de manera suave, imaginando que el pensamiento era un objeto, un globo que se soltaba y que volaba hacia el espacio, llevado por una corriente de aire.

Logró entrar en un estado meditativo como nunca lo había hecho hasta entonces, perdiendo por completo la noción de su cuerpo e, incluso, de su mente. Olvidándose del frío que le aguijoneaba el cuerpo y del miedo que la acosaba, dejó su conciencia en un estado de vacío donde el espacio y tiempo no existían.

De pronto, como en una nebulosa, apareció una imagen que se fue haciendo cada vez más vivida y real: se encontraba en el quirófano, operando a un paciente. Estaba muy inquieta porque no podía recordar a quién estaba operando y no podía verle la cara debajo de los campos quirúrgicos que lo cubrían todo. Se reprochaba no haberle hablado antes para conocerlo mejor, saber qué le pasaba, cómo sentía, por qué había llegado a enfermarse así.

Recordaba haberse propuesto que eso no volviera a sucederle y, sin saber cómo, había caído en el mismo error de siempre. Esto la hacía sentirse culpable y angustiada.

Usaba escalpelo y sierra. Estaba amputando la pierna de un hombre por encima de la rodilla. De pronto, la arteria femoral comenzó a sangrar de manera descontrolada y ella se dio cuenta de que estaba operando sola, sin ayudantes ni instrumentadora y las compresas estaban muy lejos de su mano para poder alcanzarlas. Trataba de encontrar el punto sangrante a fin de aplicar una pinza hemostática. En medio de un charco de sangre, no podía visualizar la fuente de origen del sangrado.

Sentía mucho miedo, necesitaba saber quién era el paciente y, mientras mantenía una mano apretando la zona de la hemorragia y veía cómo la sangre escurría entre sus dedos, con la otra mano descorrió el campo que le impedía ver el rostro del paciente. Allí descubrió, con asombro y horror, que estaba operando a su propio padre. ¿Cómo podía ser que no recordara que el paciente era su padre? ¿Cómo había llegado a esta situación? ¿Por qué lo estaba operando ella y en estas condiciones tan precarias, sin ayudantes? Comenzó a llorar, segura de que su padre moriría desangrado allí, en sus manos.

Ella había sido imprudente y desconsiderada, había querido operar a su padre sin ayuda y ahora no sabía qué hacer.

—¡Papá! ¡Papá! —le gritó, inclinándose. Él abrió los ojos, como si en lugar de estar anestesiado hubiera estado simplemente dormido. Le sonrió con dulzura, haciendo un gesto de aprobación.

Laura sintió una gran tristeza. Quería decirle que lo necesitaba, que lamentaba que las cosas entre ellos hubieran sido siempre como fueron, llenas de silencio y de distancia, pero las palabras no salían de su boca. A pesar de lo dramático de la situación, el rostro del padre estaba en paz y la mirada le transmitía amor y comprensión.

De pronto, vio que había alguien parado a su lado y se volvió para mirarlo. Era Dorita, la paciente a quien había tratado de ayudar en el hospital. Estaba radiante como nunca la había conocido, vestida con un camisolín de cirugía color blanco y rodeada de un halo de luz luminoso como los que generan las bombillas de luz cuando se miran con los ojos entrecerrados.

Laura olvidó a su padre y se sintió reconfortada. Vio que su esfuerzo por ayudar a Dorita no había sido en vano, porque por fin estaba sana.

De repente, el quirófano y su padre habían desaparecido, y Dorita y ella estaban solas en un lugar tan blanco y luminoso que a Laura le dolían los ojos y le costaba mantenerlos abiertos.

—¡Dorita! —exclamó Laura llena de entusiasmo—. ¡Te curaste!

Dorita le contestó sin abrir la boca. Le dijo que estaba feliz y completa, que había recuperado todo lo que los cirujanos le habían ido extirpando en las distintas cirugías y que se sentía mejor que nunca.

"Sana y completa", pensó Laura, y repitió: "Sana y completa". Sin saber por qué, entendió plenamente el significado de estas palabras. Así se sintió. "Que curioso", pensó. "Nunca me extirparon nada. Sin embargo, recién ahora me siento completa". En cambio, en el caso de Dorita, ella misma le había extirpado un lóbulo del pulmón.

Entonces, ambas quedaron en silencio mirando el vacío, esperando que algo sucediera.

Laura sintió una presencia. Su corazón empezó a palpitar, lleno de ansiedad y de expectativa. Sabía que algo importante estaba por suceder, algo que no alcanzaba a imaginar.

De pronto una imagen, como un punto luminoso, comenzó a dibujarse en el aire y fue tomando forma humana, hasta convertirse en una figura femenina.

Laura la reconoció de inmediato y se emocionó tanto, que comenzó a llorar con un torrente de lágrimas incontenible: era su madre.

Joven y hermosa, irradiando calidez, se acercaba a ella con una mano extendida.

—¡Mamá! ¡Qué alegría volver a verte! —balbuceo apenas, con el aliento entrecortado por la emoción.

Laura casi no la recordaba, y la imagen que tenía de ella provenía más de las fotografías que había visto que de recuerdos reales. Verla de esa manera, nítida y real, era una experiencia tan emocionante que su corazón parecía a punto de estallar de dicha con cada latido.

Sin decir nada, la madre la abrazó y ella se acomodó en su regazo, envuelta en una sensación suave y tibia como cuando era niña y la arrullaba tiernamente. Incluso pudo sentir que olía a flores frescas, a vainilla y al hogar de la infancia.

Deseó quedarse allí para siempre, en ese estado de felicidad radiante que nunca antes había experimentado, en una comunión con el corazón de su madre en la que se decían todo sin decir ni una palabra, donde ambas comprendían el sentido de su existencia, del amor, de un vínculo que trascendía lo mundano para permanecer por siempre más allá de cualquier acontecimiento.

Era imposible saber cuánto tiempo permaneció acurrucada en su cálido regazo. Esa situación duró hasta que su madre experimentó una transformación, convirtiéndose en una fuente dadora de vida que trascendía su forma física, en una luz eterna e infinita que lo abarcaba todo. Laura se dispuso a quedarse allí por siempre, como si por fin hubiera encontrado su morada definitiva. Una morada donde no existía la ansiedad ni el temor. El tiempo no importaba. Un segundo y la eternidad eran la misma cosa. No existía ansiedad por saber dónde estaba. Donde quiera que fuese, ése era su verdadero hogar.

De pronto, con gran disgusto, se sintió arrancada de ese lugar. Vio, una vez más, el rostro de su madre sonriendo en forma de despedida, mientras se desvanecía en el aire. Una poderosa fuerza la hacía deslizarse hacia un lugar oscuro, mientras tomaba conciencia de su cuerpo pesado y dolorido, unos párpados de piedra que se resistían a levantarse...?

41

Primero encontró su mano derecha y ensayó mover de a poco los dedos. Después sintió sus pies y los rozó uno con otro de manera apenas perceptible. Luego abrió lentamente los ojos, dejando que la luz inundara su ser, pero aún sin ver nada a su alrededor. Al fin, comenzaron a dibujarse las imágenes: una ventana con cortinas blancas, una puerta, un cuarto pequeño y, a su derecha, sentado en una silla, un hombre a quien le costó reconocer. Cerró los ojos un instante, tratando de digerir las imágenes que acababa de ver. ¿Dónde estaba? ¿Qué le había sucedido? No volvió a abrirlos hasta que recordó lo que había pasado: el bosque, el miedo, la meditación..., ¿el sueño?

Volvió a observar su entorno y descubrió que el hombre que estaba sentado a su derecha, leyendo un libro en forma muy concentrada, era Steve, su compañero de Green Leaves. Lo miró durante unos instantes, mientras él continuaba con su lectura sin percatarse de que ella había despertado. ¿Qué estaba haciendo él allí?

"¿Qué lugar era ese?", volvió a preguntarse, desconcertada.

Sin hacer ningún movimiento, lo miró incrédula.

De pronto, quizás porque se sintió observado, él la miró y le sonrió, sorprendido, con esa sonrisa expansiva y sincera que la había conquistado la primera vez.

—¡Estás de vuelta! ¡Bienvenida! —exclamó, dejando su libro a un costado.

Laura intentó hablar, pero los músculos de la cara no le respondían; balbuceó algunos sonidos incoherentes.

Steve se acercó a ella, tratando de entender lo que quería decirle.

—Está bien, Laura, no te esfuerces. Te perdiste en el bosque y te encontramos en muy mal estado. Hace una semana que estás aquí, en el hospital, durmiendo. Estamos en Nueva York y nos hemos turnado para cuidarte y acompañarte. Los médicos no saben cómo hiciste para sobrevivir, pero ahora estás muy bien, fuera de peligro. Ahora podés relajarte y descansar.

Laura, emocionada sintió cosquilleo y calor en la cara mientras recordaba todo lo sucedido, sus ojos se llenaban de lágrimas: ¡estaba viva!, ¡la habían rescatado!

Steve, de pie al lado de la cama, la miraba sin saber qué hacer. Parecía desconcertado y torpe. Primero intentó acariciarle la cabeza con timidez, mientras murmuraba que todo estaría bien, que estaba a salvo y que no tenía nada que temer. Pero ella lloró con más intensidad aún. Él, conmovido, se sentó en el borde de la cama, la abrazó y acomodó la cabeza de ella en su hombro.

Laura se sintió reconfortada y segura. Cerró los párpados, que seguían pesados y rebeldes y, al cabo de unos pocos instantes, cayó en un profundo sueño.

Del grupo de asistentes a Green Leaves, Jane, Leyla, Maya y Steve se habían ofrecido para cuidar a Laura mientras estuviera internada en el hospital de Nueva York. Como Steve tenía su departamento relativamente cerca del hospital, era el que pasaba la mayor parte del tiempo acompañándola. Los demás se turnaban para pasar el día cerca de ella. Todos habían tenido un gesto de gran generosidad, renunciando a sus vacaciones y a los días de actividades en el centro de Metha para cuidar a Laura, que se encontraba tan sola y tan lejos de su hogar. Al día siguiente, cuando Laura volvió a abrir los ojos, Maya estaba sentada a su lado, reclinada en un sillón y con los párpados cerrados, mientras escuchaba música con dos pequeños audífonos.

Laura quiso incorporarse, pero se sentía muy débil. Miró sus brazos, que le parecieron extremadamente livianos, y notó que estaban muy delgados. Maya percibió sus movimientos, abrió los ojos y, quitándose los audífonos, le sonrió.

—¡Parece que la bella durmiente por fin despierta de su sueño de cien años! —exclamó con una sonrisa.

Laura pensó que en realidad se sentía así, como si hubiera dormido cien años, pero esta vez despertó mucho más lúcida que la vez anterior, y deseaba sentarse.

—Maya..., ¿me ayudarías a sentarme? —susurró con voz débil.

—¡Claro! —exclamó su compañera, muy solícita.

Y acercándose a la cama, la levantó con cuidado para acomodarle unas almohadas en la espalda.

—¿Cómo te sentís? —le preguntó Maya.

—Muy bien, pero muy débil. Los músculos no me responden —contestó Laura.

—En cuanto empieces a comer y a moverte un poco, te vas a recuperar. Dicen los médicos que estás en perfectas condiciones. No vas a sufrir ningún tipo de secuela por lo que pasó.

—Por favor, contame qué pasó en el bosque —le solicitó Laura, deseosa de saber su versión.

—Estábamos haciendo la caminata. ¿Recordás esa parte? —Y sin esperar la respuesta, continuó—: Cuando llegamos al Centro, nadie se dio cuenta de tu ausencia. Bueno, vos viste cómo es, cada uno hace lo que quiere, nadie controla si estás, si no estás... —Maya ya estaba tomando velocidad en su discurso y hablaba con rapidez, remarcando cada palabra, fiel a su estilo—. Pero cuando no te presentaste a cenar, nos dimos cuenta de que hacía mucho que nadie te veía y empezamos a buscarte. Entre todos, reconstruyendo las actividades, pensamos que la última vez que te habíamos visto estabas en la caminata, un poco rezagada del grupo. ¡Imaginate! Nos preocupamos muchísimo. ¡Con el frío que hacía afuera! Recién ahí empezamos a pensar que te podrías haber quedado en el bosque. Nos repartimos linternas y salimos a buscarte. Te buscamos durante toda la noche, separados en grupos de dos, con Ravi a la cabeza, que vos sabés que conoce el bosque como la palma de su mano.

Él no podía creer que te hubieras perdido, pero la verdad es que te encontró sólo cuando amaneció. Estabas inconsciente y helada, respirabas tan poquito que creímos que estabas muerta. Llamaron al hospital y mandaron una ambulancia... y, ¡bueno!, acá estás. Los médicos dijeron que fue un milagro que hayas sobrevivido, y después... ¡dormiste toda una semana! Jane, Lyla, Steve y yo nos turnamos para cuidarte, pero sobre todo Steve, porque vive cerca y le queda más cómodo. Durante la última semana, pasó más tiempo acá, a tu lado, que en Green Leaves.

Laura sonrió. Por primera vez desde que la conoció, el estilo locuaz de Maya le parecía divertido y, sobre todo, ¡sentía tanta gratitud!

—No sé cómo voy a agradecerles a todos lo que hicieron por mí. Mi conducta fue imprudente, no debí quedarme retrasada del grupo.

Se quedó en silencio, pensando en la ironía de los sucesos. Se perdió por evitar a Maya, la misma Maya que estaba ahora a su lado cuidándola, dándole una lección de solidaridad y amor.

42

Dos días después, Laura fue dada de alta. Delgada, débil y pálida, salió del hospital del brazo de Steve, que había ido a buscarla en su automóvil para llevarla de vuelta a Green Leaves.

A nadie le había contado aún de su experiencia interna en el bosque. Tampoco nadie le había preguntado qué había sentido en esos momentos. Respetuosos de su intimidad, hasta un grado rayano con la indiferencia, sólo le hablaban de cosas prácticas y superficiales. "¡Que gente extraña!", pensaba Laura. "Tan diferentes del temperamento latino". Sin embargo, habían sido afectuosos y solidarios hasta un punto que ella no hubiera imaginado.

Durante el viaje en el automóvil de Steve, ambos permanecieron un largo rato en silencio, mientras él manejaba concentrado en la ruta y ella lo miraba esporádicamente, de reojo.

Observaba su perfil, su casi imperceptible sonrisa, las finas líneas alrededor de los ojos, el pelo negro entremezclado con algunas hebras plateadas.

Él la miró por un segundo.

—Se te ve cansada ¿Por qué no aprovechás para dormir hasta que lleguemos al Centro?

—No. Estoy bien así; tengo mucho que pensar.

—Me imagino —le contestó él, con la vista siempre en la ruta—. Fue una experiencia extrema la que viviste... —estuvo por agregar "al borde de la muerte", pero se quedó callado.

Laura, como si hubiera leído su pensamiento, agregó, completando la frase:

—Al borde de la muerte...

—Sí, eso pensé. Me pareció fuerte decirlo así.

—Pero es real.

—Creo que quizás estarás pensando en todo lo que hubieras dejado atrás...

—No —contestó ella en forma categórica—, te aseguro que eso es en lo que menos pienso. En todo caso, hubiera extrañado más mi futuro. En cambio, pienso en la experiencia en sí. No fue tan desagradable como te imaginás; fue como quedarse dormida y soñar...

—¿Un sueño placentero?

—Al principio no. Era como entrar en una pesadilla, horrible. Después, de pronto cambió y fue muy placentero. Tanto que no deseaba despertar, que si hubiera podido elegir, hubiera optado por quedarme allí para siempre. Me recordó el relato de algunos pacientes que estuvieron en situaciones cercanas a la muerte y que, cuando vuelven de su experiencia, cuentan que nunca se habían sentido mejor y que no hubieran querido regresar. —Laura suspiró y ambos quedaron un rato en silencio—. Todavía tengo que meditar mucho acerca de ello. Antes de poder explicárselo a otro, tengo que poder explicármelo a mí misma.

—En el Centro intentaron localizar a algún familiar directo para informarle lo que te había pasado, pero en tu planilla de admisión no pusiste a nadie.

Este comentario de Steve indicaba que su interés había pasado a un plano personal, poniendo de manifiesto su curiosidad acerca de la vida de Laura, de sus circunstancias.

—Vivo sola, no tengo familiares directos vivos. Sin embargo, no me siento sola; tengo muchos amigos... y una vida intensa.

Laura se sintió contenta por el interés que Steve demostraba, no sólo porque revelaba que ella le importaba, sino porque, a su vez, le abría la puerta para indagar en la vida de él. Se hizo un largo silencio. Por fin, ella se animó a preguntar:

—¿Y cómo es tu vida, Steve? Si no te molesta que te pregunte...

—No, por supuesto que no me molesta... Yo también vivo solo, tengo una hija, a pesar de que nunca me casé. Vive con su madre y me visita cada semana desde que nació. Ahora tiene dieciséis años, es una gran compañera. Nos entendemos muy bien. Su madre está casada y tiene otros hijos, pero tenemos una buena relación. Además, tengo mucha familia: cinco hermanos y varios sobrinos. No tengo tiempo de sentirme solo. —Su sonrisa feliz reafirmaba lo satisfecho que se sentía con su vida.

—¿Y cómo es tu relación con el Centro del Dr. Metha? —preguntó Laura, simulando ignorar que él acudía allí cada año.

—Vengo todos los años, desde hace algún tiempo. Es mi cable a tierra. Govinda es mi maestro, me abre la cabeza estar aquí. Y vos, ¿qué es lo que te trajo desde tan lejos?

Laura le contó brevemente su historia, su introducción en la meditación y en la espiritualidad, sus cambios en el trabajo, en la relación con los pacientes y los inconvenientes que le acarrearon con su entorno, la repentina necesidad de emprender ese viaje de búsqueda. Steve escuchaba con atención, sin interrumpirla, asintiendo con la cabeza a veces, sonriendo otras, y Laura se sintió muy animada y feliz de compartir todas esas cosas con alguien que escuchaba con tanto interés. Él le manifestó su admiración por el trabajo personal que había emprendido con el fin de humanizar su actividad, aún a costa de enfrentarse con sus pares y con el sistema.

La charla hizo que el viaje pasara volando y Laura se sentía tan a gusto hablando con él que, cuando tuvieron que interrumpir la conversación para bajarse del auto, se lamentó.

—¡Siento que estas horas volaron!

—Yo también —contestó Steve, sonriendo. Se había sentido muy a gusto—. Pero aquí la gente parece haberte extrañado.

Ravi, parado en la puerta principal del Centro, la estaba esperando con mucha ansiedad.

Con la cabeza rapada y sus pequeños lentes, este joven asistente del Dr. Metha coordinaba gran parte de las actividades de Green Leaves; entre ellas, las caminatas. No era extraño que se sintiera responsable por lo sucedido.

Le dio la bienvenida. Su expresión, casi siempre plácida, estaba ensombrecida por una mirada angustiosa.

—No entiendo qué sucedió. Nunca nadie se había extraviado en el bosque; de hecho, es muy improbable que esto suceda. No tiene más de diez kilómetros de diámetro y en dos horas de caminata se sale en cualquier dirección —razonaba mortificado por lo sucedido.

—No te sientas mal, Ravi —le contestó Laura—, fue mi culpa. El miedo me impidió pensar con claridad.

—El maestro Govinda te está esperando. Déjame que te acompañe hasta donde se encuentra

—insistió, mientras se encaminaban en esa dirección.

El Dr. Metha la estaba esperando en un jardín de invierno que Laura nunca había visitado. Con una pequeña palita de metal, removía la tierra de una gran maceta, de espaldas a la puerta. No bien la vio, dejó lo que estaba haciendo para darle la bienvenida.

La invitó a sentarse a su lado, en una butaca, y suspiró.

—¿Cómo estás, hija? —preguntó con voz dulce, mientras la miraba a los ojos.

—Ahora estoy bien, pero todavía muy conmocionada por lo que sucedió en el bosque.

—No es para menos, no es para menos —repitió con tono de preocupación—. pero debes saber que nada sucede porque sí —hizo una pausa mientras miraba hacia arriba, como si observara sus propios pensamientos. La miró a los ojos y continuó—: Tu próxima tarea es develar el significado de este extraño suceso. Lo que viviste en el bosque forma parte del camino que emprendiste hace tiempo y que te condujo hasta Green Leaves.

Laura lo miró con extrañeza y se sintió intrigada.

¿Qué sabía él acerca de lo sucedido en el bosque? Decidió no callar y contarle de manera honesta su experiencia.

Entonces le relató, con cierta ansiedad, todo el episodio, incluyendo su meditación y las extrañas visiones que había tenido. ¿Fueron un sueño? ¿Fueron alucinaciones? ¿Fueron el producto de un estado alterado de conciencia? ¡Habían sido imágenes tan vívidas como la realidad misma!

—Las circunstancias extraordinarias que viviste te brindaron la oportunidad de vislumbrar otras áreas de tu conciencia. Después de todo, ¿quién juzga cuán reales son, sino tú misma?

Laura se sintió un poco desconcertada. Sabía que en su filosofía, Govinda afirmaba que la única realidad está dentro de cada uno. Con este criterio, todo lo que la mente crea es, en cierto modo, real. Entonces, ¿cuál era el límite entre la realidad, la alucinación y el sueño?

—Medita acerca de estos sucesos, saca tus propias conclusiones. No te apresures, su significado se irá develando poco a poco. Medita también acerca de la oportunidad de los sucesos... En medio de tu búsqueda, de tus cuestionamientos, se presenta de pronto un episodio inquietante que te invita a transitar caminos desconocidos de tu mente. Confía en el destino; el universo tiene extrañas formas de impulsarnos hacia delante.

Laura entendió el significado de sus palabras y se sintió reconfortada al saber que todo tenía un sentido, que nada es casual. Era un tema constante en los seminarios de Govinda. Al principio, la vida se presenta como un juego cuyas reglas desconocemos; por lo tanto, tiene la apariencia de un devenir azaroso. A medida que la conciencia evoluciona, decía Govinda, empezamos a vislumbrar una lógica, la intencionalidad surge esporádica del aparente azar.

Por fin, cuando sobreviene la iluminación, vemos el pleno sentido de todos los acontecimientos de la existencia. Entonces, la incertidumbre y el miedo desaparecen. Todo está en su lugar, todo es como debe ser, todo suceso tiene una causa y una consecuencia. Así se teje la ley del karma. Laura sabía que estaba muy lejos de la iluminación, y su mente oscilaba entre la sensación de navegar en las aguas del caos y la percepción de un universo coherente que, de manera tímida, empezaba a dibujarse en su conciencia.

43

El suceso del bosque y sus consecuencias imprimieron un drástico giro en la forma que Laura experimentaba cada día.

Ahora sentía más que nunca que la vida era un precioso regalo. La proximidad de la muerte le había dado una visión panorámica de su existencia y valoraba cada minuto desde una perspectiva nueva. A veces pensaba en la posibilidad de haber muerto sola en el bosque, un día cualquiera, sin previo aviso y dejando tantas cosas aún por realizar. Esta perspectiva, lejos de angustiarla, le abría los ojos y realzaba sus sentidos en una conexión profunda con todo lo que la rodeaba, en una sensación de gratitud por la vida como nunca había sentido.

Recordó los relatos de experiencias cercanas a la muerte que había oído en el hospital y comprendió cuál era la causa del cambio de actitud, así como la pérdida del miedo a la muerte que solían mostrar sus protagonistas después de esos sucesos. La vida había querido mostrarle su aspecto frágil, vulnerable y, por primera vez, en lugar de cuidar, ella había sido cuidada. Siempre había sido dadora. De una forma u otra siempre se había hecho cargo de los demás; sin embargo, esta vez había estado pasiva e indefensa. Fue atendida por un grupo de personas desconocidas que, al mismo tiempo, habían tenido, gracias a este incidente, la oportunidad de dar lo mejor de sí.

A medida que pasaba el tiempo, se fue sintiendo más cómoda y ligada a sus compañeros, sobre todo a aquellos que la habían cuidado con tanto amor durante la internación. Maya se transformó en amiga y compinche, siempre pendiente de ella como si fuera una niña que necesita ser cuidada. En cuanto a Steve, se hicieron inseparables. Comenzó a circular entre ellos una corriente de afecto innegable. Él vivía colmándola de atenciones, caminaba junto a ella durante los paseos por el bosque, le reservaba el lugar para sentarse a su lado en los seminarios del Dr. Metha y la llevaba en el auto al pueblo a lavar la ropa y a mandar los correos electrónicos. Ella fue descubriendo su personalidad franca y honesta, su sentido del humor y su manera de ser, abierta y espiritual. Descubrió que aquello que, al conocerlo, le había parecido altivez, no era más que timidez y se reprochó por haberlo juzgado a la ligera. Él parecía tener una visión de la vida amplia y, al mismo tiempo, simple. Su persona irradiaba una calidez que atraía a los demás como la luz a las mariposas. De diferente manera, todos querían estar cerca de él. Su persona era, en cierta forma, el centro social de Green Leaves.

En poco tiempo, una sensación de familiaridad la invadió. Estaba tan cómoda en ese lugar como en su propia casa.

Le envió a Gina un extenso correo, contándole todo lo referente al Dr. Metha y a su Centro. Le ocultó el episodio del bosque, ya que no quería preocupar a su amiga. Gina le contestó:

"Querida amiga:

Se te extraña mucho aquí. No sólo yo, sino tus amigos del hospital, que me llaman para preguntarme qué sé de vos. ¡Podrías enviarles aunque sea un pequeño mensaje para que se despreocupen y sepan que los extrañas!

Me alegró mucho recibir tus noticias, saber que estás a gusto y haciendo amigos nuevos... sobre todo el tal Steve, ¿Puedo abrigar alguna esperanza de que por fin hayas encontrado al hombre indicado?

Yo, por mi parte, no tengo grandes novedades, salvo que me siento muy cansada y no veo la hora de tener mis vacaciones. Dividida entre mis hijos y mi trabajo, no tengo tiempo para mí. Las obligaciones me tienen exhausta, ¡A veces envidio tanto esa libertad de la que gozás! Te mando un beso enorme, no te olvides de tu amiga. Gina".

44

Las rutinas de Green Leaves habían cobrado pleno sentido a partir de su práctica, y Laura las cumplía con placer. Vivía con la sensación del flujo natural y armónico de los sucesos. Descubrió en los rituales una forma de despertar su conciencia. En poco tiempo, se había acostumbrado a comer en silencio. Comprendió los beneficios que acarreaba masticar los alimentos con cuidada lentitud.

Todo su ser se impregnaba con los sabores de las especias que realzaban generosamente las verduras, los granos y el arroz que se consumían a diario en Green Leaves. Aprendió que la cocina era un lugar sagrado y que su director era elegido no sólo por su habilidad para combinar los sabores sino, sobre todo por sus dotes espirituales. En efecto, el acto de preparar los alimentos era considerado de la mayor importancia espiritual, ya que éstos recibían como ingrediente principal la intencionalidad de la conciencia de quienes los preparaban, y muchas veces, durante su elaboración, se murmuraban mantras o plegarias con el fin de impregnarlos con cualidades sanadoras.

Decidida a aprovechar al máximo su experiencia, había tomado la costumbre de participar en las clases de yoga que se dictaban todas las mañanas. Estas clases eran optativas y contemplaban todos los niveles de conocimiento. Laura descubrió que la práctica de esta disciplina le proporcionaba mucho placer y era un medio de integrar el cuerpo a la rutina espiritual.

Esa mañana, ella y Steve habían estado practicando las diferentes "asanas" o posturas uno al lado del otro, y Laura no había dejado de observarlo durante toda la hora. Miraba con asombro lo flexible que era su cuerpo, a pesar de verse tan alto y macizo, y se preguntaba qué hacía un hombre como él en un lugar como ese. Su rol de empresario de la construcción, rudo y exitoso, no encajaba con ese otro de meditador, practicante de yoga y alumno espiritual que desempeñaba allí con tanta naturalidad.

Cuando la clase terminó, se quedaron ambos descansando en sus colchonetas, mientras los demás se iban retirando de a poco, hasta que se quedaron solos.

Laura, sentada con las piernas en posición de flor de loto; Steve, aún recostado en el piso, con los brazos cruzados detrás de la cabeza.

—Estuviste observándome —afirmo él, curioso, invitándola a revelar sus pensamientos.

—Sí. Me preguntaba cómo llegaste hasta acá.

—Es una larga historia.

—Me gustaría conocerla —insistió ella.

—Hace veinte años, conocí a una chica muy hermosa —comenzó a relatar Steve, mientras se incorporaba para quedar sentado justo frente a ella—. Ella practicaba la meditación y pensé que aprender a meditar sería una buena manera de conquistarla. —Rió, divertido con su idea—. Le pedí que me llevara a su Gurú como parte de mi táctica. Me mostré muy interesado en su estilo de vida y ella, con mucha generosidad, me enseñó todo lo que sabía. Resultó que nuestra relación terminó poco tiempo después, pero yo me quedé enganchado con su maestro. Al cabo de un tiempo, me di cuenta de que el día que no practicaba la meditación, me sentía mal, abatido, cansado. Me hice un poco adicto a la práctica. Hace seis años oí hablar de este lugar y decidí venir a ver de qué se trataba. Sentía la necesidad de reforzar y profundizar mis conocimientos.

Entonces, al conocer a Govinda no dudé en que seria para siempre, mi guía espiritual. Vine por una semana y me quedé un mes. Mis visitas a este lugar son como una especie de vacaciones, solo que diferentes.

—¿Y no sentís cierta incompatibilidad entre tu trabajo, que imagino duro y competitivo, y lo que se vive en este lugar, este ambiente sereno y un poco irreal? Quiero decir, cuando venís acá, ¿no te dan ganas de quedarte para siempre?

—Estás equivocada. Lo que se vive en este lugar no me aleja de mi trabajo, lo enriquece. Veamos..., ¿qué pasa con tu trabajo y este lugar? ¿No te parecen incompatibles?

—Ésa es una mala comparación, no creas que no me trajo problemas... En parte, vine a refugiarme escapando de ellos.

—Eso es porque todavía no encontraste el equilibrio. Govinda tiene la virtud de ponerle palabras a ciertas cuestiones difíciles de definir. Según él, las actividades espirituales, una vez en equilibrio con el mundo material, no sólo no debilitan sino que enriquecen la vida cotidiana y esto se manifiesta en el ámbito del trabajo y también en las relaciones. Existen muchos caminos para llegar al espíritu. Está equivocado el que piensa que sólo se es espiritual si se vive en una caverna, despojado de los bienes materiales y meditando todo el día. Si dudas respecto de esto, me podés tomar a mí como un ejemplo viviente. Desde que inicié este camino, mi vida es más plácida y completa porque integra aspectos íntimos de mi ser que antes permanecían ocultos. No por eso dejo de hacer mi trabajo, relacionarme con los demás y cumplir con mis aspiraciones personales. Todavía aspiro a lograr muchas cosas en mi vida y a disfrutarlas a pleno.

De pronto, el tono con el que hablaba Steve se suavizó. La miraba con intensidad a los ojos y ella le mantuvo la mirada. Ambos se quedaron en silencio y Laura se sintió de pronto conmovida.

Tuvo, por un instante, la extraña sensación de estar observando dentro del alma de él, a través de sus ojos, como si fueran dos enormes ventanas hacia un paisaje espiritual, y lo que veía le gustaba: honestidad, claridad, serenidad.

Al cabo de un tiempo que pareció una eternidad, la mirada de Steve tuvo un destello diferente, como una pequeña luz, y ella pudo sentir lo que pasaba en su mente. Entonces, él le habló con un tono aún más íntimo.

—¿Conoces la diferencia entre el enamoramiento y el amor?

Laura se sintió un poco turbada por la pregunta y tuvo la sensación de que se sonrojaba. Aun así, contestó con naturalidad.

—No, pero puedo imaginarlo. ¿Cuál es tu definición?

—Mis experiencias personales me enseñaron que el enamoramiento es una ilusión pasajera. Es lo que se llama "el amor a primera vista". Está basado en lo que uno cree que el otro es, incluso en los aspectos personales que se depositan en el otro. Puede durar más o menos tiempo, pero siempre termina esfumándose, como cualquier otra ilusión.

—¿Y el amor? —preguntó ella con un tono suave y sugestivo, aun sin proponérselo. Su corazón palpitando a un ritmo más veloz.

—Es el verdadero y profundo sentimiento que se establece entre el alma de dos personas, generalmente a partir de conocer al otro, de conocer el verdadero ser que se oculta detrás de las apariencias. También se trata del anhelo por compartir los días, crecer y, al fin, envejecer juntos.

—¿Y cuándo podés decir que conocés el alma de alguien?

—Cuando se establece un vínculo que va más allá de lo evidente, un lazo que te une con la profundidad del otro ser y que es independiente de su imagen o de lo que el otro hace, o de las máscaras sociales que los mantienen oculto.

—Suena bien, pero a mi entender, puede tomar toda una vida conocer realmente a alguien.

—Laura —dijo, casi como un susurro—, en este tiempo que hace que nos conocemos, si bien no es "toda una vida", pude ver bastante de vos... y debo confesar que me gusta lo que veo. En definitiva, quisiera tener la oportunidad de conocerte más y de que vos me conocieras. Hay aspectos de mí que quisiera compartir con vos. Hace muchos años que estoy solo, esperando a la persona correcta con quien compartir mi vida. Siempre supe que algún día se presentaría.

—¿Qué ves que te gusta tanto?

—Veo tu coraje, tu fuerza y tu necesidad de dar y de proteger a los demás, que sin duda es lo que te llevó a practicar la medicina. Tu corazón es compasivo y dulce. Puedo ver la dulzura escondida dentro de tu aparente dureza. También veo serenidad y aceptación de la vida tal como es pero, por sobre todas las cosas, te veo auténtica, honesta...

Laura pensó: "!Qué curioso! Son las cualidades que veo en él". De pronto, lo interrumpió.

—Lo extraño es que yo no reconozco todas esas cualidades dentro de mí... ¿Puede ser que hayas descubierto cosas de mí que yo misma ignoro?

Steve rió. Parecía feliz, aliviado de haber podido volcar lo que sentía por ella.

—Sin duda es así. Puedes incluir esto en el programa de tu búsqueda personal: tomar conciencia de tu verdadero valor.

Esa noche, antes de dormirse, Laura se quedó largo tiempo dando vueltas en la cama, mientras pensaba en Steve.

Su discurso de la tarde había sido una verdadera declaración de amor. Sin más, le había manifestado sus sentimientos por ella y luego había continuado el día, como si nada.

Lo que había dicho acerca del enamoramiento era cierto. Ella sabía lo que era esa ilusión del amor a la que él se refería; lo había experimentado muchas veces. Era como un espejismo que se desvanecía no bien uno se aproximaba a observarlo de cerca. De pronto veía a otra persona y tejía una serie de suposiciones, en forma totalmente inconciente, quizás proyectando sus propios contenidos. Así, se construía la ilusión. Después, a poco de conocerse, todo se desmoronaba como un castillo de naipes. Era la etapa de la desilusión, en la que quedaba más vacía que antes.

Casi con seguridad, ese era el motivo por el cual había rechazado su atracción inicial hacia Steve. Cansada de las desilusiones, hacía rato que había optado por, en principio, no ilusionarse. Ahora sentía que las condiciones para iniciar una relación amorosa eran más firmes que una atracción superficial. Él se había mostrado generoso y protector; sin duda, el episodio del bosque había actuado como un acelerador en el vínculo entre ambos. A pesar de todo, algo la retenía, la inhibía de avanzar hacia una mayor intimidad.

Por su parte él, delicado y cauteloso, había hecho su acercamiento y ahora esperaba que ella le diera una señal contundente. Laura pensaba que no era el momento de involucrarse sentimentalmente con nadie.

Había dejado su mundo, la seguridad de su hogar, todo lo conocido, para aventurarse en la búsqueda de su verdadero ser y, a poco de iniciada, no estaba dispuesta a abandonar esa búsqueda, a dejar todo de lado para vivir un romance que no formaba parte de sus planes. Tampoco le interesaba una aventura pasajera, fugaz e inconducente, mucho menos con alguien que calificaba para ser una pareja estable. Después de todos esos años, estaba tan acostumbrada a la soledad que pensó que quizás lo mejor fuera permanecer así hasta que su mente se aclarase. Buscaba algo desconocido, pero sabía que ese algo no era, por el momento, una pareja.

45

La nieve se derritió y las jornadas se hicieron más cálidas y más largas. Solían salir en mangas cortas durante el día, aun cuando se abrigaban con rapidez no bien caía el sol.

Steve, que continuaba siendo atento con Laura, nunca más mencionó sus sentimientos hacia ella. Laura, si bien cuanto más lo conocía más atraída se sentía por él, se debatía entre la necesidad de libertad para continuar su búsqueda y el deseo de un acercamiento más profundo.

Mientras tanto se estableció entre ellos una forma sutil de intimidad que se conjugaba en la intensidad de las miradas, en el aliento de él haciendo estremecer su cuello cuando le decía un secreto al oído, en el roce casual de las manos cuando caminaban uno al lado de otro. Algunas noches Laura soñaba que se abrazan, que se besaban y que el calor del cuerpo de Steve la envolvía como un manto amoroso. Sin embargo, ella nunca permitió que esos sueños se concretaran.

En definitiva, Laura permaneció sin decir nada acerca de sus sentimientos, limitándose a disfrutar de la compañía de Steve en un silencio que él nunca la forzó quebrar.

En la entrevista con el Dr. Metha, Govinda insistió en el último tema que le había encomendado.

—¿Qué has aprendido de las relaciones? —le preguntó en la reunión privada.

—Aprendí que las relaciones con los otros son la fuente de las enseñanzas más valiosas que podamos recibir en nuestra vida. Haberme perdido en el bosque provocó en mis compañeros sentimientos de cuidado y de solidaridad que nunca hubiera esperado. Me di cuenta de que apenas los conocí, los juzgué por sus defectos que, quizás, son también los míos, pero después me mostraron sus mejores virtudes, que también poseo. Al igual que sucede con la belleza, no podría ver en los demás las cualidades que no poseo.

—La solidaridad, la compasión son características muy elevadas del ser. Ambas derivan del amor, que es la energía suprema —declaró Govinda, y luego de una breve pausa, continuó—: El amor es el atributo supremo del universo y, por lo tanto, de la conciencia.

Laura pensó en el dilema que significaba para ella, en ese momento, las distintas formas que toma el amor entre las personas pero, en lugar de comentarlo con su maestro, permaneció en silencio.

Govinda tenía razón: el amor era la energía suprema del universo porque era la energía creadora. Cuando Nahuel le hablaba de su corazón, le hablaba del amor por sobre todo sentimiento. Ése era el tesoro escondido en el corazón de las personas y cuando el Dr. Bolker le hablaba de los sentimientos que había enterrado en su infancia, también se refería al amor. El amor era un misterio por develar, algo que debía llegar a comprender de manera total para poder practicarlo en todas sus formas. Si bien había una sola energía amorosa, la misma tenía muchas formas de manifestarse, incluso su vocación de ayudar, la relación con sus pacientes estaba signada por el amor.

Steve alargó su estadía en Green Leaves mucho más allá de lo habitual. Aun cuando Laura llegó a creer que se quedaría allí, a su lado para siempre, llegó de manera inexorable el día de su partida.

Sin decir nada, se marchó una mañana antes de la salida del sol. La noche anterior habían estado mirando la luna sobre el bosque largo tiempo. Arrullados por los sonidos de la noche, habían hablado y reído como siempre. Laura no había sospechado ni por un instante que él tenía planeado dejar Green Leaves discretamente, sin explicaciones y sin despedidas.

Lo buscó con la mirada durante la meditación del alba. A pesar de sentirse sorprendida por la ausencia de su compañero, no pensó que él podría haber abandonado el lugar sin saludarla.

No se atrevió a preguntar por Steve, y sólo al mediodía, cuando volvió a su habitación, descubrió la nota que habían pasado por debajo de su puerta: "Querida Laura, no me gustan las despedidas. Te dejo mi dirección, mis teléfonos y mi dirección de *e-mail*. Cuando quieras buscarme, voy a estar esperándote. Te deseo suerte y éxito en este camino que has emprendido. Que tu búsqueda llegue a buen puerto. Con mis bendiciones y todo mi amor, Steve". Así, con tanta simpleza y brevedad, explicaba él su brusca ausencia y se despedía.

Laura sintió una extraña constricción en el pecho. Fue una sensación fugaz, pero intensa. Sabía que este momento llegaría y había ensayado muchas despedidas, pero nunca había imaginado que él simplemente desaparecería. Dobló con cuidado la carta y la guardó en un bolsillo de su bolso. Se sentía triste y, al mismo tiempo, de manera sorprendente, aliviada. El dilema se había resuelto solo y ahora era libre de seguir con su camino.

46

Llegó y pasó la primavera. El bosque se llenó de hojas nuevas y del canto de los pájaros. La brisa se tornó cálida, como una mano suave que le acariciaba la piel.

Adaptada por completo al estilo de vida de Green Leaves, Laura ni siquiera se planteaba una fecha de partida, se limitaba a vivir la serena rutina de cada día, cada día con una enseñanza distinta y la conciencia un poco más amplia. Tenía la sensación de vivir en un lugar donde el tiempo no existía. Tal era su compromiso con el presente. Si alguien del hospital San Antonio hubiera podido verla, se hubiera sorprendido, sin duda, del cambio en su apariencia. Usaba el cabello muy largo, suelto. Su ropa era tan informal que hasta se veía un poco desaliñada, como una adolescente rebelde, inconciente por completo de su aspecto. El rostro se le notaba plácido, distendido, y parecía tener diez años menos que cuando había llegado. Siempre estaba sonriendo. Nunca en la vida se había sentido física y anímicamente mejor.

No había olvidado a Steve, cuyo recuerdo permanecía como una fragancia en torno a ella acompañándola en cada momento. A veces se sorprendía pensando en él con intensidad y experimentaba pequeños escalofríos acompañados de una extraña sensación de vacío en el pecho. En esos momentos, cambiaba a conciencia el rumbo de sus pensamientos. ¡Sentía que aún tenía tanto que aprender!

No sólo aprendía de Metha. Sus compañeros resultaron ser una fuente inagotable de todo tipo de información. Cada uno de ellos había emprendido un camino y había recolectado un manojo de experiencias diferentes entre sí. Pasaban horas en largas conversaciones, en las cuales intercambiaban su visión de la vida. Algunos de ellos, como Marianne, desplegaban una sabiduría fuera de lo común.

En parte, Marianne parecía ser indiferente del mundo que la rodeaba. Le tomó cierto tiempo a Laura entender que su aparente indiferencia era, en realidad, desapego. Mucho se insistía en las reuniones con Metha en el tema del apego que, según el Maestro, era la causa de todo dolor humano. Laura lo entendía con claridad, pero sólo en el plano intelectual y, a pesar de que no era apegada a las cosas materiales, todavía le faltaba mucho camino por recorrer en relación con lo que sentía por su propia persona o mejor dicho, lo que Metha llamaba "el ego". El ego englobaba todas las cualidades personales con las que se identificaba.

Marianne tenía un don que Laura admiraba: alegría espontánea, un entusiasmo por la vida igual al de una niña, que parecía venir del fondo de su alma y se reflejaba en su mirada inocente y traviesa.

A la hora de cantar los mantras, los conocía todos. Las palabras en sánscrito brotaban de sus labios con naturalidad admirable y cantaba haciendo brillar las frases con una cadencia y un tono casi sobrenaturales.

En gran medida, Laura la tomaba como modelo. Pensaba que la conciencia de Marianne estaba iluminada. A pesar de no tener la sabiduría de Govinda, su forma de ser dejaba traslucir una paz y una alegría que emanaban de la naturaleza misma de su ser y que eran envidiables. Era el tipo de iluminación a la que ella aspiraba. Cuando se lo comentó a Govinda, éste le contestó:

—Mucha mente, demasiada mente, Laura. Yo conozco el problema. Las personas formadas en las disciplinas científicas suelen tener el pensamiento hipertrofiado. Es bueno dejar descansar la mente para que la conciencia muestre su verdadera naturaleza, limpia y pura. Eso es lo que ves en Marianne: su alma brilla sin interferencias. Está tan segura de la naturaleza divina de su ser, que vive libre de cualquier preocupación, de cualquier temor o desvelo. Sabe que el único momento real es el presente. No se preocupa por lo que ya pasó ni por lo que vendrá, y se limita a reposar en sí misma.

Una tarde, cuando salían a realizar la caminata, Maya se presentó un poco retrasada, feliz, agitando un papel con su mano derecha.

—¡Laura! ¡Laura! —exclamó con entusiasmo—. Tengo grandes noticias que necesito compartir con vos.

Laura la miró y se detuvo para escuchar lo que su amiga tenía que decirle.

—Soy toda oídos.

—Me marcho a la India en una semana. Me voy a Rajasthan, al ashram de Baba Ananda. Tengo todo confirmado: alojamiento en el ashram, guía para llegar hasta allá y pasajes. Me falta la confirmación de que vienes conmigo.

—¿Es una broma? —dijo Laura extrañada.

Si bien muchas veces habían hablado de Baba Ananda y Maya le había expresado su admiración por este maestro espiritual de quien se decía que su sola presencia iluminaba la conciencia de sus discípulos, nunca había comentado que tuviera intenciones de viajar a la India.

—De ninguna manera. Es tan real como que estamos aquí vos y yo, hablando de esto. —Maya se puso seria, pero sus ojos seguían brillando de entusiasmo—. También es real mi deseo de que me acompañes. ¡Será una experiencia increíble poder compartirlo con vos!

—No sé qué decir, Maya. Resultaste ser una caja de sorpresas. Dame unos días para pensarlo. Ni siquiera he visto un mapa para ver en qué lugar del mundo está Baba Ananda.

De golpe, el rostro de Maya mostró desilusión. Laura se sintió culpable de apagar su entusiasmo.

—Pensé que la idea te gustaría tanto como a mí...

—Bueno, no te digo que no, solo te pido que me dejes pensarlo un poco. Llegas así, de pronto, con esta novedad y tengo que digerirlo. No estaba en mis planes dejar Green Leaves por ahora.

—Pero sé que estás en una búsqueda, igual que yo. ¿Acaso no buscás iluminación? Además, como dice Metha, es más fácil buscar el agua en el mar que en el desierto y aún cuando Green Leaves es un oasis en medio del desierto, la India... ¡es el mar! —al decir estas palabras, los ojos de Maya volvieron a brillar.

—¡Qué bien vendes, Maya, estoy a punto de comprar! —bromeó Laura, largando una carcajada y sintiéndose de pronto divertida por la insistencia y el entusiasmo de su amiga.

A partir de ese momento, la idea del viaje a la India se volvió la mayor preocupación para Laura. Sabía que si dejaba que Maya se fuera sin ella, se arrepentiría de inmediato. Trataba de adivinar si su ciclo en Green Leaves estaba terminado preguntándose si, al igual que el cuerpo humano, que poseía un ritmo circadiano, el universo contendría un reloj que marcaba un momento para todas las cosas. Se sentía muy cómoda en ese lugar. Quizás si Maya se lo hubiese pedido más adelante, cuando ella estuviese más preparada... Era como una hija tentada a abandonar la casa de sus padres cuando aún no estaba lo suficientemente madura para hacerlo.

Después de todo, ¿qué buscaría en la India?

Se lo preguntó a Govinda en la siguiente entrevista privada.

—Apegarse al maestro es tan negativo como cualquier otro tipo de apego. Creo que tu mayor duda surge de los lazos que hiciste aquí. El apego te quita libertad. Tu búsqueda es, a la vez, espiritual, intelectual y vivencial. Si no vives de acuerdo con lo que piensas, entonces todo lo que hablamos, todo lo que aprendiste en este lugar sería inútil. Por otra parte, un maestro es sólo el instrumento. La iluminación que estás buscando no está en Green Leaves ni en la India. Está dentro de ti.

Laura sabía que no podía esperar más de Govinda. Él jamás le diría qué hacer. Se dio cuenta de que tenía razón en lo referente al apego. Estaba demasiado cómoda y protegida allí. El espíritu aventurero que la había impulsado a dejar el hospital se había desvanecido poco a poco, a medida que pasaron los meses. Quizás era hora de volver a entrar en acción.

Lo primero que hizo Laura fue mirar un mapa de la India para ver dónde estaba Rajasthan. Por alguna razón, era importante para ella saber con exactitud a qué lugar del mundo se dirigía.

En el norte de la India, no muy lejos de Pakistán, se decía que era una tierra rica en espiritualidad e iluminación. Si bien la mente racional de Laura le indicaba que había mucho de fantasía en ello, otro aspecto de ella se ilusionaba como una niña con la perspectiva de conocer a un maestro aún más sabio que Govinda, de quien había aprendido tanto que podía decirse que había transformado su vida.

Sacó su pasaje y, a partir de allí, pasó largas horas hablando con Maya del viaje y buscando referencias sobre Baba Ananda.

El día que tuvo su última reunión con Govinda, sintió un profundo dolor. Allí entendió lo que le había dicho su maestro en relación con el apego. Cuando sentía con tristeza que abandonaba esa suerte de hogar en que se había transformado la enorme casa rodeada de árboles, probablemente para no volver jamás, se consolaba pensando que su hogar era, en realidad, el mundo entero.

Tenía muchas preguntas que hacerle, aún sin contestar. Había una que, quizás haya sido la que más la impulsó a llegar hasta allí. No pensaba irse sin su respuesta.

—Maestro...,¿puede contarme por qué dejó la medicina?

Govinda sonrió con su habitual dulzura y, mirando hacia arriba con ese gesto tan típico de él, como si buscara leer la respuesta en su cabeza, contestó:

—Siempre sentí que mi dharma, mi misión en esta vida, era ayudar a los demás, mitigar su dolor. Pensé que sanar sus cuerpos, extirpar las partes enfermas era la mejor manera de hacerlo. Ahora no digo que no sea una buena manera de ayudar... de hecho, alguien debe hacerlo. Extirpar un miembro con gangrena salva la vida de una persona. Eso no se pone en duda. A medida que fui evolucionando, comprendiendo y crecí, me di cuenta de que había formas mejores de ayudar...y fui a buscarlas. Lo primero que comprendí es que el cuerpo y la mente son como dos hebras de un tejido, inseparables.

La conciencia está en todas las partes del cuerpo y el cuerpo, a su vez, es el sostén para que la conciencia se desarrolle en este plano de existencia. Hablar de enfermedad es hablar de cuerpo, mente y espíritu. No se trata sólo de cortar y sacar o suturar y reparar. Hay mucho más; el ser humano es mucho más complejo. Con este conocimiento, me sentí llamado a influir en la conciencia de los otros. Cuando abres la conciencia de alguien, cambias su mundo. Si toda la humanidad abriera la conciencia, el universo entero cambiaría. El universo contiene los opuestos, existe gracias a ellos: luz y oscuridad. Cada persona lleva dentro una llama que irradia luz.

En algunos, esa llama es tan tenue que no alcanza para iluminar la propia existencia. Esas personas suelen ir a los tumbos en medio de la penumbra y, debido a eso, cometen muchos errores. Esa luz puede, por ciertas circunstancias, incrementarse hasta lograr distintos grados de intensidad. A veces por el trabajo personal, a veces por la influencia de otros. Algunas personas alcanzan una intensidad de luz que es capaz de iluminar no solo su propia conciencia, sino también la de aquellos que lo rodean. Siempre debe haber gente trabajando para la luz; de otra manera, se rompería el equilibrio. Ahora, es mi anhelo que tú también estés trabajando para la luz. Te vas de aquí con una claridad de conciencia incrementada y, por lo tanto, con el potencial de iluminar todo a tu alrededor. Lo único que tienes que hacer es dejarla brillar —Govinda hizo una pausa, realizando un gesto con las manos muy típico de él, juntándolas como si estuviera orando, y le dijo—: Ahora quisiera yo preguntarte algo.

Laura asintió en silencio.

—Cuando llegaste a Green Leaves, dijiste que estabas buscando algo, pero que no sabías bien qué era. Me gustaría saber si llegaste a comprender hacia dónde está orientada tu búsqueda.

La primera impresión que tuvo ella fue de sorpresa. Le sorprendía la forma en que él recordaba cada conversación, cada aspecto de sus discípulos. Incluso, parecía saber más acerca de ella que ella misma. Después pensó durante unos minutos. Él continuaba en silencio, con el rostro frente a ella y con los ojos cerrados, esperando la respuesta. Al cabo de un momento, Laura le contestó:

—Sí, ahora sé lo que busco. —Hizo una pequeña pausa en la que él abrió los párpados y la miró con intensidad. Ella, en pocas palabras, contestó—: Me busco a mí misma.

Cuando Laura abandonó el recinto privado de Govinda, sentía una emoción inexplicable, mezcla de alegría y plenitud, de gratitud y tristeza por dejar a su maestro. Sabía que tenía un largo camino por recorrer y tuvo la certeza absoluta, por primera vez en su vida, de estar en el sendero correcto.

Escribió un extenso *e-mail*, contándole a su amiga Gina sobre el viaje a la India.

Las últimas noticias que tenía de ella no eran muy buenas. Gina se venía sintiendo triste y físicamente decaída, por lo que planeaba tomarse unas vacaciones, aun cuando estuviera en época de plena actividad.

"No te preocupes por mí, estoy feliz, llena de nuevas perspectivas. No sé si será posible comunicarme desde allí. Voy a lo desconocido. Apenas pueda, te mandaré noticias. Cuídate mucho. Me alegro de que por fin te hayas decidido a descansar un poco. Mándale mis saludos a todos: tu familia, la gente del hospital (por lo menos, a aquéllos que me recuerdan con cariño) y, para vos, mi querida amiga...".

Los últimos días en Green Leaves fueron, quizás, los más intensos de su vida. No porque sucediera nada en especial, sino porque quería atrapar en su conciencia cada detalle del lugar, al que probablemente no volvería. La gran casa, el entorno de árboles frondosos, el canto de los pájaros... Quería atesorar en su memoria ese lugar donde había sido tan feliz y recordar cada sonrisa, cada gesto de sus compañeros del grupo.

Por fin partieron una mañana, cuando aún no había amanecido. Laura, con su pequeño bolso en la mano, echó una última mirada a la casa, envuelta en la suave penumbra matinal. Luego se subió al auto que las transportaría al aeropuerto, al inicio de su próxima aventura. El chofer puso el motor en marcha y se alejaron a toda velocidad. Ninguna de las dos se volvió para mirar hacia atrás.

Las largas horas de vuelo le sirvieron para reflexionar acerca del pasado y el futuro. Mientras dirigía su rostro en dirección a un cielo azul impecable, a través de la ventanilla del avión, recordó paso a paso su estancia en Green Leaves y le otorgó un nuevo significado a cada suceso.

Repasó su extrañeza cuando por primera vez oyó hablar del maestro Govinda con respeto y veneración y cómo, ella misma, con el paso del tiempo, había llegado a sentir aún más que eso: un profundo amor espiritual hacia él. Evocó el suceso del bosque que, tal como Govinda lo había anticipado, actuó como un catalizador en el proceso de crecimiento de su conciencia y en un elemento de comprensión de la vida y de la muerte desde un ángulo diferente. Recordó a Steve, con su personalidad luminosa, el rostro cálido y esa sonrisa encantadora. Analizó la naturaleza de sus sentimientos hacia él, no sin experimentar un pequeño dolor en la boca del estómago.

Por momentos, el viaje parecía interminable, sobre todo cuando Maya, con su necesidad de hablar, la aturdía con una incontrolable verborragia. Llegó, como todas las cosas, a su fin, exactamente tres días después de haber subido al auto en Green Leaves. Habiendo viajado casi veinticuatro horas en avión, catorce en tren y siete en ómnibus, con sus respectivas esperas, trasbordos, escalas y retrasos. Pisaron el suelo de la India, por primera vez, en el aeropuerto de Mumbai, cuando se cerraba la noche. "Caleidoscopio color naranja" Fue lo primero que surgió en su mente apenas comenzaron a recorrer las calles atestadas de gente y vehículos. El color naranja parecía predominar sobre los demás, en las flores, en los adornos, en los saris de las mujeres. Caleidoscopio en permanente movimiento y fluir, en un estado caótico de cosas que le producía vértigo, con la real sensación física de éste.

Yamuna, una joven india de ojos enormes y sari color naranja pálido, que contrastaba con la gran mochila Nike que portaba en su espalda, hablaba en un perfecto inglés y había ido a buscarlas al aeropuerto. Las condujo en todo el trayecto dentro de la India hasta la puerta del ashram de Baba Ananda.

Yamuna, cuya guía había sido arreglada desde Green Leaves, se encargó de informarlas de lo que ella llamaba "kit de supervivencia". Éste no era otra cosa que aquellas reglas que consideraba básicas para moverse en un mundo tan ajeno a la cultura occidental. Incluía desde el uso de los baños públicos hasta los recaudos cuando se intenta tomar una fotografía o ingresar en un templo.

A medida que pasaba el tiempo, el estado de shock inicial que había experimentado Laura, abrumada por los olores y las visiones tan ajenas a su cultura, fue dando paso a estados emocionales cambiantes, que incluyeron la curiosidad, la admiración, la tristeza o el disgusto.

Los dos primeros días en esa extraña tierra fueron de adaptación. Mientras viajaban en tren y en ómnibus, tuvo la oportunidad de observar, con admiración, el contraste entre el hacinamiento y la pobreza de las grandes ciudades como Mumbai, y la calma y simpleza de la campiña. Se dedicó a observar los rostros de la gente, y encontró miradas misteriosas y vivaces, iluminando los típicos ojos indios rodeados por círculos oscuros.

Todo era diferente, curioso y llamativo. Coronas de flores que adornaban los automóviles y los viejos buses, bueyes atascados en las calles cortando el tránsito, indiferentes a los miles de bocinazos que sonaban al unísono. Cerdos comiendo de la basura en las esquinas, ardillas trepándose a los árboles, mendigos en carros arrastrados por otros mendigos, ceremonias religiosas, olor a curry y sándalo y el calor... el permanente calor que las sofocaba día y noche.

Al fin de la travesía, cuando arribaron al ashram de Baba Ananda, ingresaron en un mundo extraño dentro de otro mundo extraño. Esta vez un mundo lleno de armonía, misticismo y paz. En ese ámbito parecía como si el universo entero se hubiera detenido, como si no existiese el tiempo y cada acto humano fuera sagrado.

Muchos de los asistentes de Baba Ananda hablaban muy bien inglés, por lo que las dudas acerca de su posible incomunicación se desvanecieron de inmediato. Por otra parte, las instalaciones del ashram, que Laura había imaginado como la cueva de un ermitaño, eran un conjunto de edificios modernos de gran porte, que se erigían dentro de un enorme predio, dedicado a la meditación y a la espiritualidad. Contaban con innumerables salones y cientos de pequeños cuartos que, si bien eran austeros, estaban limpios y provistos de todo lo necesario para una estancia digna. Incluso en uno de los edificios había una cabina telefónica y un ordenador con conexión a Internet para el uso de todos los que lo necesitaran.

Los discípulos de Baba Ananda se contaban por cientos y pertenecían a diferentes nacionalidades. Si bien la mayoría provenía de otras regiones de la India, había también muchos europeos y americanos, aunque todos vestían de manera semejante, con típicos "punjabi" de color naranja, lo cual a simple vista uniformaba la geografía humana.

Después de una larga gestión, lograron que se les asignara una habitación compartida. Constaba de un pequeño cuarto de paredes blancas, con dos camas y un baño, todo pequeño, limpio y desprovisto de lujos.

Apenas entraron en el cuarto, Laura se desplomó sobre la cama, al tiempo que exclamaba:

—¡Estoy exhausta! Pienso dormir varios días seguidos, así que... ¡no me molesten!

Maya rió, mientras sacaba su escaso equipaje del bolso.

—No te creo... No creo que hayas hecho todo este trayecto para venir a dormir ¿Acaso no vamos a recorrer el ashram, acaso no vamos a buscar algo de comida?

—¿Ah, no? ¿No me crees? ¡Ya vas a ver!

Para darle más credibilidad a sus palabras, se envolvió la cabeza con la almohada y se acomodó, plegada sobre sí misma para luego quedar inmóvil.

—Bueno, bueno... —dijo Maya— como veo que esto es serio, voy a hacer lo mismo que vos. ¡Dulces sueños! —exclamó a su vez, mientras se desparramaba sobre su modesta cama para disfrutar de un más que necesario descanso.

El silencio y la penumbra las acunó y en la intimidad del cuarto, durmieron durante catorce horas seguidas.

No bien apoyó la cabeza sobre la almohada, un oscuro manto envolvió la conciencia de Laura, al tiempo que iniciaba el viaje hacia un curioso sueño. Baba Ananda (a quien sólo conocía por fotografías) entraba en el pequeño cuarto del ashram. La escena era tan real que Laura no sospechó que se trataba de un sueño hasta que despertó. El anciano maestro se encontraba apenas vestido con una larga tela blanca enrollada alrededor del cuerpo, tal como había visto en muchos "sadhus" durante su viaje por el interior de la India y, como ellos, llevaba una corona de flores alrededor del cuello y un rústico cayado en la mano.

Ella se encontraba acostada en la cama, vestida como estaba antes de dormirse, invadida por un extraño sentimiento de perplejidad al verlo acercarse. Baba Ananda sonreía, con su larga barba plateada y sus pequeños ojitos brillando en la semipenumbra de la habitación. Se aproximaba con la mano derecha extendida. El contorno de su cuerpo parecía brillar en la oscuridad, como si un aura dorada lo envolviera.

Parecía la imagen de uno de esos santos que solían pintar los artistas en la Edad Media; todo su ser emanaba paz y serenidad. Laura no sólo no sentía temor, sino que experimentó un gran alivio al verlo venir hacia ella, como si se tratara de un protector, un guardián de sus sueños que traía la respuesta a sus preguntas más intimas.

El anciano se aproximó hasta el borde de la cama y, apoyando el pulgar de la mano derecha en su frente, hizo una suave presión en el entrecejo, rotándolo en forma circular mientras sonreía con dulzura. Por fin, la imagen se desvaneció, así como el sueño entero.

Cuando se despertó, se encontraba fresca y recuperada. Recordaba el extraño sueño de manera vivida. Su amiga Maya permanecía aún dormida en la otra cama, pero pocos segundos después, quizás estimulada por el ruido que hacía Laura, despertó y abrió los ojos, desperezándose con un gruñido.

La suave luz de la mañana entraba por la ventana con celosía, desprovista de cortinas, en forma de líneas horizontales, generando un efecto de luces y sombras muy particular.

Laura se sentó en la cama y le sonrió a su amiga con el rostro plácido y distendido. Maya se restregó los ojos con los nudillos de ambas manos, y se sentó frente a ella.

—¡Buen día! —dijo con voz entusiasta, aún ronca por el sueño—. ¡Ahora sí que se te ve descansada!

—¡Buen día! —contestó Laura—. ¿Tenés idea de qué hora es? ¿Sabés qué tenemos que hacer ahora? ¡Muero por comer algo! —Sentía un vacío en el estómago, que le recordó las muchas horas de ayuno que llevaba.

—No, no tengo idea ni de la hora ni del programa del día. Te propongo que salgamos de la cueva y vayamos a averiguar.

Maya se puso de pie, estirando con ambas manos su arrugado camisón cuando, de pronto, pareció ver en Laura algo que le llamó la atención y se acercó a mirar su rostro más de cerca.

—Laura..., ¿te diste cuenta de que tenés un "bindi" dibujado en la frente?

—¿Un bindi? ¿A qué te referís? —preguntó, frunciendo el entrecejo.

Maya abrió su bolso, sacó un espejo redondo del tamaño de un plato y lo puso frente a los ojos de su amiga.

—Mirá a qué me refiero —dijo, mientras le señalaba con el dedo el entrecejo.

Laura vio la pequeña mancha de ceniza roja con el centro amarillo de forma perfectamente circular en el medio de su frente, y sintió un escalofrío que le recorrió todo el cuerpo.

—Entonces..., ¡no fue un sueño! Baba Ananda estuvo en nuestra habitación —exclamó asustada, con la mirada fija en el espejo.

—¿De qué estás hablando?

Laura le relató que, durante la noche, había

soñado que Baba Ananda entraba en el pequeño cuarto y le tocaba la frente con su pulgar derecho. Que había despertado convencida de que había sido sólo un sueño. Ahora, viendo la marca en su frente, se había dado cuenta de que el viejo maestro había estado presente en el lugar, con ella, y que todo había sucedido en realidad.

—¡Pero eso es imposible! —exclamó Maya—. Tanto la puerta como las ventanas están cerradas con trabas del lado de adentro. Yo misma las aseguré antes de acostarme.

En efecto, ambas corroboraron que las ventanas y la puerta estaban cerradas tal como las había dejado Maya antes de dormir, con fuertes cerrojos de acero, que sólo podían manejarse desde adentro de la habitación.

—Maya, esto me da un poco de miedo —dijo Laura con voz titubeante.

—Todo lo que no entendemos nos atemoriza. Pero veamos el significado de esto. —Maya se sentó en su cama a reflexionar, con expresión seria—. Un bindi es una bendición, tiene un significado especial. Está ubicado en el chackra de la conciencia —Maya trataba de mostrarse calma y racional. Continuó hablando, con el ceño fruncido—: En tu sueño-realidad, Baba Ananda toca tu conciencia, la bendice y la abre. —Maya suspiró, como si su explicación la hubiera tranquilizado.

Ambas quedaron pensativas por un instante.

Después agregó, sacudiendo su dedo índice en forma de advertencia.

—Yo te dije que se trata de un maestro poderoso —reía una risita nerviosa, trataba de animar a Laura, que se encontraba inmersa en un estado de ansiedad como nunca la había visto antes—. No hay nada que temer; es muy probable que todo esto tenga una explicación y, si no la tiene, de todos modos no dudo de que será para tu bien.

—Hubiera jurado que fue un sueño —repitió Laura, absorta en sus pensamientos.

Maya volvió a reír, tratando de quitarle importancia al episodio.

—¿Vos querías aventuras?

Poco a poco, Laura se fue calmando. Al cabo de un rato, reconociendo la falta de explicación del extraño suceso, decidió que su estómago no podía esperar más.

—Bueno... vamos a desayunar —dijo con voz muy suave, mientras miraba su frente delante del espejo, como si estuviese esperando que la marca desapareciera tan mágicamente como había aparecido.

50

Si Nahuel Curia le había parecido sabio y Govinda un gran maestro, Baba Ananda parecía estar varios peldaños más arriba, en un nivel de "santo iluminado". Todas las historias que se contaban acerca de él eran pálidos reflejos de la realidad que se experimentaba al estar a su lado. Por cierto, era el más inaccesible de todos y eran raras las oportunidades de estar cerca de él. Un minuto a su lado podía parecer una eternidad. ¿Qué había de especial en este hombrecito de cuerpo pequeño, gran barba y edad desconocida? ¿Cuál era el origen de su poder? Laura se lo preguntaba, tratando de desentrañar el misterio del aura de milagros que lo rodeaba. Quizás fuera la mirada que parecía enfocada en un infinito inasible, que parecía no ver y, sin embargo, lo veía todo. Era un gran poder, capaz de hacerla sentir en la cima de su existencia. Tenía la sensación de que había avanzado un enorme paso a partir del encuentro con este maestro y, si bien no alcanzaba a entender por completo cómo funcionaba, la sensación de claridad mental que experimentó en su ashram superó todas las expectativas. En este sentido, el bindi que había aparecido como un milagro en su frente el primer día había tomado un fuerte significado simbólico, correspondiendo por completo con la rudimentaria explicación que intentó Maya en ese entonces. Una vez agotadas las respuestas lógicas, la experiencia abrió otra puerta en su conciencia: la que comunicaba con el aspecto mágico del universo. Maya había tenido razón. Baba Ananda, durante el sueño, había abierto su conciencia a nuevas experiencias, a una manera más elevada de entender la realidad y de entenderse a sí misma. Paradójicamente Maya, que en principio había sido la creadora de esta aventura, no sentía lo mismo y estaba un poco decepcionada por la experiencia del ashram y aún cuando no lo manifestaba, Laura lo adivinaba en su actitud.

Las actividades en el ashram eran desordenadas y quedaban en gran medida subordinadas a la voluntad de cada huésped.

Algunos meditaban largas horas en las salas dispuestas para ese fin, guiados por los discípulos más avanzados de Baba. Otros se reunían a cantar mantras durante horas o bien permanecían en sus habitaciones días enteros, sin salir. Algunos se desesperaban por ver al Maestro y permanecer cerca de él; otros partían sin haberlo visto nunca.

Dos semanas después de su arribo, Laura conoció a Helmut. Apenas lo conoció, se percató de su valor y se dio cuenta de que era una de esas personas que no abundan en el mundo. Se sintió muy afortunada por la oportunidad de nutrirse con su amistad.

Helmut había nacido en Alemania hacía más o menos unos sesenta años. Delgado, de cabeza calva y piel muy blanca, su boca dibujaba casi siempre una tenue sonrisa y sus ojitos azules, muy pequeños, miraban con tanta intensidad que parecían leer sus pensamientos. Hablaba el inglés casi sin acento y Laura pronto averiguó que esto se debía a que había estudiado su carrera de médico en Londres. De inmediato encontraron intereses comunes y afinidad espiritual. Pasaban largas horas conversando.

Helmut había llegado por primera vez al ashram de Baba Ananda diez años antes. Había sido operado de un cáncer de testículos muy avanzado y le habían pronosticado unos pocos meses de sobrevida. Desahuciado y con pocas esperanzas, había abandonado el trabajo y su matrimonio en decadencia para pasar los últimos días que le quedaban en medio de la "aventura de su vida".

Laura se había emocionado con el relato de la enfermedad.

—Al poco tiempo de estar aquí, encontré la dimensión espiritual de mi existencia y descubrí la razón de mi enfermedad.

Mientras Helmut le relataba esto, parecía muy animado, como si estuviera contento de compartir su experiencia con una profesional de la salud. Sabía que ella comprendería las implicancias científicas de su historia.

—Curarme se transformó en un trabajo de veinticuatro horas. Cada noche me acostaba con esa conciencia y pasaba largas horas de desvelo en la cama, limpiando emociones negativas. Me daba cuenta de que había pasado cincuenta años acumulando resentimientos, dolor y rabia y que esas emociones se habían atrincherado en mi cuerpo, sin que yo fuera conciente de ello. Llegue a la conclusión de que por una vez en la vida debía verme tal cual soy, aceptarme con todos mis aspectos luminosos y oscuros y, en última instancia, perdonarme. La sensación de estar al fin de la vida me hizo sentir que no tenía nada que perder. La cercanía de la muerte me proporcionaba una extraña libertad. Tres meses después, me sentía mejor que nunca y me animé, a volver a casa. Estaba lo suficientemente fuerte como para enfrentar un chequeo y cuando regresé a Hamburgo a hacerme los estudios de control, mis médicos descubrieron, con enorme sorpresa, que todos los tumores habían desparecido, y... ¡aquí estoy!

No era la primera vez que Laura escuchaba un relato como éste, pero esta vez la impactó de una manera especial. Quizás por venir de un médico prestigioso, que lo había experimentado en carne propia, o quizás porque ella estaba más permeable al entendimiento de este tipo de sucesos. La amistad con Helmut fue como un corolario, la conclusión de muchas cosas que habían pasado por su vida en los últimos tiempos. Más que nunca tenía la certeza de lo decisiva que era la dimensión espiritual en la práctica de su profesión y, si bien aún no sabía qué hacer con este conocimiento, se daba cuenta de que algo muy radical estaba por suceder en su futuro como médica.

En ese momento, Helmut era un hombre feliz. Siempre sonriente y plácido. Éstas eran las características comunes a todos los que habían encontrado el aspecto trascendente de la existencia. Con un renovado sentido de humor bromeaba acerca de su enfermedad:

—Cuando la quimioterapia barrió con mi cabellera me di cuenta lo apuesto que soy sin mi pelo.

Laura quería saber todos los detalles de su proceso, de su evolución y no se cansaba de interrogarlo.

—¿Y cómo adaptaste tu tarea de médico a este nuevo conocimiento? ¿No te encontraste extraño de pronto, siendo protagonista de una curación casi mágica? Me imagino la escena. Vos, un hombre de ciencia, frente a una situación personal que te cuestiona todo aquello por lo que viviste en los últimos años, todo lo que estudiaste, lo que hiciste con tus pacientes —Le preguntaba ansiosa por recibir herramientas que la ayudaran a enfrentar su propio futuro.

—Ésa es la parte más difícil. Aunque te parezca mentira, muchas veces recibí el rechazo no sólo de los colegas, como es de esperar, sino también de muchos pacientes que no querían, que se resistían a mirar hacia adentro de ellos mismos. Muchos prefieren morir antes que enfrentar sus propios fantasmas y tienen un nivel de negación de sus emociones que no permite ningún cuestionamiento. Con el tiempo aprendí a tantear con sutileza la capacidad que el paciente tiene de aceptar ayuda de otro tipo. Muchos enfermos buscan que la medicación o la cirugía, exclusivamente, les solucionen el problema y no quieren ni pueden usar herramientas psicológicas o espirituales; demandan curaciones rápidas que les permitan volver a su vida tal cual era antes de enfermar. No quieren aceptar el desafío que les plantea la enfermedad. No saben y se niegan a entender que la curación debe ser encarada por varios frentes, como un trabajo intensivo que requiere no sólo medicación y cirugía, sino también autoconocimiento a nivel mental y espiritual. También aprendí que está bien que así sea: no se puede apurar el tiempo de los otros y cada uno recibe aquello que está preparado para recibir. Respecto de los colegas, después de varios tropiezos decidí manejarme con mucho tacto. Tomé conciencia de que debo respetar el punto de vista de aquellos que no coinciden conmigo, aunque a veces me resulte difícil. Todo tipo de medicina es útil. Hay un momento y un lugar para cada cosa, y todo debe sumar en favor del paciente. Descubrir y aceptar esto es nuestro desafío.

—¿Y vos no crees, entonces, que cualquier enfermedad puede ser curada con herramientas espirituales? —le preguntó Laura, ansiosa por saber su opinión.

—No. Yo creo que todas las enfermedades tienen un correlato espiritual y representan una lección que debe ser aprendida, tanto para el paciente como para los que lo rodean, incluyendo al mismo médico. La enfermedad nos quiere enseñar algo que nos resistimos a reconocer y que puede estar más cerca o más lejos de la superficie de la conciencia. He conocido pacientes a quienes la sola amenaza de una enfermedad grave les ha hecho replantear su vida entera, y también he visto muchos pacientes que, al borde de la muerte, no pueden reconocer lo obvio. No entienden, por ejemplo, que es el resentimiento o la culpa o la sensación de fracaso lo que los está matando. Por eso, insisto en que hay pacientes para el trabajo espiritual y pacientes para el quirófano. Esto tampoco significa que todas las enfermedades puedan ser curadas. De hecho, los maestros espirituales también enferman y, eventualmente, mueren. Todos vamos a morir, es una ley del universo. La cuestión es cómo y cuándo, qué vicisitudes debemos atravesar antes de morir y, sobre todo, qué lección hay para nuestro espíritu en ese proceso.

—Govinda dice que no morimos porque, en realidad, nunca hemos nacido. Lo que muere es la personalidad. Por algo la palabra "persona" significa "máscara". La muerte, para él es la extinción de la máscara, no del ser.

—Como médicos, nos cuesta creer que hay un espíritu trascendente, hasta que tenemos la posibilidad de experimentarlo en nosotros mismos.

Helmut hizo una pequeña pausa y Laura agregó:

—Yo aprendí que el ser humano es infinitamente más complejo de lo que pensamos los médicos en Occidente, y que la conciencia juega un papel decisivo en la creación de nuestra realidad, pero también... ¡hay tantos factores que escapan a nuestro control! Me pregunto, por ejemplo, qué grado de influencia tienen en nuestra salud los factores ambientales, hereditarios; incluso ahora, que he percibido la existencia del alma y la ley del karma, me parece encontrar muchas respuestas en este factor, porque ahora sé que nada sucede por azar, ni siquiera los accidentes.

—Eso es correcto. Tenemos que tener en cuenta que entender al ser humano en su totalidad es tan pretencioso como aspirar a penetrar en la mente de Dios. Pero como somos médicos y nuestro deber y vocación es ayudar, no podemos renunciar a saber. Un médico debería ser no sólo un científico de laboratorio, sino también un experto en filosofía, religión, espiritualidad, antropología, psicología. Las ciencias que hacen al ser humano enriquecen nuestra tarea. Por sobre todas las cosas, el médico tiene que tener un profundo conocimiento de sí mismo. Ése es, lamentablemente, el conocimiento más escaso. La medicina debe reformularse como la ciencia de lo inabarcable. Debe ser, ante todo, humilde y además reconocer que lo mágico, lo misterioso también existe.

Laura le había contado su experiencia de la primera noche en el ashram. Él sonrió, aprobando, mientras ella terminaba su relato. No parecía sorprendido en absoluto.

—Percibir lo mágico y lo milagroso requiere de un estado de conciencia especial. Somos ciegos frente a aquello que no estamos preparados para ver. En la física quántica se hizo patente la importancia del observador sobre el comportamiento de lo observado. Los "rishis", los sabios videntes de la filosofía védica, conocían esta importancia decisiva hace cinco mil años. Ellos reconocieron que la realidad es el producto de una relación entre el objeto observado y la conciencia del observador.

Laura admiraba la claridad que Helmut tenía para explicar lo inexplicable, siempre con una respuesta simple para cualquier cuestión compleja. Las conversaciones con él la ayudaban a pensar en su futuro como médica, un futuro por ahora indefinido.

—Yo descubrí que ser médico requiere de un compromiso que debe renovarse cada día. El que trabaje con la salud de las personas no puede permitir que la rutina desgaste el propósito esencial de su tarea, que es ayudar a los demás —le había dicho ella en una de sus charlas—. Y fue ese compromiso el que me trajo hasta aquí.

Laura llegó a tener mucho aprecio por su nuevo amigo. Solían salir a caminar por los jardines del ashram a la mañana muy temprano. A veces conversaban y otras veces permanecían en silencio. Helmut tenía un gran sentido del humor, y Laura le agradecía, sin palabras, que le recordara lo bien que se sentía experimentar una explosión de risa cada tanto.

—Yo ya no trabajo en el hospital —le contó Helmut en una oportunidad—. Me limito a la atención en mi consultorio y le doy orientación a los pacientes que, muchas veces, no saben cómo encarar su tratamiento. Antes, intento que me revelen sus angustias, su pasado y sus sueños.

Este comentario avivó la imaginación de Laura, abriendo una perspectiva para su futuro desempeño. Pensó cuántos pacientes podrían beneficiarse con la orientación que un profesional tan conciente como Helmut podía darles y si ella, algún día, sería capaz de hacer algo parecido.

51

En el enorme comedor del ashram, mientras esperaba con su bandeja en la mano a que le sirvieran la comida, Laura conoció a Santiago y a Marisol. Eran muy jóvenes. Venían de España y se encontraban perdidos por su dificultad para entender el inglés y la imposibilidad de comprender el hindi. Cuando descubrieron que Laura hablaba español, se pegaron a ella como dos niños a su madre.

Al cabo de un tiempo Maya, Helmut y Laura, junto con Santiago y Marisol, la joven parejita, conformaban un grupo inseparable y extraño. El nexo entre ellos era Laura, debido a la barrera idiomática que los separaba. Realizaban casi todas las actividades en conjunto, incluso hacían algunas salidas esporádicas del ashram para recorrer y explorar la región que lo circundaba. Este pequeño grupo representaba para Laura un poco de orden en el desorden de gente que se movilizaba por el lugar.

Así como Helmut guiaba a Laura en sus vivencias y la ayudaba a entender temas espirituales, Laura guiaba a sus nuevos amigos. Se sorprendían por todo: las costumbres, los rituales, las comidas. Miraban con asombro cómo los indios comían jugosos guisos con las manos, a veces ayudados por un "chapati". Se maravillaban viendo a los sadhus en actitudes meditativas durante horas. Escuchaban incrédulos las historias sobre las experiencias sobrenaturales que circulaban sobre Baba Ananda. Laura se divertía y disfrutaba con la actitud un poco infantil de los dos jóvenes, que habían venido más en la búsqueda de una aventura que de una experiencia espiritual. También reconocía que la forma de ser de ellos representaba, en cierto aspecto, una parte de ella misma.

En una de sus excursiones, decidieron visitar lo que todos llamaban "la montaña mágica". Se trataba una zona sobre elevada hasta unos ochocientos metros de altura, a cuya cumbre se podía acceder en un par de horas de caminata. Se decía que asistir a la puesta del sol en su cima era una experiencia trascendente y que Baba Ananda había alcanzado la iluminación meditando allí. Curiosos, ansiosos por conocer la magia de la montaña de la que todos hablaban, partieron luego del almuerzo, riendo y bromeando. Estaban dispuestos a vivir una aventura dentro de otra y caminaron sin apuro, demorados sobre todo por Marisol, que tenía piernas muy cortitas y avanzaba con pasos rápidos y breves. En el camino se detuvieron varias veces para sacar fotografías, ya que cada imagen del sendero era como un cuadro y, a medida que ascendían, las vistas eran cada vez más imponentes y bellas.

El ashram se encontraba rodeado de hermosas colinas, y el grupo se admiraba ante la vista de esa geografía tan impregnada de su gente oscura y a la vez colorida, dulce e intensa.

El pueblito y el ashram, a cierta distancia de éste, se veían como una pequeña maqueta y las lagunas parecían manchones de plata brillando aquí y allá.

Cada tanto se cruzaban con alguna familia de simios que los observaban atónitos, como en un espejo, manteniendo una distancia prudencial, ya que les habían advertido sobre la posibilidad de ser mordidos por esos animalitos de aspecto inofensivo.

De pronto, el sendero se rodeó de vegetación espesa. A su alrededor sólo podían verse matas muy verdes o ramas secas mientras subían, utilizando las piedras como peldaños. Se notaba, por el desgaste en su superficie, que habían sido pisadas innumerables veces.

Hacía mucho calor. A medida que se acercaban a la cumbre, sintieron con alivio las corrientes de aire fresco, propias de la altura, que en forma esporádica, soplaban sobre sus rostros y hacían flamear sus ropas.

Por fin la vegetación se abrió de golpe, para dar paso a una gigantesca postal. En la cima de la montaña se desplegaba ante sus ojos una superficie de piedra, llana como una terraza, barrida por el viento que circulaba a su antojo, sin obstáculos. La vista permitía ver hasta el horizonte.

Ése fue el instante en que los envolvió la magia del lugar. Sin decir nada, comprendieron el significado místico que ese sitio tenía para los habitantes del ashram. Ya no pudieron hablar y bromear; sólo quedarse en silencio, sobrecogidos por la belleza del paisaje. El valle parecía infinito. Enmarcado por cadenas de montañas y salpicado de lagos, se extendía frente a ellos hasta unirse con el cielo. Laura dejó que la brisa le acariciara la cara como una mano suave, reconfortante, y que el absoluto silencio, solo roto de vez en cuando por el silbido del viento o el canto de un ave, se apoderara de su alma. Supuso que los demás estarían extasiados, experimentando las mismas sensaciones. Ni siquiera se miraron. Todas las miradas quedaron atrapadas en la línea donde el sol comenzaba a hundirse en su cotidiano ritual de fuego. Se sentaron a meditar sobre la superficie de piedra. Parecía el escenario de un mágico teatro que había estado allí, esperándolos para iniciar su acto culminante.

Por alguna razón, observar el paisaje que se desplegaba frente a ellos despertaba en sus corazones la certeza de la existencia de un creador. Un supremo que podía llamarse Dios, Shiva, Jehová o

Alá y al cual, sin importar su nombre, la naturaleza entera le rendía homenaje.

Meditaron mientras el disco dorado se esfumaba, dejando en el cielo sólo un resplandor, hasta que ya casi no hubo luz. Laura, embargada por una profunda emoción, dejó que unas lágrimas, de origen desconocido, fluyeran sin reparo. Se sentía en la cima de la vida. Comprendió que lo que había vivido, lo que había aprendido hasta ahora, había sido para llegar hasta ese punto de la existencia y para protagonizar ese momento sublime en el cual se sentía libre y eterna.

Tuvo la certeza de que había recorrido un camino perfecto, donde cada acierto y cada error tenían un significado. Nada era bueno o malo; simplemente, "era". Esta certeza ponía en paz su alma, disolvía cualquier duda acerca del pasado o del futuro. No había nada que temer, cualquier decisión que tomara sería la correcta. Se sentía segura como nunca, y creció en ella la sensación de gratitud con su Creador y, a la vez, de plena felicidad. Cuando al cabo de un tiempo que pareció interminable los envolvió la penumbra, emprendieron presurosos el regreso. Laura adivinó en los rostros de sus compañeros que habían experimentado lo mismo que ella, la misma emoción. Nadie hizo un comentario y retornaron en silencio, iluminados con linternas, hasta llegar de vuelta al ashram cuando la oscuridad los envolvía por completo.

52

Laura abandonó la sala de meditación, donde reinaba una extraña mezcla de quietud y de aroma a incienso, fundidos con el sonido de los mantras entonados a la distancia.

Caminó hacia la cabina de internet, calculando que a esa hora estaría vacía. Quería revisar su correo, tener novedades del mundo exterior. Habitualmente, recibía pocas noticias. Algún que otro *e-mail* de su prima, que le hacía consultas con relación a la casa, otros pocos de Gina y la secreta esperanza, que nunca se concretaba, de recibir algo de Steve. Los mensajes, las letras en el ordenador hacían aparecer en su mente el reflejo de su pasado, la conectaban como un fino hilo con la distante realidad de su hogar.

Ese día encontró un correo que abrió con expectativa.

Juan, el marido de su amiga Gina, le enviaba una información inquietante.

"Gina está muy enferma. Me pidió que no se lo dijera a nadie, pero sé que no me perdonarías si te lo ocultara".

La forma en que estaba escrito el mensaje hizo que sonara una alarma en su interior. El corazón se le revolvió en el pecho. A pesar de la conmoción que le producía esta noticia, no la sorprendía. Las últimas veces que había visto a Gina había notado un decaimiento, un deterioro marcado de su persona. Había percibido en ella ese dolor que no podía expresar. Este conocimiento no disminuyó la ansiedad que le producía saber que su amiga corría peligro.

Sin vacilar, Laura se dirigió a la cabina telefónica para llamarla.

Juan atendió.

—¡Laura, son las cuatro de la mañana! —exclamó del otro lado de la línea. Se notaba adormecido y arrastraba las palabras.

—Sí, te pido perdón. Sé que tenemos diez horas de diferencia, pero necesito saber cómo está Gina. ¿Ella está allí ahora? —preguntó, ansiosa por escuchar la voz de su amiga.

—No, Laura. Está internada.

Las palabras de Juan salían entrecortadas por un defecto en la comunicación. Laura tuvo la sensación física y real de esa enorme distancia que los separaba. Por primera vez desde que se había marchado, sintió una fuerte añoranza por su casa.

—¡Necesito saber cómo está! —exclamó, casi gritando, para que él la escuchara mejor.

—Laura, yo mucho no entiendo, pero me explicaron que no está bien, que lo que tiene es grave. Ahora está en una etapa en la que le están haciendo muchos estudios, y tardarán varios días en darnos los resultados.

A pesar de las dificultades para escucharlo, Laura percibía el tono sombrío de su voz.

—Pero ¿qué tiene? —insistió, olvidando que él no era médico y que sabía muy poco de diagnósticos.

—Mucho decaimiento y, en los últimos días, fiebre. Fiebre muy alta.

—Bien, pero al menos, ¿hay algún diagnóstico tentativo?

—Algo de la sangre. Me advirtieron que no me van a decir nada hasta que estén seguros del diagnóstico.

—¿Dónde está? ¿Dónde la internaste?

En el hospital San Antonio, en el servicio de hematología. Ella me pidió que la llevara allí porque conoce a todos.

—Bueno. Voy a comunicarme con el hospital... cuando sea una hora más razonable. Después te vuelvo a llamar. Lamentablemente no puedo recibir llamados, pero si sabés algo, por favor mandame un *e-mail*. Voy a estar atenta, esperando. —Se hizo un breve silencio.

—Gracias, Laura... por tu preocupación.

"Por supuesto que estoy preocupada", pensó ella mientras colgaba con lentitud el auricular.

Se sentía aturdida. Hasta ese momento, todo lo que pertenecía a su pasado, a su vida fuera del ashram era como un sueño que hubiera soñado alguna vez. De pronto, ese sueño se había vuelto real de una manera violenta.

La enfermedad de Gina la reconectó con la realidad que había dejado atrás. Sintió la necesidad de volver, de verificar que todo eso estaba allí, que aún existía. Pensar que su amiga, que tenía su misma edad y había compartido con ella tantas vivencias, estaba en peligro, era inverosímil, inconcebible.

Pensó en tomarse veinticuatro horas para resolver el futuro inmediato.

La aventura parecía haber llegado a un fin. Estaba satisfecha y no necesitaba, por ahora, nada más. Pensó en el anhelo de iluminación que había sentido cuando estaba en Green Leaves y decidió que, aparte de la práctica espiritual, la vida misma, con sus vicisitudes, era un camino para lograrla. Steve volvió a su memoria. Él le había mostrado su experiencia de vivir la cotidianeidad abrazando el espíritu. La vida la iba guiando y, tal como la había llevado hasta Green Leaves y al ashram de Baba Ananda, la encaminaba ahora de vuelta a casa.

Recordando los ojos de su amoroso compañero, experimentó una conmoción que le sacudió el cuerpo entero. Ahora que sentía que su búsqueda había terminado, se preguntaba si había valido la pena dejarlo ir. ¿Habría dejado pasar la oportunidad más importante de su vida de vivir el verdadero amor de pareja? Si de verdad había un tiempo para cada cosa, éste era, sin duda, el tiempo de volver.

Al día siguiente encaró a sus amigos, Maya y Helmut.

—Me marcho. Vuelvo a mi casa. Necesito estar cerca de mi amiga Gina, que está muy enferma. Aunque todavía no tienen un diagnóstico cierto, se sospecha que puede ser leucemia. No puedo creer que mi amiga, tan llena de vida, esté tan grave. Quizás estando allá pueda ayudarla. —Los ojos de Laura se humedecieron—. Gina y yo fuimos inseparables, trabajamos en el mismo hospital durante casi diez años —explicó Laura, mientras sus amigos la miraban en silencio—. En el último tiempo, la veía infeliz.

—¿Tenía algún problema? —preguntó Maya.

—No, que yo sepa; pero se la veía triste y ansiosa. Ya no nos veíamos tan seguido y no teníamos tanto tiempo para compartir. Quizás no se trataba de ningún problema en particular. Simplemente, no estaba satisfecha con su vida.

—¿Nunca le preguntaste qué sentía?

—Sí —contestó Laura—, pero intuyo que ella misma no lo sabía. Lo importante ahora es que quiero estar cerca —Laura reflexionó unos segundos en silencio y luego agregó—: He decidido que es hora de volver a casa.

Maya la miró, comprensiva.

—Te entiendo. Si vos te vas, yo también me voy. Para mí también será bueno retomar todo lo que dejé atrás.

Los tres quedaron en silencio. Helmut aún la observaba con atención. Al cabo de un instante, resumió en pocas palabras lo que pensaba:

—El universo te equipó con valiosas herramientas para afrontar este momento. Es la hora de rendir tu examen.

Una etapa muy importante se cerraba en la vida de Laura. Con esa conciencia, se despidió de sus compañeros del ashram.

Marisol y Santiago la saludaron con calidez, preocupados tanto por su amiga como por ella. Se abrazó largo tiempo con Helmut, agradecida por todo lo que habían compartido, por sus invalorables enseñanzas. Luego subieron al pequeño vehículo que las llevaría hasta la estación de trenes.

La marca que había aparecido como por arte de magia en la frente de Laura durante su primera noche en el ashram había teñido la piel, persistiendo mucho más de lo esperado. Se había esfumado de a poco, mientras pasaban los días. Terminó de borrarse por completo la mañana de su partida.

Después de atravesar casi toda la India de norte a sur, esta vez sin la ayuda de Yamuna pero con más experiencia y confianza, llegaron a Mumbai, donde sus caminos se bifurcarían. Laura viajaba a Sudamérica, vía Sudáfrica, y Maya viajaba a Canadá, vía Europa. Ambas amigas se dijeron adiós en el aeropuerto. En medio de la multitud colorida que se desplazaba en todas direcciones, se quedaron abrazadas, inmóviles por varios minutos. Estaban concientes de que quizás nunca más volverían a verse y, a pesar de que prometieron escribirse, hablarse y arreglar un encuentro futuro, ambas sabían que las posibilidades de compartir nuevamente algo de sus vidas eran remotas.

Desde la ventanilla del avión, que acababa de levantar vuelo, Laura veía la línea de la costa, recortándose sobre el mar, mientras se alejaba de la India, del ashram, de Maya, de sus maestros espirituales y de una aventura que nunca olvidaría.

53

A Laura le había costado mucho dejar Green Leaves. Por el contrario, del ashram de Baba Ananda partió sin ningún apego. Sentía una especie de urgencia por volver a casa, y si bien la enfermedad de Gina había sido el detonante de la situación, sabía que no podía seguir prolongando su ausencia. Debía enfrentar su vida pasada y decidir cómo seguiría escribiendo la historia. Había pasado casi un año a la deriva y ahora, de pronto, estaba ansiosa por saber hacia dónde se dirigía.

En la primera parte del viaje, su mayor preocupación fue la vuelta a la rutina. Recordó las palabras de Govinda, quien decía que lo único permanente es el cambio, y pensó que, en este caso, la Laura que volvía a su casa tenía poco que ver con la que había partido de allí casi un año atrás. Qué haría con el conocimiento que había adquirido, cómo enfrentaría a sus colegas, a sus pacientes y su rutina, cómo se sentiría cuando tuviera que volver a usar el bisturí. Eran temas aún sin resolver.

Sin la feliz expectativa de la llegada, el viaje de vuelta se hizo mucho más largo. Por momentos pensó que no llegaría jamás. Con la finalidad de atravesar el tiempo con su conciencia, meditó largas horas en el avión y en los aeropuertos, mientras aguardaba sus conexiones de vuelos.

Más adelante, a medida que se iba acercando a destino, fue presa de una creciente ansiedad por la salud de Gina.

¿Cuán grave sería su pronóstico? ¿Tendría la posibilidad de ayudarla de alguna manera? Tal como Helmut le había dicho, la vida le tomaba examen.

Era un examen que hubiera preferido no tener que rendir. Laura era una persona que vivía rodeada de gente, pero había cultivado pocos afectos. Acostumbrada a una existencia solitaria y autosuficiente, reconocía en Gina uno de los escasos anclajes emocionales de su vida. La posibilidad de perderla la asustaba. Al mismo tiempo, ella contaba con herramientas espirituales sólidas.

Ahora podía entender que había llegado para Gina el momento de enfrentar su gran desafío, y que cualquiera fuese el desenlace, el alma de su amiga seguiría su camino en esta vida o en otro plano, en otra realidad, de cuya existencia ahora no dudaba.

A pesar de este conocimiento, no podía evitar que sus sentimientos oscilaran entre la comprensión y la aceptación por un lado, el miedo y la angustia por otro.

Pensó también en Juan, tan desvalido, tan dependiente de Gina, y en sus hijos, que la necesitaban tanto en esta etapa de su vida...

A partir de que el avión tocó el suelo con una fuerte sacudida, se sintió como si hubiese vuelto al seno materno. Cómoda en el ambiente familiar que la rodeaba. Envuelta en el olor de su tierra, las miradas parecían conocidas, no escondían secretos códigos de origen y cultura que ella ignoraba.

Tomó un taxi desde el aeropuerto y, en menos de una hora, estaba en su casa. Atravesó el jardín cargando el mismo pequeño bolso con el que había partido, con el cabello muy largo, unos kilos menos y un punjabi color naranja como atuendo. Lo más importante que experimentó al ingresar en su casa fue la sensación de que una persona diferente retornaba en su lugar.

El hospital estaba ahí. Su enorme estructura gris, las ventanas con los marcos despintados, el parque circundante con los árboles de denso follaje, el camino polvoriento, la entrada para las ambulancias.

Nada había cambiado. Sin embargo, a los ojos de Laura, nada era igual. Su mirada interpretaba de manera diferente todo lo que veía. Como un rey Midas que transformaba en oro todo lo que tocaba, Laura revestía las cosas de un significado nuevo, como si las viese por primera vez. Se había liberado de quince años de rutina, de la costumbre que la llevaba a recorrer los pasillos sin verlos, de saludar sin mirar a los ojos y de atender a sus pacientes con la mente vagando por otra parte.

Se encaminó decidida al servicio de hematología, donde su amiga estaba internada. En el trayecto que recorrió, tuvo que detenerse a cada paso para saludar a alguien que le daba la bienvenida de manera más o menos efusiva. De esta forma, Laura tomó conciencia de que la habían extrañado más de lo que ella hubiese podido imaginar.

Antes de ver a su amiga, entró en el consultorio de hematología, donde encontró a dos médicos discutiendo un caso clínico.

Laura los conocía sólo superficialmente, y ellos no la recordaban. Tuvo que presentarse y hacer un poco de historia antes de ir al punto de interés.

—La doctora Gina Baldo... —repitió el joven médico mientras buscaba la historia clínica—. Empezó su sintomatología con una especie de estado gripal, con mucha fiebre y luego petequias en los cuatro miembros. El hemograma mostró sin lugar a dudas una superpoblación de glóbulos blancos inmaduros, con signos de atipia, y la punción de medula ósea reveló de manera contundente una leucemia leucoblástica aguda.

Levantó la vista, miró a Laura a los ojos y declaró:

—Lamento informarte que tu amiga padece de la forma más virulenta de leucemia.

Lo dijo con voz neutral, como acostumbran los médicos a hablar entre ellos. Se enuncian las enfermedades sin ninguna emoción, como si tuviesen existencia propia y no hubiera ninguna vida involucrada en ellas.

Laura, en cambio, sintió que le sacaban el piso debajo de sus pies. Tuvo que sentarse y respirar hondo. Pensó que estaba preparada para cualquier cosa, pero no era cierto. En ese instante, las lágrimas empezaron a fluir de sus ojos de manera incontrolable.

En ese momento, el joven médico entendió que su interés no era meramente profesional y se sintió un poco culpable por la forma impersonal en la que le había dado la noticia.

—Lo siento muchísimo.... Está en un plan de quimioterapia, el más fuerte. Usamos una formula nueva, combinamos tres drogas; ahora te cuento cuáles... —se apuró a decir en forma de consuelo, mientras revisaba las hojas de la historia clínica en busca de más datos.

—Sí —interrumpió Laura entre sollozos—, pero ¿con qué posibilidades?

El joven médico no se animó a contestar, y Laura tampoco esperó la respuesta.

—Voy a verla... ¿dónde está?

—Habitación 238. Es un cuarto privado.

Laura se detuvo unos instantes en el camino

hacia la habitación para recomponerse. Al llegar, abrió con suavidad la puerta, con el corazón palpitando aceleradamente, aun cuando su rostro se mantenía inexpresivo.

Gina dormitaba semisentada sobre dos grandes almohadas. Sus manos, pálidas, estaban apoyadas a los costados del cuerpo. El cabello, recogido como siempre en una cola muy alta, presentaba abundantes canas en las raíces. Laura observó este detalle con ternura. Su amiga solía ser muy meticulosa en teñir su pelo para evitar que las canas aparecieran y revelasen que ya había pasado los cuarenta.

Tenía esa palidez cerúlea que Laura había observado tantas veces en los pacientes de extrema gravedad, y su pesada respiración tampoco era demasiado auspiciosa.

Se acercó con sigilo y tocó apenas un mechón de pelo que le caía sobre la frente. Gina abrió con dificultad los párpados y tuvo un suave escalofrío, que demostraba que se había sobresaltado. Apenas reconoció a su amiga, una sonrisa amplia le iluminó el rostro y sus ojos tuvieron un destello de alegría. Una alegría que apenas se adivinaba por el brillo juguetón que Laura notó de inmediato.

—¡Volviste! —exclamó. La voz era suave y un poco ronca; tragaba a menudo, como si tuviese la garganta cerrada.

Laura se apuró a tomarle la mano y con una sonrisa, la más distendida que pudo mostrar, contestó jovial:

—¡Ya era hora! Estaba extrañando tanto nuestras charlas... ¿Cómo estás? ¿Cómo te sentis? ¿Cómo te tratan en este hospital?

—¿Cómo querés que me sienta? Muy mal, Lauri. ¿Hablaste con el médico? ¿Te dijo el diagnóstico?

Preguntaba con ansiedad y, al mismo tiempo, se vislumbraba el temor a la respuesta. Laura se dio cuenta de que aún no le habian dicho cuál era su diagnóstico y se sintió angustiada por tener que ser ella quien se lo dijera.

Despues de todo, ¿qué era un diagnóstico? ¿El nombre de una enfermedad? ¿Una palabra con enormes consecuencias? ¿Una sentencia de muerte? Laura había visto demasiadas veces a los pacientes desmoronarse frente a un diagnóstico como para ignorar su poder. La experiencia le había enseñado a buscar maneras positivas de describirle a un paciente su enfermedad, sin utilizar palabras cargadas de un significado nefasto. "Usted padece de un desequilibrio en su ovario derecho que ha llevado a una parte de sus celulas a revelarse contra el orden natural de reproduccion y muerte celular. Vamos a extirpar ese grupo rebelde y luego vamos a trabajar con su organismo para ayudar a que esto no se repita". Resultaba mucho más digerible y menos terminante que anunciar la existencia de un cáncer de ovarios.

Pero Gina era médica, y mientras Laura recapacitaba apenas unos pocos segundos acerca de cómo hablarle, Gina afirmó, cerrando los ojos:

—Voy a morir.

Lo dijo con una certeza que cerraba el paso a cualquier duda, a cualquier cuestionamiento.

—¡No! Gina, tenés que hacerte muy fuerte. Estás rodeada de gente que te quiere y que te va ayudar. No estás sola en esto...

Gina continuaba sin abrir los ojos.

—Voy a morir, Laura, yo lo sé. No necesitás disfrazar nada ni mostrarte optimista. Yo sé que todos los que me rodean me quieren, pero esto no tiene arreglo.

Laura sintió un escalofrío. Le parecía peor la entrega con la que su amiga hablaba de morir que el diagnóstico mismo.

—Gina, hay mucho que se puede hacer, pero

vos tenés que colaborar. Colaborar no significa sólo poner el cuerpo para que lo pinchen y lo corten. Significa poner el alma, la intención, todo tu ser a trabajar para la curación. Vos sos médica, ¡sabés cuánto depende del paciente! Ahora... la paciente sos vos. —A pesar de hablar en voz baja, lo hacía con fuerza, tratando de transmitirle las ganas de vivir.

Gina esbozó una sonrisa y abrió los ojos. Eran ojos tristes, enturbiados por una fuerte melancolía.

—¡Sos una luchadora! —dijo apenas con un susurro —. Me encanta tu entusiasmo, pero yo estoy muy cansada... necesito que me dejes dormir.

Cerró otra vez los ojos. Laura titubeó. Estuvo a punto de seguir insistiendo, pero algo en su interior le decía que era una falta de respeto. Lo que menos quería en el mundo era avasallar la voluntad de una persona tan desvalida.

Se limitó a tomar la mano de su amiga y permaneció así, en silencio, mientras Gina volvía a caer en un profundo sueño, con su respiración otra vez estertórea. Al cabo de un largo rato, acomodó la pálida mano que permanecía entre las suyas al costado del cuerpo de su amiga y salió de la habitación.

Caminó por los amplios pasillos del hospital sin ver a nadie. Por fortuna, no se cruzó con ningún conocido. Su mente daba vueltas alrededor de la escena en el cuarto de Gina.

¡Había vuelto con tanta ilusión de ayudarla! Y, en cambio, había chocado contra una pared inexpugnable. Todo lo que había vivido, todo lo que había aprendido parecía no servir para nada en un momento de vital trascendencia como éste. Debía buscar ayuda, necesitaba el consejo y la presencia de alguien más sabio que ella. Caminó hacia el estacionamiento, se subió a su automóvil, lo puso en marcha y se encaminó, decidida, hacia la casa de Nahuel Curia.

Luminosa y acogedora, la casa del sanador contrastaba tanto con la frialdad del hospital, que enseguida se llenó de confianza. Sintió que allí hallaría la solución a sus angustias y entonces, el temor y la incertidumbre que sentía se esfumaron en un instante. A diferencia de otras veces, tuvo que esperar casi una hora hasta que su asistente la llevó ante la presencia de Nahuel.

Estaba igual que la última vez que lo había visto. Vestido de blanco, no parecía ni un día más viejo. Sus ojitos brillaban, la sonrisa, aunque apenas perceptible, era cálida.

—Esta vez no vengo por mí —dijo luego de que él la saludara tomándole ambas manos entre las suyas—. Vine a buscar ayuda para una persona muy querida. —Laura hizo una pequeña pausa, mientras miraba los ojos de Nahuel—. La vida de mi amiga Gina está en grave peligro.

Nahuel la miró sin parpadear. La condujo al pequeño sillón y la sentó, con un gesto amable. Luego fue hasta la ventana donde estaban preparados, como de costumbre, los elementos para servir el té.

Lo preparó como se realiza cualquier ritual, con ritmo sereno, sin decir una palabra. El silencio ayudó a Laura a calmarse, a mirar hacia adentro y a reconocer sus expectativas.

¿Qué había ido a buscar?, se preguntaba. No había ido en busca de un consejo; había ido a buscar un milagro. Confiaba en que Nahuel desplegara su magia sanadora con Gina. Sabía que él era capaz de hacerlo.

Nahuel finalizó su acostumbrada ceremonia y luego se sentó a su lado, con la taza en la mano.

Recién entonces la miró, alentándola a seguir hablando.

—Mientras estaba en la India, me enteré de que la habían internado con un diagnóstico de leucemia. Volví de mi viaje para ayudarla y, al llegar, me entero de que tiene la forma más grave de la enfermedad. Es posible que le quede poco tiempo de vida si no hago algo de manera urgente. Acabo de estar con ella y mi visita me llenó de impotencia. La encontré triste, melancólica, sin deseos de pelear. Tuve la sensación de que está entregada a los brazos de la muerte. Es muy posible que la misma tristeza, las mismas razones que la enfermaron, le impidan buscar dentro de ella la fuerza para curarse.

De manera inesperada, Nahuel cambió de tema.

—Apenas te reconocí cuando entraste. ¡Estás tan cambiada! Has madurado mucho en este tiempo. Se ve con sólo mirarte los ojos.

Volvió a hacer una pausa. Tomó un pequeño sorbo de té y se quedó mirando hacia afuera por el gran ventanal.

El día era fresco y unas nubes gordas, impulsadas por un viento ligero, cruzaban de vez en cuando el cielo de color azul impecable. Laura también miró hacia afuera y puso su mente a reposar, mientras esperaba la respuesta de Nahuel. La presencia de él la llenaba de calma. Había aprendido a ser paciente, confiaba que él le daría la respuesta correcta.

—¿Volviste de tu viaje porque ella pidió por vos?

—No —contestó Laura—. No sólo no pidió por mí, sino que dijo expresamente que no me contaran nada acerca de su enfermedad. Pero su marido sabía que no podía hacerme eso.

—Entonces... ¿ella no pidió que la ayudaras?

Laura se sentía un poco desconcertada por el rumbo que tomaba la conversación. Se limitó a contestar:

—No, no me pidió nada...

Nahuel hizo otra pausa y tomó un sorbo de té.

Volvió a sumergirse en el silencio un largo rato, para luego continuar sin mirarla a los ojos.

—Y ahora, cuando estuviste con ella... ¿te dio a entender de alguna manera que quería tu ayuda?

—No. Me dijo que estaba muy cansada, que iba a morir y que sólo quería dormir. Ni siquiera se mostró muy entusiasmada por mi presencia.

—Entonces, ¿qué te hace pensar que desea ser ayudada? —La pregunta la tomó por sorpresa. "¿Quién no desea ser ayudado?", pensó, desconcertada.

—Ella está indefensa frente a la enfermedad... ¡cualquiera necesita ayuda en su situación!— replicó con énfasis.

—Eso dalo por seguro. Pero ¿qué tipo de ayuda? Quizás necesita algunas cosas, mientras se le ofrecen otras. ¿No sería más sabio preguntarle a ella qué desea en este momento? ¿Cuál es su voluntad?

—¡Seguramente desea curarse! —exclamó Laura, que empezaba a entrever a lo que quería llegar Nahuel.

—No lo sabemos... ella no lo dijo.

—Pero tiene hijos pequeños, ¡ella los ama!

—Sí, esta es una de las cosas que más nos cuesta aceptar.

Hizo una pequeña pausa, volvió a mirar hacia afuera y continuó:

—Yo no he visto todo. Sólo Dios lo ha hecho, pero he visto muchas cosas y sé que si alguien quiere agua, no hay que ofrecerle otra cosa más que agua. Yo no puedo hacer nada por ella ni tú tampoco... si ella no lo pide.

—Y... ¿no puede ser que ella no lo pida porque su conciencia está obnubilada? —preguntó Laura.

—Sí, puede ser, pero entonces también estará obnubilada para tomar la ayuda que se le brinde, y entonces ese tipo de ayuda no servirá de nada, será sólo un intento forzado de torcer su camino, una falta de respeto a su voluntad.

Para aplicar una inyección a un paciente no se necesita demasiada colaboración de su parte. Basta con que nos dé su brazo. Para dar ayuda espiritual, el corazón debe estar abierto, entregado a la experiencia; de otra forma, no podremos llegar a él. Laura recordó que ésa era la sensación que había tenido cuando estuvo al lado de Gina.

—Entonces... ¿sólo me resta verla morir? —lo dijo como pregunta y afirmación al mismo tiempo.

—No. Quizás no puedas darle la curación, pero hay muchas otras cosas que puedes darle y que ella quiera y pueda recibir, como tu compañía, tus cuidados y tu comprensión.

Una pequeña lágrima asomó en los ojos de Laura, al mismo tiempo que su barbilla comenzaba a temblar. Su llanto no era tanto de impotencia como de tristeza al pensar que perdería a su amiga, a su compañera.

—¿Alguna vez te dedicaste a observar un río de montaña?

Nahuel no esperó la respuesta. Respiró hondo y continuó:

—El río de montaña te invita a meditar acerca del flujo de la vida. Transcurre veloz a causa del declive y... ¡pasa por tantas vicisitudes! Choca contra las rocas, forma pequeños saltos, salpica las orillas. Si piensas en su curso completo, verás que proviene del deshielo y luego, en su recorrido, cada gota cumple una misión. De pronto algunas se hunden en la tierra y desaparecen para luego volver a brotar de la mano de una semilla. También desaparece cuando se evapora y forma nubes que vuelven como lluvia o nieve, y luego como río de nuevo. Por más que desaparezca de nuestra vista, el agua siempre estará cumpliendo su ciclo, cumpliendo su misión de ser, simplemente de ser. El ser, como el agua, nunca se extingue, y cuando no podemos verlo es porque ha cambiado de estado y está en otra parte, completando su propósito.

Laura suspiró y se secó las lágrimas con la punta de sus dedos. Esbozó una pequeña sonrisa de comprensión. Nahuel continuó:

—Eres una buena persona; busca la mejor manera de ayudar a tu amiga. Sé que la vas a encontrar. Si tu caudal se hace más delgado porque has perdido partes de ti en el camino, esas partes van a florecer. Aun así, no van a dejar de pertenecerte.

Mientras manejaba camino a su casa, Laura experimentó sentimientos encontrados. Por un lado, se rebelaba a dejar que su amiga muriera sin intentar nada. Por otro, reconocía que Nahuel tenía razón. Él había captado de inmediato la esencia del problema y lo había resuelto con sabiduría. Debía dejar de lado el egoísmo, su omnipotencia y su apego para buscar la forma de interpretar el deseo de Gina y así poder complacerla. Ésa era la mejor manera de acompañarla en el trance que estaba atravesando.

Detuvo el auto en el estacionamiento de su casa. Había anochecido y se escuchaba el canto de los grillos entre las sombras del jardín. Apoyó la frente contra el volante y se quedó quieta largo tiempo, con los ojos cerrados, dejando su mente volar. Recordó la pálida mano de Gina a un costado de la cama y la sensación que experimentó al tomarla entre las suyas. Imaginó que su amiga emprendería un viaje y ella la acompañaba de la mano hasta el umbral de una nueva realidad, donde se despedían.

También pensó que esa despedida, quizás, no fuera para siempre.

56

Laura pasó muchas horas de los días que siguieron sentada al lado de su amiga. Solo dejaba el hospital cuando avanzaba la noche y ella misma necesitaba descansar.

Gina estaba muy decaída y era poco lo que conversaban. Nunca más volvió a preguntar sobre su diagnóstico. Daba la sensación de que ya ni eso le importaba. El tratamiento con quimioterapia, si bien no le produjo reacciones adversas, la debilitó aún más. Gina demostraba poco interés en su presencia o en la presencia de cualquier otra persona, incluyendo a sus hijos. Nada pedía, no se quejaba y, tal como lo había observado Laura el primer día, se limitaba a esperar mansamente que el momento de dejar esta vida llegara. Era una situación extraña, parecía incluso como si una parte de ella ya hubiera partido.

Laura permanecía a su lado en silencio, meditando, o le relataba historias al oído. A veces entonaba algún mantra o algún canto sagrado que había aprendido durante su estadía en Green Leaves o en la India, con la finalidad de reconfortar su alma y prepararla para partir.

Algunos días se dedicaba a hablar con Juan y a consolarlo, a pesar de que se lo veía menos angustiado de lo que Laura hubiera esperado.

Así, poco a poco, la vio apagarse, con serenidad, sin mucho sufrimiento.

Un día, cuando ya estaba muy cerca el final, con la respiración agitada, Gina abrió los parpados. Sus ojos eran como dos cristales sin mirada. Comenzó a balbucear algo y Laura se apuró a acercar el oído a los labios de su amiga.

—¿Qué pasa?—preguntó preocupada por el bienestar de Gina y conmovida por escuchar, por fin, que le dijera algo.

—Estaba soñando—-dijo Gina en un murmullo—Me iba de viaje—respiró hondo e hizo una pausa como si estuviera recordando—Yo estaba en un tren, sola, era la única pasajera, pero el andén estaba lleno de gente que me despedía: mis hijos, Juan, todos mis amigos....También sonaba una música y alguien cantaba....mi tema preferido...de pronto vi que en el tren había alguien más. ¿Vos no sabes quién era? –preguntó con ingenuidad, como si Laura hubiera podido ver dentro del sueño.

—Si—contestó Laura sin dudarlo—era tu ángel de la guarda, tu guía, tu compañero del viaje, quien va a sostener tu mano cuando lo necesites, es el que va a marcarte el camino cuando te sientas perdida. Ya ves amiga, nunca vas a estar sola.

Los ojos de Laura se llenaron de lágrimas, mientras Gina volvía a su sopor, con una tenue sonrisa de satisfacción en los labios.

Durante todo el tiempo que duró el proceso de la enfermedad de Gina, lo que más deseaba Laura era estar al lado de su amiga, tomando su mano, en el momento justo de la partida, pero ese deseo no le fue concedido. Una mañana, mientras estaba en su casa preparándose para ir al hospital a asistir a su amiga, recibió una llamada en el celular. Apenas sintió sonar la campanilla del teléfono, supo con certeza el motivo del llamado. La voz de Celia, la enfermera de hematología encargada de cuidar a Gina durante la noche, le anunciaba que su amiga, su compañera de tantos momentos trascendentes, había partido durante el amanecer. En el mismo momento en que el sol asomaba en el horizonte, su alma había abandonado ese cuerpo delgado, frágil y ya demasiado deteriorado para servirle de morada.

Lo había hecho en completa soledad, un instante en el cual la enfermera se encontraba preparándole la medicación en la oficina de enfermería. No se sintió decepcionada. Ahora, después de tanto camino recorrido, sabía que todo sucede como sucede por alguna razón. Pensó que Gina había esperado que no hubiera nadie a su lado para partir. Lo había hecho en un pasaje solitario e íntimo, en un diálogo a solas con su Creador.

El funeral se realizó al día siguiente. Era un día tibio de verano, con el cielo muy azul y una suave brisa. Mientras llevaban el ataúd de Gina a su morada final, Laura se sentía serena y en paz. Pensaba que el cajón de madera lustrada contenía sólo la cáscara vacía de lo que fuera su amiga, mientras su espíritu eterno continuaría el camino, tal como las gotas de agua del río de montaña del cual había hablado Nahuel Curia.

Su ánimo sereno, le permitió dar consuelo a los padres de Gina, a quienes conocía desde muy joven y que se encontraban consternados por la situación, mientras Juan se mantenía inmutable, al punto de parecer un poco indiferente. Esta indiferencia aumentaba su certeza de algo que sospechaba desde hacía mucho tiempo: su matrimonio no era feliz y ellos estaban, aun cuando compartían la misma casa, distanciados.

Mientras el sacerdote decía una plegaria por el alma de Gina, Laura observó a Tina, la hija más pequeña de su amiga, correteando con un amiguito a un costado del grupo que se aglutinaba en torno al sepulcro. Nadie había notado a los dos pequeños, que se escabulleron para jugar despreocupadamente. Tina estaba impecable, vestida con un conjuntito color rosa; tenía una cinta blanca colgando de su cabello, a punto de caerse. Inconcientes por completo de la situación, ambos niños reían mirándose a los ojos. Detrás de ellos había un paño, como una bandera color azul flameando con el viento y más atrás aún, el follaje de los eucaliptos se balanceaba, hamacados por el aire. La vista de este cuadro le resultó reveladora: la risa de los niños, la cadencia con la cual los árboles danzaban en el viento, el mismo viento que hacía flamear el paño azul formaban parte de una danza y Laura sintió que había una armonía en el universo que nada podía alterar, que había un ritmo cósmico que movía todas las cosas y que todas las cosas eran arrastradas hacia su destino de manera inexorable.

Laura sonrió también, pensando en la belleza de la vida que fluye y siempre se renueva. Su corazón experimentó una oleada de consuelo y sintió que todos iban a estar bien.

57

Mientras acompañaba a Gina en el viaje final, intentó sin éxito, muchas veces, hablar con su amigo Ángel. En la casa nadie contestaba el teléfono y su móvil parecía haber sido desconectado. Una de esas tardes en las que su pecho parecía hervir de ansiedad y tristeza, la necesidad de compartir su dolorosa experiencia con alguien que pudiera comprenderla la llevó a encaminarse al servicio de pediatría, en busca de su viejo amigo.

Una enfermera gorda y de corta estatura preparaba el alimento para los lactantes en la oficina de enfermeras. Se la veía atareada. Con el ceño fruncido, llenaba con cuidado los biberones con formulas lácteas a distintas concentraciones, de modo tal que no se percató de la presencia de Laura que, parada en la entrada del pequeño cuarto, la observaba, sin animarse a interrumpir su tarea.

—¿En qué puedo ayudarla, doctora? ¿Busca a alguien? —preguntó solícita.

—Eh...sí, al doctor Ángel... —titubeó ella, un poco incómoda.

—El doctor Ángel ya no trabaja en el hospital. —Dejó a un lado los biberones y se volteó para mirarla. Parecía querer saber qué clase de problema la llevaba a buscar a tan particular colega.

—¿No está más? —repitió Laura, incrédula y, en cierto modo, golpeada por la noticia.

—No, doctora. Hace tres meses terminó la residencia y partió a su ciudad natal. Quizás algún otro médico del servicio pueda ayudarla. ¿Es por una interconsulta? —Y sin esperar la respuesta, continuó—: Porque la doctora Cárdenas está de guardia hoy.

—No, está bien. Era un asunto personal.

La enfermera la miró de arriba abajo, como asegurándose de no haber perdido ninguna valiosa información y, con un gesto indiferente, se dio vuelta para continuar su tarea.

Mientras caminaba por los pasillos, de vuelta al servicio de hematología, Laura meditó acerca de la partida de Ángel.

Sin duda, estaría cumpliendo el sueño de retornar a su ciudad natal para fundar una familia con su amada, que lo había estado esperando todos estos años. Sintió una oleada de envidia hacia esa mujer desconocida a la que intuía muy valiosa, capaz de despertar en un hombre como Ángel un sentimiento firme y estable que había resistido el paso del tiempo. Fueron largos años en los que él había permanecido en el hospital rodeado de mujeres, médicas, enfermeras, madres de pacientes, siempre fiel a su amada.

Ángel se había ido, Gina estaba partiendo para siempre. No quedaba ni una sola persona en ese inmenso hospital capaz de comprender lo que había en el interior de su ser. Repasó mentalmente los rostros de sus más allegados en ese ámbito de trabajo: empezando por el jefe, los residentes Gustavo y Daniel, Leandro, su compañero de charlas nocturnas, las chicas de cardiología, Carmen, la enfermera de quirófanos, y comprendió que, a pesar de haber compartido un tercio de su vida con ellos, ninguno podía brindarle consuelo a su corazón entristecido.

Quizás por esa sensación fue que permaneció solitaria al lado de su amiga hasta el fin, sin buscar a nadie y sí, en cambio, acompañando ella a los allegados a Gina tanto como le fue posible.

Cuando todo terminó, Laura se encerró en su casa varios días a meditar acerca del futuro.

Lo vivió como un retiro de silencio en el que meditaba largas horas, dejando que su mente encontrara la solución al dilema que le presentaba la vida, de la misma manera que un río encuentra su caudal. Durante esos días en la intimidad de su hogar, cada vez que Gina se presentaba en sus pensamientos, la ponía de lado, y se concentraba en el presente.

La creencia, muy difundida en la India, de que el alma necesita apartarse de lo terreno para continuar el camino se había afirmado en su ser. Por esa razón, buscaba comportarse con el mayor desapego posible, dejando la memoria de su amiga en paz, para que así se cortaran los lazos que la unían a la tierra, a su vida pasada. Recordaba las palabras de Nahuel Curia, cuando le había dicho que debía permitir que las personas entraran y salieran de su corazón cuando era el momento propicio. Entendió que debía vivir de total acuerdo con el sentido de esas palabras.

58

Cuando habían transcurrido tres días de profunda meditación, la solución se le presentó, clara y sencilla. Sentada, con el rostro orientado hacia el pequeño jardín, viendo el sol juguetear con el follaje, decidió el curso que tomaría su vida.

Tomó el teléfono y llamó al hospital. La voz familiar de la secretaria del Dr. Victorica la atendió con diligencia y afecto. "Sí, el doctor podía recibirla mañana a la mañana. Es más, estaba ansioso por hacerlo", le dijo en tono confidencial.

Durante la noche, un viento inusitadamente violento golpeó sus ventanas, y Laura, mientras permanecía acostada en la cama, en el límite entre la vigilia y el sueño, imaginaba que las fuertes ráfagas eran un eco de la libertad interior que había logrado y el augurio del largo camino que aún le esperaba recorrer.

Amaneció descansada y excitada ante la perspectiva de hablar cara a cara con su jefe.

Frente al espejo, se calzó un vestido color rosa pálido y unas sandalias con pequeños taquitos de madera, esperando que el atuendo fuera adecuado para la ocasión. Se miró con detalle y se percató de que no miraba en realidad su apariencia, sino que observaba sobre todo su actitud, la forma en que lo que pensaba se reflejaba en su cuerpo. Se sentía cómoda y segura de sí misma.

Ingreso en el hospital por la puerta lateral, como de costumbre, y se encaminó con pasos firmes hacia el servicio de cirugía. Apenas entró en el enorme edificio gris, comenzó el desfile de caras conocidas, de saludos afectuosos y miradas curiosas.

Su camino termino en el despacho de Victorica.

Él se levantó y, con una sonrisa que denotaba la sincera alegría de verla, fue a su encuentro para tomar con afecto la mano de ella entre las suyas.

No había cambiado nada en el último año. El pelo cano, peinado hacia atrás, el guardapolvo tan pulcro que parecía brillar y su sonrisa amigable permanecían inalterados.

Ella sintió una corriente de simpatía. Él le correspondió con un gesto paternal.

—¡Laura! ¡Por fin volviste! ¡No sabes cuánto se te extrañó por aquí! —exclamó sin disimular la felicidad que le producía el encuentro.

—Lo mismo siento yo, doctor. ¡Me da tanto gusto verlo! Si no vine antes, fue porque a mi regreso me dediqué a acompañar durante su enfermedad a una querida amiga.

¡Ah! Sí... me dijeron que estabas de vuelta. Me sorprendió que no hubieras pasado por el servicio antes, pero bueno, pensé que tendrías tus razones...y... ¿cómo está tu amiga?

—Lamentablemente, falleció.

—¡Lo lamento muchísimo!

—Sí, yo también. ¡Pero aquí estoy!

—Dispuesta otra vez a trabajar, espero... —la interrumpió él.

—Bueno... de eso justamente tenemos que conversar.

—Sí, sí, por favor, tomá asiento —diciendo esto, se dirigió al sillón ubicado detrás de un vetusto escritorio de roble, mientras la invitaba a sentarse frente a él.

Laura permaneció apenas un par de segundos en silencio, pensando cómo empezar. Por fin, se decidió.

—Doctor... usted sabe que lo aprecio. más que aprecio, en estos años aprendí a quererlo... casi como a un padre.

—¡Un padre quirúrgico! —exclamó él riendo, satisfecho por el elogio.

Laura también sonrió.

—Algo así. —Hizo una pequeña pausa. Él se quedó mirándola con atención, mientras su actitud parecía animarla a seguir hablando.

—En este tiempo de ausencia, medité acerca de esta especialidad que elegí. La cirugía fue hasta hace poco mi única pasión. Durante quince años viví para este hospital, que fue más un hogar que un lugar de trabajo. Trabajé para ser la mejor y logré ser... digamos, bastante buena.

—Muy buena, diría yo —interrumpió él—, a pesar de la opinión de muchos colegas del servicio.

—Sí. Además, usted siempre me enseñó, me guió y me defendió, cuando hizo falta, de la hostilidad de ciertos colegas. Por todo esto, le estaré siempre agradecida.

—No tenés que agradecer nada. Desde el primer día, mostraste tener las cualidades necesarias para ser una buena cirujana. Además, tu presencia aquí, no sólo como cirujana sino también como persona, fue invalorable para mí. Verás, siempre pensé que tu toque femenino era, a mi criterio, imprescindible para el servicio. Lo que quiero decir es que le diste a mi servicio una cuota de sensibilidad que difícilmente pueda encontrarse en el menú de cualidades masculinas.

—Bueno, una de las cosas que me he dedicado a analizar en los últimos tiempos fueron las características de personalidad y las cualidades que se requieren para ser un buen cirujano.

—¿Y qué descubriste? Me interesa saber tus conclusiones.

—Que, bien indicada, la cirugía es una especialidad maravillosa, llena de potencial. Que un buen cirujano requiere de coraje, osadía, autoconfianza, creatividad. Le diría que hasta es necesario ser un poco irreverente.

—Hasta allí coincidimos.

—El problema es que muchas veces estas cualidades se exageran, se encuentran exacerbadas hasta transformarse en defectos.

—Sí, también sé a qué te referís: a cuando la osadía se transforma en imprudencia o el coraje, en temeridad.

—O la fortaleza en insensibilidad.... —agregó ella.

Su jefe reclinó el gran sillón hacia atrás. Sonrió, satisfecho con la conversación. Ella continuó:

—Pienso que no hay que ser mujer para ponerle el necesario toque de sensibilidad a la profesión. Hay muchos cirujanos sensibles...como usted, doctor, que me ayudó a permanecer en su servicio porque es conciente de esto, pero muchos otros esconden su sensibilidad detrás de una máscara de indiferencia. Por eso, ahora pienso, hay todavía un gran trabajo por hacer en la especialidad. En realidad, en toda la profesión de médico. A mi criterio, esta evolución requiere de un paso que acompañe el desarrollo tecnológico hacia una medicina más humana, más integradora. En los últimos años, aprendí muchas cosas nuevas acerca de la enfermedad, de los pacientes y lo que significa ser médico, y tomé conciencia de que este conocimiento tan esencial para la profesión no está en los libros ni se enseña en la universidad. Se aprende, se adquiere sólo a través de la experiencia. Es un tema de evolución personal. Por eso es tan difícil de lograr, porque queda supeditado a la experiencia de cada uno.

—Laura...Laura..., éste es un terreno muy complicado. ¿Creés que no sé lo que pasa en mi servicio? ¡Si yo pudiera cambiarles la cabeza a los médicos de mi equipo, lo haría con más de uno!

—No, no se le puede cambiar la cabeza a nadie, pero sí se podrían introducir cambios en el sistema, sobre todo desde la formación del médico. ¿Por qué no formar médicos enseñándoles a estar en contacto con sus sentimientos, en lugar de inducirlos a la negación? ¿Por qué no podemos entrenarnos en transmutar el dolor y el miedo en aceptación y compasión, y en conocer el propio potencial? En este tiempo descubrí que la mayor fortaleza está en el autoconocimiento. Descubrí que el que se conoce a sí mismo es poderoso. Ahora sueño con un hospital donde los médicos tengamos un ámbito para volcar lo que nos pasa con los pacientes, donde se contengan nuestros temores y angustias y se nos enseñe a mirar hacia adentro, a descubrir quiénes somos y por qué hacemos lo que hacemos.

—Estás pidiendo demasiado. El mundo es como es. Soy mucho más viejo que vos, Laura; créeme, en algún momento yo también soñé con cambiar el mundo.

—No, no quiero cambiar el mundo. Me conformo con haber cambiado yo. Lo que pasa es que con estos cambios, la cirugía ya no me conforma. Siento que necesito transitar otros caminos.

El Dr. Victorica frunció el ceño, vislumbrando lo que venía.

—¿Estás pensando en abandonar el servicio?

—Digamos que he decidido reformular mi carrera, buscar otras maneras de ayudar a la gente.

Sé que mi mayor propósito en esta vida es ayudar a otros. Creo que llegó el momento de hacerlo con otros medios y a la luz de otros conocimientos.

El rostro de su jefe se transformó. La alegría del encuentro se desvaneció.

—No sabés cómo lo lamento. Aposté mucho a tu futuro como cirujana.

—Sí, lo sé y nunca lo voy a olvidar, pero la vida continúa. He decidido sumergirme en la corriente del cambio —Laura recitó estas palabras que había pronunciado Nahuel Curia la segunda vez que lo vio, y que nunca había olvidado—. En este tiempo aprendí mucho acerca de la conciencia humana, y lo logré explorando mi propia conciencia. Hice descubrimientos maravillosos. Ahora no puedo negar lo que he aprendido. He decidido trabajar, de alguna manera, para lograr una mayor integración entre lo científico y lo espiritual.

—Siempre preferí dejarle la parte espiritual al sacerdote. Hace mucho que no existe el médico-brujo en la comunidad occidental, y no nos ha ido nada mal, Laura — replicó Victorica con el tono de voz de un docente hacia su alumna.

—Es cierto, pero nos podría ir mucho mejor si lográramos integrar todos los aspectos del ser humano. No sólo mejoraría la atención de los pacientes, sino también la calidad de vida de los médicos. Negándolo sólo producimos una disciplina incompleta. El objetivo debe ser unir lo espiritual con lo científico, lo técnico y lo humano. Después de todo, ¿quién dijo que debemos olvidar el espíritu para ser buenos médicos? Le aseguro que he vislumbrado que ese matrimonio es posible.

Victorica sonrió de nuevo; su rostro se distendió. Después de la primera impresión, ya no parecía decepcionado. No estaba disgustado; se lo veía más bien maravillado con la conversación, casi como un padre interesado en el mejor camino para su hija.

—Si lograste obtener tu puesto en este hospital, en este servicio que te fue hostil como un páramo, sos capaz de cualquier cosa. ¡No me cabe duda de que vas a lograr tu objetivo, cualquiera que sea!

—Tampoco es tan importante lograrlo. En cambio, sí es muy importante intentarlo. Otra cosa que aprendí en este último año es que es más importante transitar el camino que llegar a un destino. El camino debe ser honesto, debe concordar con nuestras creencias, debe reflejar quienes somos en realidad.

—Tengo que reconocer que te admiro. A esta altura de la vida, tenés el coraje de dejar todo para empezar de nuevo... ¡Dios sabe qué cosa! Pero si es así, si es tu deseo y tu determinación, sólo puedo decirte que te deseo mucha suerte. Si decidís volver, siempre habrá un lugar para vos en este servicio; por lo menos, mientras yo esté a cargo.

Cuando se despidieron, Laura le dio a su jefe un fuerte abrazo y un beso en la mejilla. Victorica recibió incómodo el inusual gesto. Laura sonrió con ternura.

Luego, con un dejo de nostalgia le fue diciendo adiós a cada conocido que encontró en el camino.

Al salir, se dio vuelta para mirar una vez más el gran hospital. Pensó que por fin había soltado lo conocido y había dado el gran salto hacia la incertidumbre. Sin embargo, a pesar del enorme paso que acababa de dar, experimentaba una renovada sensación de paz en su corazón.

59

Al llegar a su casa, se sobresaltó. Su mente había estado tan abstraída durante el viaje de regreso, que ni siquiera recordaba cómo había transitado el camino de vuelta. Por primera vez en la vida, tenía delante de ella un espacio vacío que no había sido llenado de antemano con obligaciones ni proyectos, que no había sido medido ni planeado. Era como una inmensidad llena de potencial aún no definido. Curiosamente, junto con el vértigo circulaba por su cuerpo una oleada de alegría, de perspectivas infinitas.

Volvió al presente cuando terminó de estacionar el auto. Desde donde estaba, tenía una visión amplia del jardín y la pequeña casa que habitaba. De pronto, se le antojó que su casa era también como un quirófano: aséptico, prolijo, desnudo. Tenía un parque con flores coloridas, cuidadas, que nunca había conocido la risa de los niños, una cocina impecable en la que nadie cocinaba, un dormitorio solitario que no albergaba el amor.
Por distintas razones había perdido a sus dos amigos, Ángel y Gina, y ahora tampoco estaban los pacientes para llenar su vida.

Desde la soledad en la que estaba sumergida, comprendió que su corazón tenía mucho lugar vacante y, ¿qué podía ser mejor que la energía del amor para llenarlo? Este pensamiento la llevó en forma automática al recuerdo de Steve. ¿Era sólo a través de su tarea de médica que su vida podía realizarse?

Durante más de cuarenta años se había negado a sí misma la posibilidad de experimentar la calidez de una familia. Consecuencias del miedo a resultar lastimada. ¿No era el miedo al dolor y la decepción aún peor, más triste que la decepción misma? Así como había desterrado la cobardía en la vida profesional, replanteando con coraje su carrera, era el momento de superarla en su vida personal. Volvió a recordar cuando Nahuel Curia le había hablado de las puertas que había en su corazón y de cómo el miedo le impedía abrirlas. Recordó cuando le había dicho que vivir la vida con toda intensidad, en todo su potencial, era la misión primordial de cada ser vivo. ¿Estaba ella cumpliendo con esa misión? Había llegado a comprender que más allá del destino como médica, cualquiera que fuese, estaba el destino de Laura, al que debía abrirse para completar su misión en la vida.

Apenas entró en la casa, se dirigió decidida hacia su cuarto.

Dentro del vestidor, en un estante muy alto, se encontraba guardado el pequeño bolso que la había acompañado durante el largo viaje de búsqueda. Del bolsillo exterior, cuidadosamente doblado, tomó el pequeño papel con un número de teléfono y una dirección que, escritos por las manos de Steve, representaban el pasaporte a su próxima aventura.

Esta edición, de 1000 ejemplares,
se terminó de imprimir en:
abrn Producciones Gráficas S.R.L.

Wenceslao Villafañe 468 (1160)

Ciudad de Buenos Aires. Argentina

Mayo 2009